aibou season5

Ukyo Sugishita Kaoru Kameyama

JN264269

相棒

01

05

相棒 season５　上

脚本・輿水泰弘ほか／ノベライズ・碇　卯人

朝日文庫

本書は、二〇〇六年十月十一日～二〇〇六年十二月十三日にテレビ朝日系列で放送された「相棒　シーズン5」の第一話～第十話の脚本をもとに、全十話に構成して小説化したものです。小説化にあたり、変更がありますことをご了承ください。

相棒 season 5 上 目次

装丁・口絵・章扉／IXNO image LABORATORY

杉下右京　警視庁特命係長。警部。

亀山薫　警視庁特命係。巡査部長。

亀山美和子　フリージャーナリスト。薫の妻。

宮部たまき　小料理屋〈花の里〉女将。右京の別れた妻。

伊丹憲一　警視庁刑事部捜査一課。巡査部長。

三浦信輔　警視庁刑事部捜査一課。巡査部長。

芹沢慶二　警視庁刑事部捜査一課。巡査。

角田六郎　警視庁組織犯罪対策部組織犯罪対策五課長。

米沢守　警視庁刑事部鑑識課。

内村完爾　警視庁刑事部長。警視長。

中園照生　警視庁刑事部参事官。警視正。

小野田公顕　警察庁長官官房室長（通称「官房長」）。警視監。

相棒

season
5上

第一話

「杉下右京最初の事件」

一

亀山美和子はなにがなんだかわからなかった。

深夜ジョギングに行ったはずの夫、薫がけがをして病院に運ばれたという連絡を受けたのだ。大慌てで駆けつけた病院の前には報道陣が押し寄せていた。女性リポーターの声がここまで聞こえてくる。

「今日未明、東京都内の公園に寝泊まりしていたホームレスの男性数十名が襲われる事件が起こりました。現在こちらの病院には負傷したホームレスが運ばれ、治療を受けています。被害に遭われた方の……」

とすると、薫はホームレスと間違えられたのだろうか？　人垣を縫って前に出る。警備の警官に止められたが、「夫が中に……」と言うと通してくれた。

病院内はごった返していた。傷ついたホームレスが廊下まで溢れており、手当てする看護師や事情聴取をする捜査員の姿も見える。捜査員の中に見知った顔が三つあった。目が合った瞬間、そのうちのひとり、警視庁刑事部捜査一課の伊丹憲一がいたぶりがいのある相手でも見つけたかのように目を輝かせた。

「おう、亀山の嫁。ご主人、災難だったね」

ことばの内容とは裏腹に、声には侮蔑するような調子が感じられる。伊丹と薫が犬猿の仲であることは、周知の事実だった。

「ジョギングの最中だったんだって?」

同じ捜査一課の刑事でも、年長者の三浦信輔の声には多少いたわりの情がこもっている。

「ええ」と頭を下げた美和子に、同じく捜査一課の刑事でかつて薫から教育を受けた経験のある若手の芹沢慶二が訊く。

「で、先輩は?」

その質問はこちらがしたいくらいである。どこもかしこも包帯を巻いたり絆創膏を貼ったりしたホームレスばかりで、薫の姿は見当たらなかった。首を横に振る美和子の傍らにいたホームレスが、探るような目を向けながら口をはさんできた。

「あんたたち、警察の人かい?」

「ええ、そうですよ」

芹沢が気軽に応じると、ホームレスが不吉な発言をした。

「運び込まれた刑事さんなら、霊安室じゃないかな」

美和子と三人の刑事は顔を見合わせて霊安室へ向かった。重たいドアを押し開けると、たしかに薫はそこにいた。遺体に手を合わせていたのだ。

頰に絆創膏が見えるくらいで、ほかに目立った外傷もなさそうだ。美和子は安堵で腰が砕けそうになった。

「薫ちゃん」

「おう、美和子」

「お、おお……」美和子に続いて霊安室に入ってきた伊丹が、予想外に元気そうな薫を目にして、ことばにつまる。とっさに話の矛先を薫の前に横たわる遺体に向けた。「死人が出たか。死因は？」

「内臓破裂だ。瀕死の状態で運び込まれた」

「ひでえことしやがる」

遺体に被せてある白い布をめくって三浦が言った。遺体は全身あざだらけだった。芹沢が薫を気遣う。

「先輩は大丈夫ですか？」

「俺は平気だよ、このとおり」

どうやら状況を把握できていないのは美和子ひとりだけのようだった。

「一体どうしたの、薫ちゃん？」

「ああ、実はジョギングしてたら、公園で迷彩服にマシンガンで武装した男たちがホームレスを襲撃している場面に遭遇した」

美和子にはますます意味がわからない。

「武装って……？」

「兵隊になりきったつもりのミリタリーマニアだよ。俺が警官だって名乗って止めに入っても、いまは戒厳令下だとかなんとか抜かして、やめようとしない。で、撃たれた」

ようやく美和子にも状況が把握できた。ミリタリーマニアがサバイバルゲームに興じるようすは以前、新聞記者時代に取材したこともある。今回はそれがエスカレートして、ホームレスの襲撃につながったのだろう。薫はそれに巻き込まれたのだ。

三浦が白布を遺体に被せて薫に問う。

「被害者《ガイシャ》の身許は？」

「まだだ。仲間からは〝サトちゃん〟と呼ばれてたらしい。所持品はあれだけ」

薫が部屋の隅の机に置かれたわずかな所持品を指差すと、伊丹が悪態を吐く。

「ハッ、ざまあねえな。現場《ゲンジョウ》にいながら犯人取り逃がすとはよ」

「おまえも十人近くの兵隊に囲まれて撃たれてみろ」

薫が弁明したが、伊丹はにやりと笑ってあげつらうだけだった。

「おもちゃだろうが」

「おもちゃの域を超えてるぞ、あのエアソフトガン」

元気な夫の姿を確認して安心した美和子は、行き過ぎた遊びによる痛ましい犠牲者の所持品を手にとってためつすがめつ確認していた。いまもまだ新聞記者の習性が残っているのだ。

「この所持品の懐中時計なんだけど」

「むやみに触らないでもらえますか、亀山夫人！」

伊丹が吠えるが、美和子は意に介さず勝手に懐中時計を持ってくる。

「これ、菊花御紋だよね？」

懐中時計の蓋の裏には、元新聞記者が指摘するとおり菊の花が刻印されていた。

「ああ。パスポートのマークですもんね」

芹沢の知ったかぶりを美和子が訂正する。

「似てるけど、パスポートのは一重《ひとえ》表菊紋、こっちは八重《やえ》表菊紋」

「なるほど」とうなずきつつも、芹沢にはその違いがわからなかった。「だから？」

「俗にいう菊の御紋だ」

三浦に教え諭すように言われてもぴんときていないようすの芹沢を見て、伊丹が吐き捨てた。

「やんごとなきお方の紋章だよ！」

翌朝、警視庁に出勤した薫が特命係の小部屋で襲撃事件の新聞記事を読んでいると、ティーカップを手にした上司の杉下右京がそれをのぞき込み、嫌味なほど正確に言った。

「十六葉八重表菊形紋の入った懐中時計ですか」

「宮内庁に問い合わせて調べてみたら、どうやら〝恩賜《おんし》の品〟らしいんですよ。といっても明治時代のもんですけどね。明治天皇からもらっちゃったもんみたいですよ」

「下賜されたものですね」

ここでも右京のチェックが入るが、薫はいまひとつ理解できていなかった。

「カシ？　……そう、きっとそうです」

「ガイシャの身許は判明したんですか？」

白いワイシャツにサスペンダーという格好の右京が紅茶を啜りながら訊く。Tシャツの上からフライトジャケットを羽織っただけのラフな格好の薫が渋い顔になる。

「それがさっぱり。仲間からは〝サトちゃん〟って呼ばれてたみたいですけど、なにしろ身許のわかるような所持品がなにひとつなくて」

「恩賜の懐中時計が唯一の手がかりですか」

そうつぶやきながら右京は、資料を収納した戸棚の前へ移動した。

「ええ。数は少ないみたいなんですけど、当時の資料がまったく残ってないらしくて、そのセンから当たるのも結構難しそうですね。ガイシャの似顔絵を公表して情報を募ってるんですけどね」

薫の説明を聞き流し、右京は古い捜査資料のファイルを取り出した。表紙には「昭和五十九年文京区強盗殺人事件」と書いてある。右京はそれをめくりながら、「しかし、きみもジョギングの最中にとんだ事件に遭遇したものですね」

「最近ちょっと不眠症気味で寝つかれなかったもんで、いっそひとっ走りしてこようかと思って……」ファイルに釘づけの上司の目をなんとか自分のほうに向かせようと、薫が思わせぶりに質問を放つ。「どうして不眠症気味なんだと思います？」

「さあ、見当もつきませんね」

「聞きたいですか？」

「聞かせたければどうぞ」

右京はにべもない。しかし、薫は忍耐強かった。

「実はね、美和子がおかしくなっちゃったんですよ」

「おかしく？」

「ええ。あいつ、突然ね……」

ようやく右京の興味を引くのに成功して薫が内心喜んでいるところに、邪魔が入った。伊丹が小部屋の入り口に姿を現したのだ。

「特命係の亀山」

「話の腰を折るんじゃねえ！」

伊丹は薫を無視して、右京に話しかける。

「ちょっとこの亀、借りますよ」

右京は再びファイルに目を落とし、「どうぞ」

「どうぞって……」

「ちょっと来い！」

伊丹が薫の腕を取り、強引に連れ出した。

右京は部下の拉致に目を奪われはしなかった。視線の先にあるのは、昭和五十九年十月十九日に文京区の御手洗《みたらい》邸で起こった強盗殺人事件の実況見分調書だった。ページをめくると現場写真や犯人の似顔絵があり、さらにその次には御手洗泰治郎《やすじろう》から出された被害届が続いていた。被害品の欄には現金、通帳、印鑑、指輪などと並んで「懐中時計（恩賜の品）」と記してあり、特徴の欄には「菊花御紋の飾り」とあった。それをチェックした右京の眼鏡の奥の瞳がきらりと光った。


薫が捜査一課の三人に拉致された先は都内の某市役所のくらし安全課市民あんしん担当の窓口だった。腕貫をつけた男性職員がデスクに座っている。薫が凝視すると、気配に気づいた職員が立ち上がって近寄ってきた。

「なんでしょうか？」

「間違いねえか？」

伊丹が耳打ちすると薫は大きくうなずき、職員を睨みつけた。

「俺のこと、覚えてるよな？」

「どこかでお目にかかりましたか？」

「とぼけるな！」

薫が頬の絆創膏を突き出すのと同時に、捜査一課の三人が一斉に警察手帳を呈示する。

「岡安敏男さんだよね？」

三浦が職員に名前を確認したところで、おもむろに薫も警察手帳を取り出した。

「あんた、本当に警察だったんだ」

岡安は昨夜のホームレス襲撃事件の際、メンバーから軍曹と呼ばれていたリーダー格だったのだ。薫はカウンターの上にあった輪ゴムを取り上げ、指でピストルを作った。

「あいにくだけど、いまは戒厳令下じゃねえぞ」

そう言いながら輪ゴムで軍曹の額を撃つ。

「どうしてぼくだってわかったんだ？」

「ニュースを見た市民から有力な通報があったんだよ。知り合いにミリタリーマニアがいるってな」

伊丹がカウンターの上に置いてあったスタンプを手にとって額に捺す。岡安の額に

「済」の字が残った。

「市民って誰だ？　誰がぼくをチクッたんだ？」

三浦が岡安の胸倉をつかみ、引き寄せる。

「知りたいか？　なら教えてやるよ。おふくろさんだ。いい歳こいて母親に迷惑かけんじゃねえよ！」

「意外なところに伏兵あり、か」

「うるせえよ！　行くぞ」

伊丹と三浦が岡安を引き立て、警察車両の後部座席に乗せた。芹沢が運転席に座り、エンジンをかける。薫が助手席に乗り込もうとすると、車が発進した。

「おい、こら、ちょっと待てよ！」

「もうおめえには用がないんだよ、バーカ」窓から顔を出し、伊丹が憎まれ口を叩く。

「亀は亀らしくのんびり追いかけて来い！」

「てめえ、このやろう、誰のおかげだと思ってんだよ！」

薫の声がむなしく市役所の駐車場にこだました。

二

そのころ右京は文京区の閑静な住宅街の一角を占める豪邸を訪問していた。御手洗家の邸である。中庭に入ると、家庭菜園でナスを収穫している品のよい老女が目に入った。

「こんにちは」

右京が頭を下げると、御手洗嘉代《かよ》が顔を上げた。

「あら、こんにちは。まあ、ふふふ、ようこそ。いいお天気ですわねえ」老女は収穫物を目の前に掲げ、「いまね、このおナスを」

「いい色に実ってますねえ」

率直な右京の感想に、嘉代が相好を崩す。

「たくさん採れたから持ってらっしゃいよ。いま袋を」

母屋に向かおうとする老女を右京が引き止めた。

「あ、あ……それはまた後ほど。その前にひとつうかがいたいことがあります」

「なんでしょうか？」

右京が上等な仕立てのスーツの内ポケットから菊花御紋の懐中時計を取り出す。亡くなったホームレスの遺品を所轄の鑑識から借り出してきたのだ。

「これに見覚えはありませんか？」

「まあ、恩賜の懐中時計じゃない！」

嘉代は声も高らかに即答した。

「そうです。ひょっとしてこちらにあったものではないかと思いまして」

嘉代はさらに声を弾ませながら、「曾おじいさまが明治天皇から頂戴したわ」

「ええ！」

右京が話の続きを促そうとすると、老女の瞳が少女のように輝いた。

「ふふ、騙そうとしてもだめですよ。これはうちのじゃありません」

「どうしてわかりますか？」

右京の問いかけに、老女はさも当然といったそぶりで答える。

「だってうちのはお義父《とう》さまが人に差し上げておしまいになったもの」

「差し上げた？」右京が相手の顔をのぞき込みながらゆっくり確認する。「どなたにでしょう？」

「うちで書生をしていた邦明くんに。お義父さまは邦明くんをとっても可愛がっていらしたから」

「クニアキくんとおっしゃるのは名前ですねえ。名字はなんと？」

「名字？　えっと、名字はなんていったかしらねえ」

質問を受け、嘉代は記憶を探る顔になった。

このとき縁側に面したガラス戸が開き、中年女性が出てきた。戸惑いを表情に浮かべ、右京に問いかける。

「どちらさまでしょうか？」

特命係の警部が答える前に、嘉代が割って入った。

「あ、律子さん。名字はなんだったかしら？」

ここまでのやりとりを知らない御手洗家の嫁律子には答えようがない。

「え？」

嘉代はついいましがた嫁に放った質問を忘れ、もっと重要なことを思い出したように右京のほうを見て手を打った。

「ちょっと待っててね。いま袋を。おいしいおナスなんだから」

怪訝な顔で律子が庭に出てくるのと入れ替わりに、老女が家の中に入っていく。右京は老女の背中を見送りながら、御手洗律子に頭を下げた。

「失礼しました。玄関で声をかけたのですがお返事がなかったもので、こちらへ参りました」

「ちょっと近くで用足しをしておりました。それで？」

不審そうな律子に対して、右京が警察手帳を取り出して見せた。

「警視庁の杉下と申します」

「警察の方がなにか？　義母《はは》がなにかしましたか？」

律子が顔を曇らせると、右京は安心させるように右手を振って否定した。

「いえいえ、とんでもない。お義母さま、少々患ってらっしゃるようですねえ」

ぶしつけな発言を律子は目を伏せて容認し、「あの、ご用件は？」

「クニアキくんとおっしゃる方の名字はわかりませんか？　こちらで書生をなさっていたそうですが」

ようやく先ほどの義母の質問の意味を悟った律子の表情が少しだけ緩む。

「それでしたら里中さんのことだと思います」

「サトナカ？　なるほど」

ひとりで納得している特命係の刑事に、豪邸の嫁が質問した。

「それがなんでしょうか？」

「昨日の都民公園の事件、ご存じありませんか？　ひとり亡くなりました」

「ニュースで見ました」

菊花御紋が見えるように、右京は懐中時計の蓋を開けた。

「実は亡くなったホームレスがこれを持っていたんです。恩賜の品です。もらったとおっしゃっていたそうです。彼は仲間から〝サトちゃん〟と呼ばれていました。こちらで書生をなさっていたサトナカクニアキさんかもしれませんね」

「里中さんがホームレスに？」

律子の声には信じられないという響きが感じられた。唐突に右京が微笑みかける。

「覚えてらっしゃいませんか？　ぼくを」

「二十二年前に一度お目にかかっています。ご主人が殺された強盗殺人事件の捜査のときですよ」

「えっ？」

律子が驚いて目を見開いたそのとき、嘉代が縁側から呼ぶ声が聞こえた。

「律子さーん。袋がないのよ」

「それじゃ一緒に探しましょうね」律子は義母を振り返ってそう言うと、右京に向かって早口でまくしたてた。「二十二年前の事件はもう忘れました」

「ぼくは事件を一度も忘れたことがありません。なにしろ、まだ解決していませんからねえ」

右京が悠長な口調で語ると、縁側の老女が焦れたような声を出す。

「律子さん、なにしてるの？」

律子はいまいましげに特命係の刑事をにらみ、「もう時効になった事件じゃありませんか」と言うと、嘉代に対して笑顔を作る。「いま行きますから、待っててください。すぐ用意しますから」

母屋へ向かう律子の背中に右京が声をかけた。

「あ、ついでに写真もお願いできませんか」

「写真？」

「サトナカさんの写真です。一枚ぐらいありませんかねえ。袋を探すついでに探していただけるとありがたいのですが。なにしろ身許が特定できずに困っています」

「わかりました。探してみます」

律子は毅然とした態度で請け合い、縁側へ急いだ。


特命係の小部屋で薫がくわえ煙草でマッチ棒のタワーを組み上げていると、右京が戻ってきた。

「おかえりなさい。なに嗅ぎ回ってるんですか？」

「はい？」

右京がとぼけるので、薫はネタをばらした。

「例の懐中時計、所轄の鑑識から借り出したでしょ？　伊丹のやろうにしつこく訊かれましたよ。『おまえら今度はなに嗅ぎ回ってるんだ？』って」

右京はスーツの上着をハンガーにかけると、薫に向きなおる。

「身許が判明しましたよ」

「え？」

「ガイシャの身許です。名前は里中邦明、年齢は四十六歳」

たったいま右京は、懇意にしている鑑識課の米沢守に律子から借りた里中の写真と今回の被害者の写真を照合してもらったのだ。二枚の写真に写っている男の年齢や身なりは違って見えたが、分析結果は同一人物であると語っていた。米沢への特別報酬が御手洗家のナスであることは、ふたりの秘密だった。

「はあ」杉下右京にかかれば解けない謎はない。そう信じている薫はこの程度のことでは驚かない。「身許調べが目的じゃないでしょ？　で、一体なにやってるんですか？」

右京は機敏な動作で戸棚からファイルを取り出し、薫に渡した。

「二十二年前の強盗殺人事件です。未解決のまま、すでに公訴時効を迎えています」

ファイルを開いた薫に、右京が珍しくしみじみとした声で言った。

「ぼくの、最初の事件なんですよ」

「え？　右京さんの？」

昭和五十九年十月十九日午後十時過ぎ、旧伯爵家の御手洗邸に強盗が押し入った。当時邸にいたのは当主の御手洗泰治郎、息子の泰彦と妻嘉代、泰彦夫婦の長男晃一、その妻律子、晃一夫婦のひとり娘聖子《さとこ》、そして家政婦の七名。強盗はふたり組で、家人と家政婦をロープで縛り身動きが取れないようにしたうえで金目のものを物色した。強盗犯が逃走しようとしたとき、晃一が自力でロープをほどき、素手で立ち向かった。しかしながら刃物を持った犯人ふたりにかなうはずもなく、晃一は返り討ちに遭ってしまった。腹部を刺された晃一は家族の見守る前で非業の死を遂げ、強盗犯はそのまま逃走したのだった。

上司特有の淡々とした口調で事件のあらましを聞いた薫は、困った顔になる。

「でもいまさら調べたって、時効になってる事件《ヤマ》でしょ？　右京さんらしいっちゃらしいけど。そうだ、さっきガイシャの身許がわかったって言いましたね」

「ひょっとしたらと思って当たってみたんですが、思いがけず身許が判明しました。書生をしていたそうです」

「ひょっとしたらって？」

右京は薫からファイルを取り上げ、相棒のデスクの上に勢いよく広げた。その拍子に薫が小一時間かけて組み上げたタワーが見事に倒壊した。嘆く薫をよそ目に、右京はマッチ棒を一本手に取って、被害届の欄を指し示す。

――懐中時計（恩賜の品）　菊花御紋の飾り

「これですよ。非常に珍しい懐中時計ですからねえ。調べてみたんですが、被害届は御手洗家からのこの一件だけでした」

薫が上司の話を整理する。

「だったら、ガイシャが二十二年前の強盗殺人犯？」

右京が右手のマッチ棒を薫の鼻先に突き出した。

「最初はそれも疑ったんですが、強盗殺人犯の似顔絵がふたりとも里中邦明とは似ても似つかぬ顔なんですよ。それに書生をやっていた人物が素顔を半分さらして強盗するとは思えませんしね」

似顔絵によると犯人は顔の下半分を布で覆っていたが、目から上は隠していなかった。

「なるほど」

「里中邦明はあの懐中時計をもらったと言っていたそうです」

「もらった……なら、彼が強盗を手引きしたってことも考えられますよね？　書生だったんだから家の中の事情には詳しいだろうし、その報酬かなんかで時計もらったんじゃありません？」

自分の意見を口にしたとき、薫はなかなかいい考えだと思ったが、右京は簡単に否定した。

「いえ。御手洗嘉代さんによれば、懐中時計は泰治郎さんが里中邦明にあげたという話でした。つまり、もらったというホームレスの言葉と一致するんですよ」

「なるほどねえ」納得しかけて矛盾に気づく。「え？　それはおかしいでしょ。あげたもんなら、なんで被害届が出てるんですか？　懐中時計は強盗に盗まれたんじゃないんですか？」

「ええ、そのとおり」右京が左手の人差し指をぴんと立てた。「そこが矛盾するんですよ」

三

少しでも気になることがあったら確認しなければ気が済まない。これが杉下右京の性分であった。つきあいの長い亀山薫は上司の性分を熟知していた。ふたりはその夜さっそく御手洗家を訪れた。

チャイムを鳴らして応対に出てきたのは、三十歳前後と思われる若い女性だった。現当主の御手洗泰彦に話を聞きたいと申し出ると、嫁の律子とともにこの女性も同席することになった。和室の応接間で三人を前に事情を説明する。ソファに腰をおろした御手洗泰彦が渋い声で言った。

「そうですか。里中くんに間違いありませんでしたか。気の毒に……しかし彼がどうしてホームレスなんかに？」

「どういう経緯だったかは不明です」

かしこまった口調で報告する右京の横から、薫が普段どおりのフランクな口ぶりで訊く。

「里中さんはいつごろこちらで書生を？」

「二十年ほど前です。彼は作家を志してましてね、そんな彼の面倒を父が見ていました」

「泰治郎さんですね」

右京が確認すると、泰彦は過去を回想する目になって微笑んだ。

「志ある若者を応援するのが父の趣味みたいなもんでしたから」

「けど結局、芽が出なかったわけですか」

身も蓋もない薫の物言いに泰彦は苦笑を浮かべ、当時を回想する。

「ええ、残念ながら。作家をあきらめた彼に父は就職先まで世話をしてあげたんですが、彼はすぐそこを辞めてしまい、そんなわけで申し訳ないという気持ちがあったんでしょうか、うちにも顔を見せなくなって。それから間もなく父も他界しましたから、以後彼とは縁が切れてしまってました」

「その里中さんが恩賜の懐中時計を持ってらしたんですよ」

右京が言うと、泰彦はちらりと律子に視線を投げ、「ええ、さっき聞きました」

「懐中時計は強盗に盗られたんですよね？　被害届にそう書いてありましたよ」

「しかし昼間、嘉代さんにうかがったところによると、懐中時計は泰治郎さんが里中さんにあげたものだと。となると、二十二年前どうして強盗に盗られたと申告されたのか、それがいささか引っかかりましてね」

薫と右京が過去の事件を話題にしようとすると、泰彦は不快なようすを隠さなかった。

「もう時効になった事件じゃありませんか」

すかさず律子が義父に同調する。

「いまさら蒸し返されたって迷惑です」

右京は照れ笑いを浮かべて、場の空気を和ませようとする。

「矛盾点があるとどうにも気になってしまい、夜も眠れないものですからね」

「ちょっとした勘違いだったのでしょう」泰彦が遠くを見るような目で言った。「あると思っていた懐中時計が見当たらないもんだから、てっきり強盗に盗られたと思って申告してしまったんじゃないかなあ。なにしろあんなさなかだ。そんな勘違いがあったとしても不思議じゃない。私は息子を殺された直後だったし、この人は夫をね」そう言いながら律子をちらっと見た。「家族中が尋常じゃなかったんですよ」

「なるほど」

言葉とは裏腹に上司は納得していないようだ、と薫は思った。

「これであなたの不眠が解消されるとよいですがね」

話を切り上げるように泰彦がソファから腰を浮かす。それを見た律子が同席していた若い女性に命令した。

「聖子、お部屋にいらっしゃい。あなたに用事はないんだから」

「どうして？　わたしも父の死に関心があります」

きっぱり言い返した女性に、右京が話しかける。

「やはり聖子さんでしたか」

「はい?」

「当時はまだこんな小さなお嬢さんだった」

右京が右手をかざして子どもの背丈を表現すると、聖子がしとやかに笑った。好奇心の宿る瞳を大きく開いて、特命係のふたりに質問する。

「あの、いつだったか議員会館に出入りされてましたよね？　朱雀官房長官の事件があったころ？」

「ええ、俺らあのころ、瀬戸内さんのところとかによく……」

二年前政界を揺るがした盗聴事件が一瞬、薫の脳裏をよぎった。

「きっとそのときにお見かけしてるんです」

「あなたは議員会館にいらっしゃるんですか？」

薫が尋ねると、聖子は明快な答えを返した。

「宗家房一郎《そうけふさいちろう》の秘書をしてます」

「宗家の？」突然飛び出した与党自友党の政調会長の名前にびっくりした薫だったが、すぐに自分の失言に気づいた。「あ、失礼しました。宗家さんの？」

「そうでしたか。それはお見それしました」

右京もうやうやしくお辞儀をしたところに、スーツ姿の中年男性が帰ってきた。

「ただいま」

「おかえりなさい」

律子と聖子が同時にあいさつの声をかけ、泰彦が男と刑事たちを引き合わせた。

「次男の眞治です。警視庁の方だ。あちらが杉下さん、こちらが亀山さん」

「お邪魔しています」

「夜分にすいません」

交互に頭を下げる刑事を疑わしそうに見つめながら、御手洗眞治が父親に訊いた。

「なんかあったの？」

答えたのは娘の聖子だった。

「二十二年前の事件のことだそうよ」

「えっ？」

右京が二十二年前の記憶を再生させながら眞治に問いかけた。

「当時あなたはお邸にはいらっしゃいませんでしたね？」

答えを返したのは当主の泰彦だった。

「これは留学していましたから、あのときは日本におりませんでした」

「海外でお兄さまの訃報をお聞きになったわけですか。さぞ驚かれたでしょうねえ」

右京のいたわるようなことばを聞き、ようやく眞治が刑事に向かって口を開いた。

「それはもう。でも兄の事件をまだ調べてるんですか？　もう時効になってますよね？」

「お願いします。もうそっとしておいてもらえませんか？　みんな、あのことは忘れました」

母親の律子が刑事たちを追い返そうとするのを見て日常の感覚を取り戻したように、聖子が帰ってきたばかりの御手洗家の次男に軽い調子で訊く。

「お父さま、お夕飯は？」

「もう済ませた」

特命係の警部はこのなにげないやりとりを聞き逃さなかった。

「失礼ですが、いま〝お父さま〟とおっしゃいましたか？」

「え？」聖子は気まずそうに眞治の顔を見上げ、「あ、ええ」

「再婚したんです」

律子の反応が異常に素早かったので、いったん静まりかけた右京の好奇心が再び頭をもたげる。

「ご主人の弟さんと？」

「いけませんか？　なにも兄嫁を横取りしたわけじゃない」

眞治が苛立ちを声ににじませた。

「ちなみに再婚はいつごろですか？」

遠慮のかけらもない右京の質問に、今度は当主の泰彦が抗議する。

「きみ、失敬じゃないかな！」

「そうですよ」薫がへつらうような作り笑いを浮かべて律子に謝る。「すいません」

「所帯を持ってもう二十年になります」眞治が挑むような眼差しを右京に向けた。「他にご質問は？」

「いいえ」

右京が首を振ったとき、御手洗泰彦の妻、嘉代が大声を出しながら廊下を走ってきた。

「ケンちゃん知らない？　見つからないのよ」

応接間のテーブルの下をのぞき込もうとする嘉代に、聖子がやさしく声をかけた。

「おばあちゃま、ケンは死んじゃったでしょ？」

「ケンちゃんって？」

「犬です」

薫の質問に律子が短く答える間に、孫娘が老女を応接間から連れ出そうとした。

「向こうへ行きましょ。いま警察の方が見えてるから」

しかしこのせりふは逆効果だった。警察と聞いて、嘉代は突然おびえたように身を震わせると、右京の腕を取ったのである。

「殺されたのよ！　ねえ刑事さん、晃一が強盗に殺されたの！　ふたり組の強盗よ。こっちから逃げたの。ねえ、いらして。こっち！」

「おばあちゃま、そうじゃないのよ」

聖子を振り切って嘉代は室外に出た。長く暗い廊下がまっすぐに延びているのが薫の目に入る。その廊下をたどり、老女は特命係のふたりを勝手口へと導いた。

「ここよ、ここから逃げたの。そうだわ、覆面をしてたのよ。だから顔はよくわからないの」錯乱した嘉代は夫の泰彦にすがりつく。「あなた、刑事さんにちゃんとお伝えしなくちゃ」

右京がぽつんとつぶやいた。

「強盗は玄関から逃げたんじゃありませんでしたかねえ」

「え、玄関から？　玄関……」

老女の声にはすでに熱がこもっていない。

「たしかそうだったはずですが」

「しっかりしなさい、嘉代！」

泰彦が妻の手を取り、一喝する。

「そうね……わたし、間違えたかしら。あなた、ごめんなさい」嘉代は床にへたり込むと、困り果てたような目を右京と薫に向けた。「刑事さん、ごめんなさい。わたし、本当は知らないの。主人から聞いてください」

「妻は混乱しているんです。ご覧になればわかるでしょう。どうかもうお引き取りいただけないでしょうか」

この状況で当主に頭を下げられると、いかに慇懃無礼な右京といえども引き上げるしかなかった。


御手洗邸からの帰路の車中で、右京が嘉代の発言を取り上げた。

「『わたし、本当は知らないの』そうおっしゃいましたかね?」

「言いましたね」

「どういう意味でしょうねえ」

ハンドルを握る薫が助手席の上司に確認する。

「嘉代さんは二十二年前みんなと一緒に現場にいた。そして、みんなと同じように強盗は玄関から逃げたと証言したんですよね?」

「ええ」

「しかし、さっきは勝手口から逃げたと言い、『本当は知らないの』と言った。どうなってんすか?　やっぱり患ってらっしゃるから混乱してるんですかね?」無言の右京に薫が皮肉たっぷりに言った。「こりゃますます眠れなくなりそうですねえ。ご愁傷さまです」

と、右京が突然話題を変えた。

「そういえば話が途中になっていましたね。美和子さんがどう思ってしまったのですか？　失礼……おかしくなってしまったのですか？」

そういえばその話をしようとして、途中で伊丹たちからホームレス襲撃犯の面通しに連れ出されたのだった。薫は咳払いをして、自分の不眠の原因を語った。

「ああ、実はですね……」

帰りに行きつけの小料理屋〈花の里〉に立ち寄った右京は、女将の宮部たまきに共通の友人である亀山美和子の近況を知らせた。

「辞めちゃったんですか、新聞社？」

たまきが料理の手を止めて、いま聞いた内容を確かめる。薫と結婚する前、美和子は帝都新聞社会部の記者であった。エジプトへの海外赴任後ふたりは結婚したが、新聞記者は続けるものだと信じきっていたのである。

「だそうです」

「じゃあ、いまは専業主婦？」

たまきは右京の別れた妻であった。元妻がたおやかな物腰で、かつて一緒に結婚生活を営んでいたパートナーの杯を日本酒で満たす。

「いえ、フリーのジャーナリストだそうですよ。誰にも縛られずに活動したいとか」

「ずいぶん思い切ったんですね、美和子さん」

右京は杯を口に運び、唇を湿らせた。

「亀山くん曰く、スフィンクスに咬みつかれておかしくなったそうです。なんでも毎晩スフィンクスのポーズをとって瞑想なさっているとか」

「は？」

「ピラミッドに感激して人生観が変わり、ナイル川を遊覧して会社を辞めようと決意し、砂漠で砂嵐を見てわが身を省みたそうです」

美和子は疲れが溜まっているのではないだろうか。たまきは元夫の報告を聞きながら、友人の体調をおもんぱかっていた。

四

亀山美和子は宮部たまきに心配されているとも知らず、翌朝、夫とその上司を近くの公園のベンチに呼び出した。フリージャーナリストとして実績を積みたい美和子は、御手洗嘉代を尾行し、うまく病院で接近することに成功したというのだ。

「待合室で待っているときにね、世間話を装って息子の話に持ち込んだの。そしたら、悲しそうな顔で、『長男は殺された』って」

「だよな。それが二十二年前の強盗殺人だからな」

この妻の行動力はやはりスフィンクスパワーなのだろうかと訝りながら、薫がうなずく。

「それでね」美和子は特命係のふたりに顔を寄せ、小声でとっておきの情報を伝えた。

「殺されたんだけど、本当のところ、死んだほうがよかったって言うのよ」

「マジかよ？　それ」

「うん、たしかに言った。『死んだほうがよかったの』って」

美和子が断言すると、右京が考え込んだ。

「当時みなさんは悲しみに暮れていました。もちろん嘉代さんも。それをこの目で見ているぼくとしては、とても信じられません」

「本当ですよ！」

美和子が声を大にして言い張るので、右京が苦笑いする。

「もちろん、あなたを疑ってはいませんよ」

「しかし、おまえもよくやるね、頼まれもしないことを。早朝からいそいそ出かけてくからなにしてんのかと思ったら、朝から邸を張ってたのかよ」

薫が感心を通り越して呆れ返っているところへ、聞きなじみのある声が降ってきた。

「暇か？　ちなみに俺は暇だ」

組織犯罪対策五課の課長、角田《かくた》六郎だった。同じフロアの隣の部署の責任者だが、暇さえあれば特命係の小部屋に油を売りに来る。今回はわざわざ近くの公園まで油を売りに来たのか、と薫は呆れた。美和子が立ち上がり礼をする。

「こんにちは」

「おっ、俺の記憶に間違いがなければ、きみは亀山の嫁さんだね？」

「主人がいつもお世話になってます」

「いやいやいや」角田は薫の肩を叩きながら、「おまえ、主人かよ？　え？　参ったな。出合い頭にかまされたぞ。がんばれよ、主人」

「主人です。あははは」

薫が照れ笑いをすると、角田はしんみりと言った。

「俺なんかさ、もうカミさんから主人なんて呼ばれねえもんな。あれとか、これとか、それとか、代名詞ばっかりだよ。あっ」角田はわざわざ公園まで冗談を言いにきたわけではないことを思い出し、「警部殿。部長がお呼びだ」

「はい？」

「どうせ小言だろう。まあ行きたくなかろうが、行ったほうがいいだろうな。とにかく俺は伝えたからな」

角田は言うだけ言うと立ち去ろうとする。薫がそれを引き止めた。

「ひょっとして、わざわざそれを伝えに？」

「だから言ったろう、暇だって。うっかりおまえらの部屋の電話に出たら部長だった。おかげでパシリだよ」

刑事部長の内村完爾《かんじ》は特命係の刑事を、特に杉下右京を毛嫌いしていた。縄張り意識が強い刑事部長にとって、たびたび捜査一課を出し抜いて事件を解決してしまう特命係の警部が目の上の瘤のような存在だったのである。

右京を刑事部長室に呼び出して、粘着質な口調で内村が叱責する。

「とっくに終わったヤマを嗅ぎ回ってどうするつもりだ？　二十年以上も前の事件だろ。時効も過ぎてる。われわれに出る幕はないはずだ」

「ぼくの動きが筒抜けのようですねぇ」

叱られるのに慣れている右京が動じもせずに言い返すと、内村の腰巾着である参事官の中園照生《てるお》がねめつける。

「おまえが持ち出した懐中時計からたどれば、どの案件かは見当がつく」

「なるほど。調べたのは伊丹刑事でしょうか」

「誰でもいい。とにかく余計な真似はするな。おまえはおとなしく部屋でコーヒーでも飲んでりゃいいんだ」

〝余計な真似をするな〟は刑事部長の口癖だった。右京がしれっと応じる。

「ぼくはもっぱら紅茶ですが」

「そんなことはどっちだっていいんだ、馬鹿者！」

内村の怒鳴り声を背中に浴びながら部屋を出ると、廊下で相棒が待っていた。

「叱られちゃいましたね」

「ええ」

すたすたと歩いていく右京を追いかけながら、薫が問う。

「で、どうします？」

「美和子さんからの貴重な情報を無駄にするつもりはありませんよ」

「ですよね！」

ふたりが特命係の小部屋に戻ると、先客がいた。角田が勝手にコーヒーを飲んでいたのだ。

「おかえり」

「性懲りもなく留守中に」

薫がからかうと、角田は気軽に、「電話あったぞ」

「また出たんすか？」

「そりゃ出るよ。鳴ってるものに出ないわけにはいかねえだろう」

「はあ。で、誰からだったんですか？」

「女性が会いたいそうだ。おまえらの都合はわからんかったが、どうせ暇だろうからオッケーしといた。遅れずに行けよ」

角田はそう言いながら、薫にメモを手渡した。メモには「みたらいさとこ　十六時三十分　リーガロイヤルホテル東京のラウンジ」と子どものような字で記してあった。


ホテルの豪華なラウンジで紅茶を前にして、御手洗聖子は単刀直入に疑問をぶつけた。

「たしかに昨日の母たちの態度はおかしかったですけど、いまさらなにか疑ってらっしゃるんですか？」

一拍おいて右京が意味深長な発言をした。

「そもそも強盗事件などなかったのかもしれませんねえ」

「えっ？」

声を漏らしたのは薫だった。聖子のほうは意味がわからず、右京の顔を見つめている。

「あなたもお聞きになった嘉代さんのあの言葉。『わたし、本当は知らないの』……敷《ふ》衍《えん》すると、強盗事件そのものが作られたストーリーのような気がします」

「祖父がストーリーを作ったっておっしゃるんですか？」

信じられない気持ちをぶつける聖子だったが、右京には自信があるようだ。

「あの言葉はそういうふうに聞こえました」

「つまり、晃一さん殺しの犯人が捕まらないようにするために強盗事件をでっち上げた、そういう意味ですか?」

薫が整理した考えを、右京は目で肯定した。そして、聖子に向きなおる。

「この事件を追及すると、あなたにとって残酷な事実にぶち当たるかもしれませんよ」

「それは……家族の誰かが犯人っていうことですか?」

聖子の質問はストレートだった。右京がそれを受け止める。

「その可能性は十分あります。だからこそ、誰かを庇うために嘘のストーリーを作った。その答えは、美和子さんからの情報にあると思いませんか?」

後半の疑問は薫に向けられたものだった。

「え? ああ……なるほどね」薫は聖子に説明する責任を感じた。「ちょっと言いづらいんですけどね、嘉代さんが、あなたのお父さんは『死んだほうがよかった』って言ってたそうなんですよ」

聖子の表情が瞬く間に曇っていく。

「まさか」

「それが本心ならば、殺したほうの人間を庇うでしょうね」

「でも祖母は認知症を患ってますから」

聖子が必死に否定したが、右京は容赦なかった。

「患っているからこそ、真実の記憶が口をついて出るのかもしれません」


その夜、都内は突然の雷雨に見舞われた。御手洗邸の廊下の突き当たりの部屋には照明が点いていなかった。暗がりの中で老女が遠くを見つめている。聖子がその横に座り、熱心に話しかけた。

「お父さまが亡くなった日、なにがあったの？　聖子に教えてくださらない？　ねえ、おばあちゃま。お願い」

しかしその声は老女の耳には届かず、別の人間を呼び寄せたようだった。律子が入ってきて、娘を詰問したのだ。

「聖子、なにやってるの？　おばあちゃまはご病気なのよ！」

聖子は直接母親に疑問をぶつける作戦に変更した。

「お父さまは本当に強盗に殺されたの？　本当に強盗事件なんてあったの？」

「なに言ってるの！」律子が聖子の頬を平手で叩く。「出て行きなさい、早く！」

長く暗い廊下を自室へ戻る聖子の心の中には疑念が渦巻いていた。

五

翌朝、御手洗邸近くの神社の石段の下で嘉代の遺体が発見された。右京と薫が駆けつけたときには所轄の捜査員が慌しく動き回っており、境内の隅っこに御手洗家の家族が肩を寄せていた。

特命係のふたりは遺体の前で手を合わせ、被せられたシートをそっとめくった。嘉代の遺体の額には大きな傷があった。薫が所轄の刑事に確認する。

「この階段から落ちたって？　事故？」

「だと思います」

「落ちるとこ見た人は？」

「いません」

右京が遺体の足元に注意を払う。嘉代が履いていたきれいなサンダルが目に入った。

ふたりは境内へ戻り、聖子から話を聞いた。

「今朝、嘉代さんの姿が見えないので大騒ぎになった。そうでしたね？」

右京が質問すると、聖子が悲痛な顔で答えた。

「どこか徘徊してるんじゃないかって。すぐに警察に届けを出して、家族で近所を捜し回ったんです。それからしばらくして警察の方から連絡があって」

「嘉代さんは転落死していた」

省略された部分を薫が補う。悄然とうなずく聖子をさらに追い込むように、右京が自分の考えを述べる。

「たしかに嘉代さんは認知症を患ってらっしゃいましたから、あり得る話です。しかし、昨夜は雨が降っていました。夜明けまでには止んだようですが、まだあちこちに水溜まりが残っています。徘徊していたにしては、嘉代さんのサンダルがきれいすぎるんですよ」

聖子が大きく目を見開いて、声を上げる。

「事故死じゃないってことですか？」

境内に駐車された白いセダンを指差しながら、右京が聖子を翻弄するような質問を放つ。

「ここまではご家族ご一緒にあの車で？」

「そうですけど……」

「ちなみに車は何台お持ちなんですか？」

「二台ですが……」

その答えに満足したようすの右京が申し出る。

「よろしければ、ひと足先にお宅まで送りましょうか」

御手洗邸に着いた右京と薫は、車庫の中を細かく調べて回った。掃除の行き届いた車庫に一台の暗色の外車が停められていた。やがて右京が空きスペースの床の上にわずかな泥の痕跡を発見した。

「ここには、あの白い車が入るんですね？」

聖子が怪訝な顔で「はい」と肯定すると、右京がお得意の推理力を働かせた。

「あの神社には泥道がありました。嘉代さんのサンダルに徘徊した痕跡がない以上、車を使ったと考えるのが自然です。この泥は、車がいったん外を走ってここに戻った証拠でしょう」

「だけど、よくこんな痕跡が残ってるってわかりましたね」

いつもながらの上司の洞察力に感心する薫に、右京が推理の過程を説明した。

「嘉代さんを運んだ車と、ご家族で現場に駆けつける車を、わざわざ変えるとは思えませんからね。一度使って汚れてしまった車を使おうとするのが人情ですよ。いや、その証拠を消すためにも、二度目も積極的に同じ車を使おうとするのが人情でしょう」

論理的な右京の説明も、しかし聖子を納得させるには至らなかった。

「うちの家族を疑ってらっしゃるんですか？」

右京は聖子の非難を無視して、自分の興味を優先する。

「嘉代さんの履き物はどちらに？」

「母と祖母はいつも勝手口を使ってますけど」

特命係の変人に気圧《けお》された聖子はふたりを勝手口に案内した。靴箱の棚には草履やサンダル、パンプスなどがずらりと並んでいた。「いろいろありますねえ。しかし、嘉代さんの服装にはあのサンダルが一番合いますかね」

薫が右京の考えを後押しする。

「寝巻きでしたしね。草履とか革靴ってわけにはいきませんよね」

そこへ御手洗家の泰彦、眞治、律子が帰ってきた。刑事を見咎めた律子が鋭い声を飛ばした。

「なにやってらっしゃるんですか？」

「おまえがこちらを呼んだのか？」当主の泰彦は孫娘を叱ると、ふたりに向かって、

「まだなにかお話が？　お帰りいただけませんでしょうか？」

しかしこれくらいで引き上げるような右京ではない。

「嘉代さんは事故死ではないと思いますよ」

「なんだって？」

「事故を疑う点は三つ。いいですか、まずひとつ。嘉代さんのサンダルが徘徊していたとはとても思えないほどきれいである点。それから、もうひとつ。車庫に車を使った痕跡と思しき泥がある点。これは調べれば、神社の泥と一致すると思いますよ。さらにも

うひとつ。嘉代さんが服装に合うあのサンダルを履いていた点です」

これ見よがしに指を一本ずつ立てながら話す右京に、眞治が嚙みついた。

「合ってちゃいけませんか？」

予想通りの反応を得て、右京が不敵な笑みを浮かべる。

「冷静すぎると思いませんか？　ここに揃っている嘉代さんの履き物は、どれも寝巻きには合いそうにありません。患って徘徊するような状態なのに、冷静に履き物を選ぶでしょうかね？」

すかさず薫が上司のフォローをする。

「つまり、あのサンダルを選んだのは嘉代さん本人じゃないってことですかね？」

「寝巻き姿の嘉代さんを連れ出した際、犯人は当然のように、それに合う履き物を選んでしまったのでしょうねぇ」

「くだらん。帰ってくれ」

泰彦は吐き捨て、邸の中に入っていった。眞治と律子も刑事から目を逸らすようにして、そそくさと後に続く。

状況は決定的だった。それを悟った聖子が、昨夜嘉代から父の事件を聞き出そうとして、律子にぶたれた顚末を打ち明けた。

右京は首肯しながら、「そうですか。こんなことまでして一体誰を、なにを守ろうとしているのでしょうかねえ」ここでふと思いついたように、「失礼ですが、どういう経緯で宗家さんの秘書に？　宗家房一郎といえば次期総理大臣の呼び声高い人物です。なにか伝手《つて》でもおありだったんですか？」

忌まわしい事件から話題が変わり、聖子の顔に少しだけ明るさが戻った。

「わたし、大学時代に政治の世界を志したんです。祖父は政界なんてって反対しましたけど。そのころから宗家先生が意中の人でした。あんなに素晴らしい政治家はいませんし」

「たしかに誠実で高潔な印象の方ですねえ。政治家としては変わり種といえるかもしれませんが」

右京が率直な感想を口にすると、聖子は穏やかな口調で続けた。

「本当に汚れのない人です。自分を犠牲にして人のために尽くす人。一緒に働いてみて、それを実感しました。わたし、手紙を書いたんです」

薫が先を促す。「手紙を？」

「大学を卒業するころ、宗家先生にお手紙を。『先生のおそばでどうしても働きたい』って。かなり冷静に書いたつもりだったんですけど、そうじゃなかったのかもしれません。とにかく熱烈な手紙を差し上げました。そしたら、よっぽど変な奴だと思われたのか、『本当にやる気があるんだったら来なさい』ってお返事をいただいて」

「なるほど。一通の手紙がご縁だったわけですか」

右京がひとりでうなずいている。またなにか思いついたのだろうか。薫も自分なりに考えてみたが、なにも思いつかなかった。

庭先でたわわに実ったナスが揺れていた。

六

その日のうちに一気に事態が動いた。御手洗泰彦が警視庁に自首を申し出たのだ。前夜遅くに妻の嘉代を車で神社へ連れ出し、隙を見て石段の上から突き落としたという。取り調べに対して、泰彦は「どんどん壊れていく妻が不憫でならなかった」と動機を説明した。

捜査一課の伊丹たちはこれで一件落着かと色めきたったが、特命係の刑事たちは納得していなかった。病の妻を憐れんでの犯行というのは、本当の動機を隠す格好の理由になる。実際のところ嘉代は口封じのために殺されたのだろうとふたりは睨んでいた。

そのとき右京の頭を占めていたのは、ひとつの疑問だった。宗家房一郎は御手洗聖子からのたった一通の手紙にどう心を動かされたのだろうか？　直接その疑問を確認するために右京は切り札を切った。かくして都内の一流ホテルのスイートルームで、特命係のふたりは宗家房一郎と面会することになったのである。

大物政治家は臆するでもなくまっすぐに刑事の目を見て、部屋にいざなった。

「さあどうぞ」

「お忙しいところ、ご無理申しましてすみませんでした」

右京と薫が腰を折ると、宗家は軽く微笑みながら、「瀬戸内先生のご紹介は断れませんよ。さあ、お座りください」

右京は以前何度か事件で顔を合わせたことのある元法務大臣の瀬戸内米蔵に仲介を頼んだのである。ソファに落ち着いたところで、右京が本題に入った。

「早速ですが、先生は昔、ひょっとして御手洗家に出入りなさってらっしゃいませんでしたか？　秘書の聖子さんのご実家です」

宗家の顔が一瞬なぜわかったのだろうという表情になるのが、薫にもわかる。

「昔風に言うところの書生として一時期お世話になっていましたよ」

「やはりそうでしたか」

自分の推理が的中した右京が目を輝かせる。

「『やはり』とおっしゃいますと？」

それに答えたのは薫だった。

「いやあ、聖子さんが手紙一通で先生の秘書になったってお聞きして、それはまた一体どうしてだろうなって。疑問を持ったのは杉下なんですけどね」

右京がその言葉を引き継ぐ。

「泰治郎さんが、志のある若者を応援するのがお好きだったという話なので、ひょっとしたら先生も若いころ……と思い至ったわけです。それならば、手紙一通で聖子さんを秘書に採用なさったのも理解できますからねえ。なにしろ昔お世話になった家のお嬢さんなのですから」

「ええ、そのとおりです」

うなずいて立ち上がった政治家に薫が問いかける。

「聖子さんはそれはご存じないんですかね？　先生が昔あの家で書生をなさってたこと」

「覚えていないのか、当時の私といまの私が繋がらないのか、いずれにしても知らないようですね。まあ、私が書生だったころ、彼女はまだ五歳の少女でしたから」

宗家はばつが悪そうに煙草に火をつけた。薫がずばりと攻めこむ。

「どうして隠しておくんですか？」

「特に隠してるつもりはありません。ただ、殊更言うべき話でもないと思っています。彼女を秘書に採用した理由は、実は昔のコネだったみたいに思われるのは本意じゃありませんからね」自分の気持ちをなだめるかのように煙草を吸って、「彼女の手紙ねえ……実に素晴らしい内容でした。だから採用したんです。名前で採ったんじゃありません」

力強く言い切った宗家に、右京は別の質問を浴びせた。

「御手洗家で書生をなさってらっしゃったならば、二十二年前の事件はご存じですね？」

「晃一くんの事件のことですか？　もちろん知っています」

宗家が少し苦い顔になった。薫が爆弾を投げ込む。

「実は、強盗事件はなかった可能性があるんですよ」

「どういう意味でしょうか？」

「誰かが晃一さんを殺害した、それは間違いありません。でも、その犯人を庇うため、ありもしない強盗事件をでっち上げたんです」

薫が自信満々に語ると、宗家が真剣な目で問う。

「それはたしかなんですか？」

「まだ疑いの段階です」右京が譲歩する。「しかし、当時の記憶を隠しておけなくなった嘉代さんが殺されました。ご存じですよね？　嘉代さんが亡くなったのは」

「ええ、それは聞きましたが」

宗家が認めると、薫が再び爆弾を爆発させた。

「ご主人の泰彦さんが殺したんです」

「ええっ？」

「われわれは口封じだと考えてます。二十二年前の秘密を守るための」

「あなた方は二十二年前の事件を捜査してらっしゃるんですか？」

顔色こそ変わらなかったが、宗家の重々しい声にわずかに動揺が混じったように薫は感じた。右京がしみじみした口調で言った。

「ぼくの最初の事件なものですからねえ。どうしても真実を埋もれたままにはしておけないんですよ」


宗家房一郎がかつて書生として御手洗邸に出入りしていた。その事実を特命係の刑事たちから知らされた聖子はしばし呆気に取られた。そして宗家に直接確かめることにした。衆議院第一議員会館の食堂でコーヒーを飲みながら、聖子が目を伏せて告白した。

「先生が昔うちにいらしてたなんて驚きでした」

「別に隠してたつもりじゃないんだ」

聖子の耳には、そのせりふがなぜか言い訳めいて聞こえる。

「いろんな人が出入りしてたとはいえ、先生のことを覚えてなかったなんて、ちょっと自己嫌悪です」

「きみはぼくたち書生を一様に〝お兄さま〟と呼んでいた。きみには当時そのお兄さまがたくさんいたんだ。覚えていなくても仕方ないさ」

聖子が昔を懐かしむように語る。

「学生時代、テレビや新聞で拝見する先生のお姿になにか懐かしい感じがしてたのは、きっとそのせいだったんですね」

「そうかもしれないね」

「ふうちゃん」聖子は顔を上げ宗家をまっすぐ見つめて、「祖父や祖母がそう呼んでたのが先生ですか？」

「ああ、そうだよ」

大物代議士の顔に照れたような笑みが広がる。

「本当に迂闊でした」

「嘉代さんのお葬式はいつ？」

「明日です。でも、こんな状況ですから、祖母には気の毒ですけど、家族だけで済まそうと思ってます」

身内のスキャンダルに耐えて気丈に振る舞う秘書の姿に、宗家は同情を禁じえなかった。

翌日、宗家房一郎は御手洗家でひっそりと執り行われた嘉代の葬儀に出席した。弔問を終えて帰ろうとする宗家を、律子と聖子が玄関口まで見送る。

「今日はわざわざありがとうございます」

深々と礼をする律子に、宗家も頭を下げて応じた。

「いえ。幸いスケジュールを調整できました。お別れができてよかった。では、失礼します」

「お気をつけて」

だがしかし、宗家はそのまま立ち去ることはできなかった。聖子が玄関の戸を開けると、特命係のふたりが待ち構えていたのである。

「内輪のお葬式だとお聞きしたもんですから、中へお邪魔するのは遠慮して、ここでお待ちしていました」

「私をですか？」

薫が言うと、宗家が意外そうな顔になる。

「ほんの二、三分で結構です。お手間は取らせません」

丁寧に申し出る右京を、律子は疫病神を見るような目で睨む。

「またあなたなの？」

「なにしろお忙しい方ですから、なかなかスケジュールに割り込めません。そこで、こういう失礼なかたちになりました」

「なんでしょうか？」宗家はちらっと腕時計に目を落とし、「五分くらいなら大丈夫ですが」

「恐れ入ります」と右京。「実は、二十二年前の事件の夜、先生もこのお邸にいらっしゃったのではないかと思いまして」

すぐに聖子が特命係の警部の言葉を継いだ。

「おふたりから先生がうちで書生をなさってたってお話を聞いたとき、思い出したんです。あの夜、童話を読んでわたしを寝かしつけてくれたのは、先生だったって」

律子が強引に割って入ってくる。

「違うわ。それは勘違いよ！」

「勘違い？」

「あの夜、あなたを寝かしつけてくれたのは里中さんだわ」

断言する律子に、右京が念のために確認する。

「里中邦明さんですか？」

「ええ。たしかに宗家さんもよく聖子を寝かしつけてくださいましたけど、里中さんもよ。あなたが勘違いしてるのよ、里中さんと」律子が娘に迫る。「ようく思い出してごらんなさい。邦明くんと呼ばれていたお兄さまが童話を読んでくださったのよ、あの夜は」

母親から断言されて、聖子は頭を抱えた。

「わからない……そう言われてみれば、そんな気もする」

表の声が聞こえたのか、あるいはいつまでも戻らない律子と聖子が心配になったのか、いまや御手洗家最後の男性となった眞治が出てきて、声を荒げた。

「いい加減にしてもらえないか、あんたたち。時効の過ぎた事件をいつまでほじくり返してるつもりなんだ！」

「宗家さん、どうぞもうお帰りください」

律子が促すと、代議士は礼儀正しく刑事に訊いた。

「他に確認なさりたいことは？　申し訳ありませんが、私はそろそろ」

「お引き止めしてすみませんでした」

車に乗って立ち去る宗家を見送った右京が、「よろしければ、われわれもお線香を一本あげさせていただけませんでしょうか」と申し出たが、眞治と律子からきっぱりと断られた。仕方なく立ち去ろうとした右京が、なにかを思い出したように、左手の人差し指を立てた。

「ああ、もうひとつだけ。聖子さん、書生の方に寝る前よく童話を読んでもらっていたようですが、お父さまはそういうことをしてくださらなかったのですか？」

「父ですか？　どうしてそんな質問を？」

質問の趣旨がつかめず、聖子が戸惑う。

「ちょっと気になったものですから。どうですか？」

「父に読んでもらった記憶は……ありません」

「そうですか。では、失礼します」

辞去する際、右京は腑に落ちたような顔になっていたが、聖子の頭には深い霧がかかっていた。

その夜、聖子は悪夢を見た。御手洗邸の長く暗い廊下をなにか禍々しいものがひたひたと迫って来る。そんな内容の嫌な夢だった。

七

翌日の午後、特命係のふたりは東京拘置所に呼び出された。接見室で待っていると、手錠をかけられた御手洗泰彦が係員に連れられて入ってきて、ガラス越しにふたりに深々とお辞儀をした。

「申し訳ありませんでした。突然お呼び立てして」

「話したいことって、なんですか？」

薫が勢い込むと、悟りきったような顔の泰彦が言った。

「告白しようと思っています。二十二年前、晃一を殺したのは、私です」

「えっ？」「なるほど」

薫が驚きの声を上げる傍らで、右京は納得している。泰彦が淡々と自白した。

御手洗晃一はひどい癇癪持ちで、カッとなると見境がなくなる男だった。その性格には家族中が手を焼いており、あの夜、嫁の律子を殴る晃一を見て、ついに堪忍袋の緒が切れた。勘当を申し渡すと、逆上した晃一が近くにあった果物ナイフを手に取った。揉み合ううちに、泰彦は晃一を刺してしまった。

告白を聞き終わった右京が訊く。

「やはり強盗事件はでっち上げだったんですね？」

泰彦は達観したようにうなずき、「そうです。家族みんなで口裏を合わせて架空の強盗犯をでっち上げました」

「その話が本当ならば、正当防衛の可能性がありますよ」

薫が提案しても、泰彦は覚悟を固めていた。

「たとえそうだったとしても、倅《せがれ》を殺した事実に変わりはありませんから。公になれば家名に傷がつく。ですから……」泰彦は右京に向かい、「例の懐中時計。あれはたしかに父が里中くんにあげたものです。当時、混乱の中でうっかり失念して、強盗に盗られたと申告してしまったのが私の唯一のミスでした」

泰彦と別れ、接見室を出たふたりは受付窓口に向かった。そこで面会者名簿を見せてもらう。今朝九時四十五分、御手洗律子の名があった。

「やはり、ありましたか」

　薫が上司の考えを読む。

「今朝、面会に来てますよ。律子さんは当然、昨日のことを報告したはずですよね？　そしたら泰彦さんが俺らを呼び出して罪の告白。これは、どう解釈すべきでしょうね？」

「どうしても庇いたい人がいらっしゃるんじゃありませんかねえ」

　東京拘置所を出たところで、ふたりは意外な人物に出会った。警察庁長官官房室長の小野田公顕《こうけん》だった。小野田はかつて右京の上司だったことがあり、警視庁内に特命係というどの部にも属さない破格の組織を作った黒幕の人物でもあった。運転手がドアを開けた車から出てきた小野田がふたりを誘う。

「乗らない？　送っていきますよ」

「われわれも車ですから」

　右京が断ると、小野田は「じゃあ、そっちの車に乗せてよ。送ってちょうだい」と一方的に決め、自分の車を帰らせてしまった。

　大物警察幹部を後部座席に乗せて警察庁まで送りながら、運転席の薫が質問した。

「御手洗泰彦さんとお知り合いだったんですか？」

「割と古くから知ってましたよ。親しくなったのは、ここ五年くらいのことですけどね。

いまは碁を打ち合う仲」ここで小野田が昔の部下にさりげなく忠告した。「杉下、時効の過ぎた事件をつつき回すのは感心しませんね。そんなことが許されたら時効制度そのものが意味をなくしてしまう。おまえのしてることは時効制度をないがしろにする行為だよ」

「承知しています」

かしこまった答えを寄越す右京に、小野田が釘をさす。

「承知してる人間はこんな真似しないよね。しかし、これで気が済んだ？　御手洗さんの告白を聞いてきたんでしょ？」

「官房長もお聞きになったんですか？」

小野田は近しい人間からは官房室長ではなく官房長と呼ばれていた。薫もこの呼称を使った。

「この間ね。御手洗さんから逮捕される前に連絡をもらって、すべて聞きました。今回は大目に見るけど、二度とこういう真似はしないでちょうだい」

「官房長がお聞きになった告白はどういうものでしたか？」

右京がかまをかけたが、小野田の答えはそっけなかった。

「おまえたちが聞いたのと一緒でしょ。だから、終わりにしてね、これで。どういう意味か、おまえならわかるでしょ」

その夜、マンションに帰った薫は浮かぬ顔でビールを飲んでいた。宗家房一郎の話題になったところで、事情通の美和子が言った。

「とびっきりの人格者だってよ。おまけに実力もある。ふつう永田町じゃ人格者なんて出世できっこないって言われてるのに、あの人は次期総理候補だもんね。〝永田町の奇跡〟って言われてる人だよ」

「ああ、そうらしいな」

薫はビールを一気に喉へ流し込む。

「この間も被災地に義援金を寄付してたけど、議員になってからずっとだよ。ポケットマネーを弱者救済に充ててさ。最初のうちこそ人気取りのパフォーマンスだって陰口叩かれてたけど、そもそも国会議員は選挙区じゃ寄付行為はできないから票稼ぎじゃないしね」

「うん」

夫の渋い顔を美和子がのぞき込んだ。

「いまじゃあの人が国民のために本気で働いてるのを疑う人はいないよ。そんな人が事件に関わってるって？」

「右京さんはそう睨んでる」

薫はそうつぶやいて、煙草に火をつけた。

八

翌日、議員会館の宗家事務所へ一通の電報が届いた。宗家房一郎は文面に目を通すなり、男性秘書のところへ行き、その日の夜の予定をキャンセルするように伝えた。

電報は御手洗律子からだった。

——お話ししたいことがございます。本日午後八時、六本木ガーデンテラスにてお待ち申し上げます。律子

その夜、六本木ガーデンテラスの屋上に人待ち顔の女性の姿があった。御手洗律子である。約束の時間ぴったりに着いた宗家房一郎が歩み寄る。

「お待たせしました」

律子が一礼し、口火を切る。

「お話というのは？」

「いや、お話はあなたが」

「えっ？」

相手の女性が驚くのを見て、宗家は罠に気づいた。

「もしかして、ぼくから電報が来ましたか？」

「ええ」

律子がバッグから電報を取り出した。それを読んだ宗家は、おもむろに内ポケットから紙片を取り出した。

「ぼくのところにも、あなたから」

「わたしは電報なんか……」

宗家が辺りを見回すと、暗がりから右京、薫、聖子の三人が現れた。

「聖子……」

娘の姿を認めた律子がおびえたような声を出すと、宗家が静かに問い質した。

「あなた方でしたか」

「申し訳ない。こうでもしないとお集まりいただけないと思ったものですからね」

右京の言葉を聞き、律子が娘に詰め寄った。

「あなたが電報を出したの？」

「いえ、出したのは私です」と薫。

「聖子さんには、宗家さんのスケジュール面でご協力いただきました」右京が宗家に言う。「なにしろあなたはお忙しい。そこで、彼女にキャンセル可能な予定を探していただいたんですよ」

聖子が沈んだ声でふたりに謝る。

「申し訳ありませんでした。騙すような真似をして」

「どうしてこんなことをするの？」

「わたし……思い出したの……お父さまのこと」聖子が母親の目を見て言った。「この間杉下さんから、父親に童話を読んでもらったことはないのかって訊かれたのがきっかけだった。そういえば、わたしには幼いころの父親の記憶が一切ない。遊んでもらった記憶すらない。どうしてだろうって一生懸命思い出そうとしてみたの……思い出したわ。お父さまはわたしに……」

不意に律子が叫び声を上げた。

「やめてちょうだい！　わかったからもう」

しかし、聖子はやめなかった。忌まわしい記憶の封印をその場で破ったのである。

「わたしを……わたしをオモチャにした。それが幼いころのわたしの父親の記憶だった」

「ああっ！」

隠し通してきた事実が明るみに出、律子がむせび泣く。宗家が律子の肩をそっと支えた。

「晃一さんが殺されたのは、それが理由ですか。娘への性的虐待」

薫のひと言はその場の人間の胸にずしりと響いた。律子のむせび声が高まる中で、右京がだめを押す。

「嘉代さんが晃一さんを指して『死んだほうがよかった』とおっしゃっていたそうです。実の母親が息子をそんなふうにおっしゃるのは尋常ではありません。よほどの事情がなければ、そうはおっしゃらないでしょうね」

律子が顔を上げ、涙声で右京に訴える。

「ええ、そのとおりです。だからお義父さまがあの人を殺したんです！」

「犯人は泰彦さんですか？」

薫の質問に律子は「そうです」と即答した。しかし右京はそれを信じてはいなかった。宗家房一郎に向きなおると、「どうして、今日ここへ？」

「なにをおっしゃってるんですか？　あなた方が嘘の電報でわたしたちを呼び出したんじゃないですか！」

律子が猛烈な勢いで抗議しても、右京は追及をやめなかった。

「しかし、キャンセルが可能だったとはいえ、予定を取りやめてまで宗家さんはここへ駆けつけたんです。つまり宗家さんは、どうしても律子さんのお話が聞きたかったわけですよ。そうですよね？」

黙り込む代議士に秘書が暗い目を向けた。

「杉下さんはこうおっしゃったんです。『もしも先生がここにいらっしゃるようであれば、二十二年前の事件に関与している』って」

ついに宗家が口を開いた。

「電報は一種のリトマス試験紙だったわけですね」

右京が宗家の心中を推し量った。

「泰彦さんが晃一さん殺しの犯人と名乗り出たことは、あなたにとって見過ごせない事態だったのではありませんか？　だから、ここへいらっしゃった」

「あの夜、枕元で童話を読んでくださったのは、やっぱり先生ですか？」

宗家への聖子の問いかけは、母親が必死になって否定した。

「違うって言ってるでしょう。里中さんよ！」

「失礼とは思いましたが、宗家さん、あなたの過去をちょっと調べてみました」

右京のせりふに反応して、宗家の顔がほんのわずか強張る。薫が畳みかけた。

「大学時代の同級生の方数人に話をお聞きしました。皆さん、いまの宗家さんが信じられないっておっしゃってましたよ。昔はずいぶんヤンチャもされたそうじゃありませんか」

宗家はすげなく、「若気の至りですかね」

右京が一歩前に身を乗り出し、パンドラの匣《はこ》を力ずくでこじ開けにかかった。

「しかし、いまは違う。聖子さん曰く『自分を犠牲にして人のために尽くす人』。人間どうしたら、そんなふうに画期的に変われるのでしょうねえ。ぼくのような俗っぽい人間は、なにか変わるきっかけがあったのではないかと、つい思ってしまうんですよ。生まれ変わる大きなきっかけが」

「もう時効でしょ！　どうしてそんなにこだわるんですか！」

律子ひとりが抵抗したが、もはや形勢は圧倒的に不利だった。

「ええ、おっしゃるとおり時効はとっくに過ぎています。ですから、いいじゃありませんか。真相をお聞かせいただいても」

「たとえ真相がわかったとしても、俺らは手も足も出せませんから」

右京と薫が宗家の口を割らせようと、誘い水を向ける。宗家が寂しげに笑った。

「あなた方は意地悪な人だ。時効はまだ成立してないでしょう。私を疑ってらっしゃるんだから、もうその辺のこともお調べなんでしょう？」

「恐れ入ります。そのとおり、犯人があなただった場合、時効はまだですね」

右京がそう認めたので、聖子が混乱した。

「えっ……どういう意味ですか？」

薫が説明役を買って出る。

「宗家さんは昭和六十年から六年間、海外へ出かけてらっしゃいます。大学時代のご友人は、海外生活が宗家さんを変えたんじゃないかっておっしゃってましたよ。そして帰国後、議員になられてからも外遊などで度々出国してらっしゃる。日本にいらっしゃらなかった時期を通算すると、時効はまだ成立してません」

ここで右京が手の内を明かした。

「宗家さん、実は、あなただけだったんですよ。われわれが二十二年前の事件を調べていることを知っても、もう時効になった事件じゃないかとおっしゃらなかったのは。泰彦さんも律子さんも眞治さんも、うちの刑事部長も官房長も、みんな時効を口にしたのに、あなただけそれをおっしゃらなかったんです。自覚がおありなのだなと思いました。ですから調べてみました」

「なるほど」

宗家がうなずいた瞬間、律子が刑事たちの前に出てきた。

「お義父さまが犯人です！」

しかし、いまの宗家房一郎は逃げ隠れする人物ではなかった。

「いや、私です！」

「先生……」

立ち尽くす娘の横で、律子が懸命にかばう。

「いえ義父《ちち》です！　泰彦です！」

「いいんですよ、律子さん。泰彦さんに余分な罪を背負わせるわけにはいかない。私が晃一くんを殺しました。殺意もありました。れっきとした殺人事件です」

「宗家さん！」

ついに律子が泣き崩れた。

「私は殺す意志を持って、たしかにこの手で、晃一くんを殺しました！」

そう決然と言い放つ宗家の姿には迫力すら感じられた。そのとき、宗家の目蓋の裏には二十二年前の不幸なできごとがフラッシュバックのように立ち現れていた。

聖子への性的虐待を知った宗家は、部屋で寛ぐ晃一に殴りかかった。揉み合いの中で先に果物ナイフを手にしたのは晃一だったが、腕力では宗家のほうに分があった。晃一を刺した後、留学中だった眞治を除く御手洗家の全員で家族会議が開かれた。自首しようとする宗家を止めて、泰彦が語ったせりふを宗家はいまも鮮明に覚えている。

「わが子だが、きみが自首すれば、この男のおぞましい行為が明らかになる。それはわれわれの望むところではないんだよ。聖子もこれで救われたんだ！」

最後は当主の泰治郎が涙ぐみながら土下座さえしたのだった。

「われわれは、きみに感謝こそすれ、恨んだりはせんよ。大きな十字架を背負って生きるのはつらいだろうが、すべてきみの胸にしまっておいてくれ。頼む、このとおりだ！」

「皮肉なもんですね」回想を断ち切り宗家が言った。「あなたのおっしゃるとおり、晃一くんを殺さなかったら、私はこんなふうにはなっていなかったでしょう。人を蹴落とし、つまずき、いまごろはきっと埋もれていたと思います」

右京が殺人者の告白を正面から受け止める。

「背負った十字架が、あなたをいまのあなたに変えた」

「重たい十字架でした」

宗家が正直な実感を語った。

「罪を償うというのは、そういうことなのかもしれませんねえ」右京は同情のこもった口調を一転して改め、職務に戻る。「しかし、時効を前に告白を聞いてしまった以上、われわれはあなたを逮捕しなければなりません」

「そうしてもらうつもりで告白したんです」

「お願いします。目をつぶってくださいませんか！」

刑事に懇願する律子をなだめたのは、宗家自身だった。

「いいんですよ、もう。そろそろ十字架を下ろさせてください」

涙で頰を濡らした聖子が、右京にすがりついて訴えかける。

「杉下さん、先生が総理になられたら日本はもっとよくなります。これは本当です。それなのに逮捕しなければならないんですか？　先生は立派に罪を償ってこられたじゃないですか。これからだって……」

「得がたい政治家であることは十分承知しています。しかし、ぼくはいまはっきりとこの耳で告白を聞いた。無しにはできません」

特命係の変人と揶揄《やゆ》されることも多い杉下右京はどんなときでも正論を吐く。しかし正論は正しいがゆえに、ともすると融通がきかない場合もある。亀山薫はそう考えていた。

「だったら、自首にしませんか？　宗家さん自ら出頭していただければ自首が成立します。いいでしょう、自首で。十分でしょう？　右京さん！」

「きみがいつもそばにいてくれて助かりますよ」

右京が珍しく相棒を褒めた。

「え？」

「ぼくには、きみのようなしなやかさが欠けています」自分の弱点を認めた右京が宗家と向き合った。「お願いできますか？」

「はい、わかりました」

「では、行きましょう。亀山くん」

右京の合図で、薫が聖子を連れて去っていく。それに続こうとした右京は立ち止まり、忘れ物でもしたかのように振り向いた。疑問を最後まで解き明かすのも右京の性分だった。

「もうひとつだけよろしいでしょうか。たしかに晃一さんの行為は許せないものです。幼い娘への性的な虐待。ぼくも強い憤りを感じます。しかし、その憤りが直ちに殺したいという衝動になるでしょうか。強い正義感から殺害に及んだ、無論そう考えることもできますが、もっと直接的な、晃一さんに殺意を抱く感情があなたにあったのではないか、そんな気がしてならないんですよ」

噛んで含めるような右京のひと言ひと言が、律子の涙腺を揺さぶった。宗家は真剣な顔になり、そんな律子をいたわるように背中に手を当てた。

「聖子さんがあなたに憧れて熱烈な手紙を出して秘書になったというのは、単なる偶然でしょうかねえ。もっと根源的な深い繋がりがおふたりにあり、必然的にそうなったと考えるのは、考えすぎでしょうかねえ」

右京の口ぶりに非難するような調子は感じられなかった。むしろ慈しむような響きがあった。

「宗家さん、聖子さんはあなたの娘さんですよね？　そう考えれば、あなたの殺意にも納得がいくのですが。十分あり得る、過去の過ちだと思いますよ。聖子さんはもう立派な大人です。真実を教えてあげてはいかがでしょう？」

唇を噛みしめた宗家が涙にくれる律子と今夜初めて真正面から目を合わせた。視線が絡まりあい、ふたりの間に感情の交流が生じた。遠くからこちらを振り返っていた聖子にも、その一瞬の無言のやりとりの意味が確実に伝わったようだった。

九

翌朝は快晴に恵まれた。議員バッジを外した宗家房一郎は、やや緊張した面立ちで、約束どおり警視庁に出向いた。

現役の与党政調会長の出頭で警視庁がてんやわんやの騒ぎになっているころ、特命係のふたりの刑事は近くの公園のオープンテラスカフェで御手洗聖子と会っていた。

「いずれにしても聖子さんにとっては残酷な結果になってしまいましたね」

薫が気遣うと、聖子は健気に言った。

「いいえ。欠落してた記憶が取り戻せてよかったです。たとえそれがどんなにつらい記憶だとしても、わたしの人生の大切な一部ですから」

大丈夫、この女性ならば乗り越えていける。そう確信する薫の隣に座った右京が質問した。

「これからどうなさるおつもりですか？」

「この世界にしがみついていようと思います。わたしもいずれ先生のような素晴らしい政治がしてみたいから」

「期待しています」

薫の正直な気持ちだった。右京も微笑みながらうなずいている。

「それからこれ」聖子がバッグからファイルを取り出した。議員会館の宗家事務所の来客名簿だった。「ここに」

聖子が指差す先に「里中邦明」の名前があった。

「事務所に陳情に見えた方の名簿です。半年ほど前に里中さんが先生に会いにいらっしゃったみたいなんです。担当した秘書に訊いてみたら、先生も会われたそうです」

「里中さんはなにしに?」

聖子は質問者の薫を見つめながら、「ホームレスハウスを守ってほしいとお願いに来たそうです。昔の知り合いの里中さんが会いにいらしたので、先生もお時間を割かれたんだと思います」

「そうでしたか」

右京が感慨深げに語ったところへ、小野田公顕がやってきた。特命係のふたりが立ち上がってお辞儀をしたため、聖子もそれを機に立ち上がった。

「それじゃあ、わたしはこれで」

「がんばってくださいね」

「ありがとうございます」

笑顔で去っていく聖子を見送りながら、小野田が右京に言った。

「おまえにはがっかりです」

「はい？」

「探偵気取りの人間は往々にして個人的興味を優先させる。改めてそれがよくわかりました。社会人としてはほとんど欠陥品です。このままだと、いずれおまえと決定的に対決しなければならない日が来るかもしれませんねえ。もちろん、そういう日が来ないことを祈ってますけど」

小野田の小言を聞いた右京が、視線を合わせずに応じる。

「ぼくも、できれば争いごとは避けたいですねえ」

「おまえ次第ですよ」小野田は腕時計を見て、「ちょっと早いけど、お昼どう？」

「今日はやめときましょう」

「だよね。きみたちは、汚いけどおいしいお店を知ってるでしょ」

小野田が茶化すと、薫が軽口を返す。

「今度お連れしますよ」

「そう。楽しみにしてます」

「ああ、ひとつだけ」手を挙げて立ち去ろうとする小野田に、右京がお得意のせりふをぶつけた。「拘置所の泰彦さんに嘘の告白をするよう入れ知恵したのは、官房長ですか?」

小野田はその質問には答えず、曖昧な笑いを浮かべて足早に去っていった。

第二話

「スウィートホーム」

一

長い春を経た末のこととはいえ、やはり新婚生活というのは新鮮なものである。お互いの顔も見飽きるほど見てきたし、性格も知りすぎるくらい知っている亀山薫と美和子だったが、夫婦となるとまた違った様相を帯びるものだ。ましてや元来ふたりとも気が合うほうだし、馴《な》れ合うツボもよく心得た仲である。

久しぶりにゆっくりできそうな休日の午後、行き先も告げずにドライブに誘われた美和子は、なかなか口を割らない薫の首を絞めていた。

「どこに行くの？　言いたまえよ」

「おお、危ない危ない！」

そんなふうにじゃれあっているうちに、どうやら目的地についたらしい。薫が車を停めたのは、ある洋館風の一軒家の前だった。

「こんにちは。お待ちしておりました」

洋館から出てきた若い女性が、車から降り立ったふたりに丁寧に頭を下げた。紺のスーツをびしっと着込み、豊かな黒髪をアップに結い上げた、いかにも仕事ができそうな美人である。

「お世話になりますー」

薫の鼻の下は心なしか伸びているように見える。不愉快げに眉間に皺を寄せた美和子に、薫はその女性を紹介した。

「こちら、不動産屋の諏訪町子さん」続いて美和子を紹介する。「妻の美和子です」

何の屈託もなく会釈をする町子に、美和子も「どうも」と頭を下げた。なんだかよくわからないが、不動産屋と知ってちょっと安心した。

「どうぞ、ご案内します」

町子の後についてふたりは屋敷に入った。玄関のドアを開けると吹き抜けのホールに二階に上がる階段がついている。内装の作りや家具調度はロココ調とでも言ったらいいか、アンティークな風合いを伴って高級感に溢れている。

「こちらへどうぞ」

まず最初に町子が案内した部屋はリビングルームだった。家具付きなのか、白い布に覆われてはいるものの、アップライト・ピアノやらソファやらライトスタンドやらひと目でわかる豪勢な設《しつら》えである。

「わあ、すごーい」

狐に摘まれたような顔をしていた美和子が思わず感嘆の声を上げてしまったのは、薫に手招きされてバスルームの脇にサウナ室を見つけたときだった。薫はそんな美和子の様子を、驚くのはまだ早いというかのように見ていた。実際、煙草や葉巻を楽しむシガールームまでついていて、床にはルネサンス調の天使の絵が描かれたタイルが貼ってあった。そして薫の切り札は、百五十坪もあるという庭だった。

「ははは、どうだ！　たしかに古いけど、これでもずいぶんマシになったんだぞ。俺がいろいろ注文出して修繕してもらったんだ。まあ、これだけデカけりゃ文句ねえだろ。な？」得意顔で美和子に胸を張った薫が、少し照れ臭そうに言葉を濁した。「……子どもができたときのためにも、広いほうがいい……もんな」

「ねえ、薫ちゃん？」

そんな薫の顔を心配そうに覗き込んだ美和子は、薫の次のひと言で、まさかという予感が的中してしまったことを悟った。

「うん、まあ……買っちゃった！」


「あのー、先輩。家買ったって、ほんとっすか？」

警視庁の廊下ですれ違いざま捜査一課の芹沢慶二に訊ねられて、薫は驚いたような振りをした。

「参ったなあ、もう。誰がしゃべったのかなあ」

頭を掻きながら答える薫は言葉とは裏腹に、誰かに話したくて仕方がないのが一目瞭然だった。

「まあね、男は一国一城の主になってこそ一人前って言うからね」

「一国一城ねえ……」

芹沢の後ろで、同じく捜査一課の三浦信輔が揶揄《からか》うような視線を投げる。

「へっ、どうせ小せえんだろ！」

憎々しげに吐き捨てたのは、薫の天敵、伊丹憲一だった。

「ああ小さいんだよね。六ＬＤＫで二百五十坪しかないからねえ。人にしゃべんなよ、おまえらぁ～」

薫は勝ち誇ったように言いながら去って行った。そのときの伊丹の顔を、美和子にもぜひ見せてやりたかった。

特命係の小部屋でも、薫の新居の話題でもちきりである。

「もう引っ越しは済んだんですか？　なにかお祝いをしなければいけませんねえ」

薫の上司である警視庁きっての変わり者、杉下右京が世間並みの愛想を言うのが可笑しい。

「いいんですよ、そんなの。右京さんも一度遊びに来てくださいね。サウナあるんですよ、サウナ！」

そこへ、いつものように隣の部屋から油を売りにやってきた組織犯罪対策五課の角田《かくた》六郎が、開口一番に言った。「どういうカラクリだよ？　おまえの給料でそんな豪邸が買えるわけねえだろ。あれか？　実家のパパとママに買ってもらったのか？　この造り酒屋のお坊ちゃんが」

「違いますよ。ちゃんと自分で買いました」

納得がいかない様子の角田は、「警部殿は裏、知ってるよね？」と右京に訊ねる。いきなりお鉢が回ってきた右京は口にしたダージリンを思わず吹き出しそうになりながら、辛うじてシラを切った。

右京が紅茶を吹き出しそうになったのにはそれなりの理由があった。その夜、行きつけの小料理屋〈花の里〉のカウンターに並んだ亀山夫婦からその理由を聞き出した店の女将、宮部たまきは絶句した。

「天城真《あまぎまこと》の家？　天城真って、あの？」

「オカルト界の重鎮。悪魔崇拝の研究家でもありました」

薫から事前に事情を知らされていた右京は、涼しげな顔で猪口を口に運びながら説明を加えた。死者を蘇らせる研究をしているという噂もあった天城は、たびたびワイドショーなどでも取り上げられる有名人だった。彼の著書『悪魔の儀式書』は大ベストセラーとなったが、かえってそのことが災いとなった。その本が神を冒瀆する内容だとして各宗教団体から猛反発を受けているさなか、自宅に押し入った暴漢によって殺害されたのである。

「つまり、その家なんです。若者たちの間では心霊スポットになっていたりもしたんですが、なかなか買い手がつかなかったらしくて……」

美和子はため息をつく。

「美和子さん、それでいいの？」

たまきが同情の眼差しを向ける。

「だって、この人が勝手に」

美和子が口を尖らせて薫を見やると、いかにも心外、というように薫は声を荒げた。

「黙って聞いてりゃもう！　あんないい家が安く手に入るんだぞ。買わない手はねえだろ？」

「でも幽霊屋敷でしょ？」

たまきから身も蓋もない表現をされた薫は苦笑しながら話題を右京に振った。

「そういえば右京さん、幽霊お好きでしたよね？」

「いや、好きというわけではありませんが……一度お目にかかってみたいものですねえ」

意味深な目で見られると、薫もなんだか尻のあたりがむず痒い。

「やめてくださいよ、みんなして。俺は刑事、美和子はジャーナリストですよ。悪魔だの幽霊だの、そんなもん信じちゃいませんよ！　なにを言ってんのかなあ」

それはなによりも自分自身に向けた言葉だった。

二

夜のしじまに遠雷がこだまする。にわかに風が強くなり、洋館を取り囲む木立がごうごうと音を立てた。蒸し暑いのでわずかに開けておいた窓がパタンパタンと風に鳴り、カーテンを躍らせた。突然の稲光りがベッドに並んで寝ている薫と美和子の横顔を照らし出す。寝苦しいのか、さきほどからしきりに寝返りを打っていた美和子がベッドの上に跳ね起きてナイトスタンドを点けた。

「ん？　どうした？」

薫が眠たそうな目をこする。

「……金縛り」

「なんだ、それ？　疲れてんだよ」

薫が覗き込むと、この家に帰ってからずっと寒気がするという美和子の顔色は、たしかに最悪だった。胸元をさすりながらトイレに行った美和子が、時を経ずしてバタバタと足音を立てて寝室に戻ってきた。

「やっぱりこの家、変だよ……なんかいる」

「なに言ってんだ？」

おびえる美和子を鼻で笑った薫は、ベッドを出て階下に降りて行った。その背中に隠れるように美和子もついてゆく。虚勢を張ってはみたものの、やはり薫も怖い。暗闇に近づくに従って足取りが重くなった。

「こっちもちゃんと見てよ！」

ちゃっかりリビングルームを素通りしようとした薫が、美和子の指摘を受けて渋々重いドアを押し開けた。明かりをつけてみたが、そこにはなにもなかった。

「ははは。なぁ、なんにもいないんだっちゅうの！」薫は自らを安心させるように大声で笑った。「大体ジャーナリストだろ？　そういう非科学的なこと……聞いてるか？」

美和子を見やると、立てかけてある姿見に目線を貼り付かせて固まっている。

「おい、なに見てんだよ」

薫も鏡の中を覗くと、稲光りに照らし出された白い顔がボーッと浮かんだ。目を見合わせたふたりはそろって反対側に振り向いてみる。

そこには黒いマントを身にまとい、深く被ったフードから白茶けた蓬髪をたらした何者かが立っていた。冷たく白い面に黒く穿たれたふたつの眼窩は不気味にこちらに向けられている。薫と美和子はへなへなと床に崩れ落ち、震える手で顔を覆った。一瞬を置いて腹の底から悲鳴が出た。

「で、出たあーっ！」

翌朝。昨夜の嵐など嘘のようにすっかりいい天気になった。そんな気持ちのいい朝だが、リビングルームの椅子にぐったりともたれた薫は寝不足も祟って冴えない表情である。

「大丈夫ですか？」連絡を受けて駆けつけた諏訪町子が心配そうに訊ねる。「奥様は？」

「熱出しちまって寝込んでます」

申し訳なさそうに頭を下げる町子に、薫のほうも言いづらそうに切り出した。

「あのう、契約時につけたオプションのことなんすけど」

「お約束どおり、三か月以内でしたら同額で買い戻させていただくことも可能です。もともと特殊な事情を持った物件ですし……もし亀山さまがどうしてもこちらには住めないとおっしゃるのであれば、そのように手配いたしますが」

町子はビジネスライクにてきぱきと答えながらも、途中から窓の外が気になって仕方ないようだった。

「あの方はどなたでしょう？　先ほどからうろうろされてるんですが」

薫が町子の視線の先をたどると、そこには何か思案顔で後ろ手を組みながら窓の外を行ったり来たりしている杉下右京の姿があった。

「俺の上司です。訳を話したら調べに来てくれて」

薫と町子の目線を感じた右京は、玄関に回ってリビングに入ってくるなり、町子に慇懃な挨拶をすると、薫のほうを向いて言った。

「幽霊も悪魔も信じないんじゃなかったんですか？　亀山くんは」

「でも、あんなまともに見ちゃったら信じるも信じないもないっすよ」

「羨ましいですねえ」

「もう、他人事だと思って！　美和子は寝込んじまってんですよ。これはもう、悪魔の呪いですよ」

右京の皮肉な口調に抗議するように薫はむきになった。

「発熱、全身のだるさ、吐き気でしたね？　警視庁でも何人か同じ症状で欠勤しています。たちの悪い風邪が流行っているようですよ。常識的に考えればそちらの可能性のほうが高いと思いますよ」

そう言いながら、右京はリビングの隅々に目を走らせている。

「だって俺見たんですから、この目で！　あれは死神ですよ、死神」

昨夜、美和子の前で強がってみせた人間とは別人のように薫は怯えていた。一方の右京は床に這いつくばってなにかを熱心に見ている。

「死神の髪の毛はポリエステルでできているのでしょうかねえ」

右京は床から長い髪の毛のような、糸のようなものをつまみ上げた。

「ポリエステル？」

「化学繊維であることは間違いありません。ここととシガールームと洗面所の前にも落ちていました。あちこち歩き回ったようですねえ」

いつものことながら、この上司はもう何らかの手がかりを得ていたのだ。

証拠品をハンケチに包んで内ポケットにしまった右京は、再び部屋を歩き回ってふと窓の脇で足を止め、じっと鍵の部分を見つめている。

「あれ、外れてる。昨日ちゃんと閉めたんですけどね」

薫が首を傾げると、右京は窓枠を両手で押さえてガタガタと揺すってみた。窓の鍵は古い洋館に相応しいオールドタイプで、金属のツメが木枠を押さえるように出来ているのだが、右京がちょっと揺すっただけでもう押さえが弱くなっている。右京はさっと玄関から庭にまわり、窓の下にある踏み台に上って、さらに激しく窓を揺すぶった。すると、薫の目の前で古くなった鍵は次第に緩み、やがてカタリと外れた。

「そっか、わたし風邪か」

ベッドの上の美和子は憑き物が落ちたように納得顔である。

「だから言ったろ？　悪魔だの幽霊だの、そんなの迷信だって」

右京によって状況に合理的な筋道が示されるに従って、さっきまで情けないほど怖がっていた薫にも再び強気が戻ってきていた。脇に立っていた町子が窓の鍵のことを気にしてしきりに頭を下げる。

「でも盗まれてるものはないわよね？」

美和子の疑問に右京が強く反応した。

「問題はそこですね。侵入者は一体なんの目的でこの邸に忍び込んだのか……けれども家の中を執拗に歩き回っていますから、なにかを捜していたのかもしれません。金品以外のなにかを」

「なるほど。誰がなにを捜していやがったんだ？」

冷静に考えると、侵入方法を知っていたということは、この屋敷を熟知している者の仕業である。

「天城真の事件を調べ直してみましょう」

早速行動に移る上司の後に続きながら、薫は美和子に啖呵をきった。

「美和子、安心して休んでろよ。この俺がふざけた死神野郎をとっ捕まえてやるからな！」

このちょっと頼りない夫に、美和子はベッドの上からひらひらと手を振った。

警視庁に戻った右京と薫は、まず当時の捜査資料を当たることにした。薫が捜査一課からこっそり芹沢を呼び出し、拝み倒して借りたものだった。

「天城真を殺したのは富田俊也、三十八歳」

資料の写真を見ると富田という男は痩せていて細い目に鋭い光をたたえているが、どことなく印象が暗い。この富田も天城真ともみ合いになった末、命を落としていた。

そこへ鑑識課の米沢守が現れた。この事件を担当したということで、右京に呼び出されたのである。

「相打ちってやつですね。凶器は斧でした。天城真のコレクションである処刑道具のひとつですが、それでザックリ」

米沢は顔をしかめて自分の太い首を左手で切るジェスチャーをした。血糊がべったり付いた現場の床や壁には、斧を取り合ってお互いの体を切り刻んだ凄惨な痕があったという。

「富田俊也は凶器を所持した上で邸に侵入したわけではない。ということは、天城真の殺害が目的だったかどうか定かではないということですね」

右京はその陰惨さをものともせず、冷静に事実関係を整理した。

富田は学生時代にカルト教団に入っていた時期があり、『悪魔の儀式書』に怒って天城を殺したと捜査一課は解釈していた。

「不可解な点はもうひとつあります」米沢が黒のセル縁眼鏡をずりあげた。「天城と殺し合いになる前に、富田は邸内をあちこち歩き回ってるんです。柱時計なんかも分解しています」

米沢が指した現場の写真のなかに分解された柱時計の画像があった。いかにも天城の趣味らしい天使の姿がレリーフされている。

「なんでまたそんなものを分解したんですか?」

「死人に口なしです」

薫の疑問に米沢が即答した。

「ちなみに富田の邸への侵入方法は?」

「玄関脇の避難梯子を登って二階のバルコニーへ。そこの小窓から侵入しています」

資料のなかの屋敷の見取り図を米沢のぽっちゃりした指がなぞった。

「まるで門限を破ったおてんば娘ですねえ……親の目を盗んで、こっそりと自室に戻るルートのようじゃありませんか?」

右京は米沢と薫の顔を交互に見てにやりと笑った。

三

右京と薫はまず、事件当時富田が働いていた〈カフェ　ARMS〉という喫茶店に行ってみることにした。その店は手作りのハンバーガーを売り物にしたオープンスタイルのカフェだった。白木の板に店名を焼きゴテで押したような看板がアメリカンを気取っている。数人が座れるカウンターとテーブル席が五、六席。店のオーナーである女性がカウンターの中でオーダーをこなし、若いウエイターがひとりでフロアを担当していた。

「これが富田さんの履歴書です」

オーナーの飯塚久美子がカウンターに座った右京と薫の前に書類を差し出した。

「でも富田さんに関しては、そこに書いてあること以外、お話しできることはないと思います」

「とおっしゃいますと？」

薫が訊ねる。

「よく知らないんですよ。うちに来て一週間くらいであんなことになってしまったんで……」

そこへ新しいお客が入ってきた。「いらっしゃいませ。タカシくん、お願い」

タカシと呼ばれた青年はまだ二十代だろうか、従順だけが取り柄という感じである。

「この履歴書によりますと、富田さんはこれまで土木関係の仕事を転々としていたようですが、なぜ突然カフェで働く気になったのでしょうか？」

右京が訊ねた。たしかに履歴書を見ると、ここの前の職場はどれも建設会社だった。

「さあ、とにかく無口な方だったので。わたしもここをオープンしたばかりで、どうしても人手がほしかったものですから来ていただいたんですけど……」そう言うと久美子は目線を中空に浮かせ、思い出すような素振りをした。「たしかにちょっと気味の悪い方ではありましたね」

そこへオーダーが入ったので「ちょっと失礼」と久美子はハンバーガーを作り始めた。これ以上ねばったところで新しい収穫はなさそうだった。右京と薫はそれを潮に店を出て富田の前の職場に向かった。


「気持ち悪いほど物静かな奴で、真面目に働いてたんですけど一年前に辞めちゃって」

山田工務店は社長以下数名が働いている小さな会社だった。社長といっても作業服を着た四十手前くらいの頼りなさそうな男だった。山田という姓からして世襲だろう。薫が辞めた理由を問うたが、「一身上の都合としか聞いてない」という返事以外に得られなかった。

「どなたか富田さんと親しかった方はいらっしゃいませんか？」

右京が訊ねると社長は、「由佳ちゃん」と、暇そうに爪にヤスリをかけている事務員の女の子に声をかけた。

「なんでわたしなんですかぁ？」

その女の子は若い娘独特の品のないイントネーションで語尾を伸ばした。

「富田さんといい仲だったんじゃないの？」

ニタッと薄笑いを浮かべて訊ねる社長も彼女に劣らず品がない。

「やめてくださいよ、社長。向こうから一方的にですよ」

「あなたに言い寄ってたんですか？」

薫が口をはさんだ。

「なんか、ある日突然、『ほしいものがあったら買ってやる』って言ってきたんですよ。『俺はここを辞める。こんなところで終わるような男じゃない』って」

「で、なんか買ってもらったの？」

社長が意味深な目つきで訊ねる。もしかしたらこのふたり、つきあってんじゃねえのか、と薫は詮索してしまった。

「んなわけないいじゃないですか。丁重にお断りしましたよぉー。だって気味悪いじゃないですかぁ。まあ富田さんと仲がよかったと言えば、あのおじいちゃんぐらいだったんじゃないですかね」

「おじいちゃんとは？」

すかさず右京が訊ねると、それには社長が答えた。

「うちの従業員だった糸川っていうじいさんです。もともと心臓が悪かったみたいで、最期を看取ったのも富田でした。身内もないらしく会社で簡単に葬式を済ませました」

「それはいつのことですか？」

「去年です。そうか、その直後だ。富田が辞めちゃったのは」

なにか大きな発見をしたように社長が叫ぶと、暇な事務員が安直な推測をつけて同調した。

「そうですよねー。仲よしだったおじいちゃんが死んじゃって寂しくなっちゃったんじゃないんですかねえ」

「どうやら入り口が見えてきたようですねえ」

帰りの車の中で助手席に座った右京が呟いた。

「ええ。その糸川ってじいさんを徹底的に洗いましょう」

「いいえ、今日はこの辺にしておきましょう」

「え？」

やっと動きを見せた捜査に腕が鳴るというようすの薫に、右京が水を差した。

「ぼくが調べます。きみは帰宅したほうがいいでしょう」

この上司にしては珍しい気の遣い方である。

「なに言ってんすか。狙われてんのは俺の家ですよ。俺も調べますよ」

「あの家でたったひとり、しかも体調を崩して寝込んでいるきみの細君は、心細い思いをしていると思いますよ」

「大丈夫っすよ。美和子ですから」

薫は強がってみせる。

「いえ。そばにいて差し上げるべきです」

しかし右京は譲らなかった。

「結婚生活を、ぼくの二の舞にしたくなければ」

ハンドルを握る薫がわずかにつんのめりそうになった。

「うわぁ、重みのある助言、ありがとうございます。じゃあ、そうさせていただきます」

薫は素直に従うことにした。

薫を帰した右京は特命係の小部屋でひとり、パソコンを使って先ほどの糸川という老人のことを調べた。「糸川重一」というのが老人のフルネームである。それで検索をかけると、「糸川興産」「糸川興産破綻」「倒産」「脱税疑惑」「自己破産」「糸川帝国の崩壊」というような項目が連なった。

「十五年前に倒産した糸川興産の社長……ですか」

こういうときの右京の行動は素早い。さらに調べて、当時糸川興産の重役だった佐々木清という男の現住所にたどりつき、その男を訪ねた。

「夜分遅くに申し訳ありません」

急な訪問を右京が詫びると、すっかり現役を退いた感じの物腰の柔らかい白髪の紳士が快く受け入れてくれた。

「構いません。この歳になると来客がうれしい」

佐々木は奥の部屋から持ってきた写真アルバムを右京の前に開いて見せた。

「これが糸川興産全盛期のころの写真ですね。これが社長、そしてこれが私です」

そこに写っている佐々木はまだ髪の毛が黒々として、いかにも切れ者の部下という雰囲気で糸川社長の横に立っていた。ダブルのスーツを着込んだ糸川社長は剛直で意思の強そうな精悍な顔つきでカメラを睨んでいる。

「佐々木さんは糸川社長の右腕でいらしたんですね？」

「右腕も左腕も、社長以外全員が兵隊です」

「つまりワンマンということですか？」

「絶対君主制です。バブルが弾けて経営が破綻した途端、それこそ蜘蛛の子を散らすみたいに家来は離れて……裏切りと告発の大盤振る舞いです。面白いもんでしたよ、六十年の繁栄を誇った糸川帝国が目の前でみるみる崩壊していく様は」

　十五年も経ったからそう言えるのだろう、佐々木はまるで他人事のように振り返った。話を聞きながら右京がページをめくってゆくと、ガーデンパーティーの集合写真が出てきた。休日なのか皆ラフな格好である。そして後景には見覚えのある洋館が写っていた。

「この写真は？」

「社長のホームパーティーですね」

「ということは、これは糸川社長のご自宅ですか？」

「代々ね。無論、過去形ですが」

　その洋館は紛れもなく薫が買ったあの家である。思わぬところで繋がった。嬉しそうに頷きながら右京がさらにアルバムをめくると、少女がふたり、庭の木に登っているスナップ写真が出てきた。

「可愛いお嬢さんたちでね。上の子は勉強ができて、下のお嬢さんはおてんばで、庭にあったこの大きな月桂樹の木によく登って遊んでましたっけ」

「ご家族はその後どうされたのでしょう？」

「自己破産してすぐ奥様は心労が祟って亡くなりました。ふたりのお嬢さんはそれぞれ遠い親戚に……一家離散ってやつですね」

「社長はさぞ落ち込まれたでしょうねえ」

「どうでしょうね。この家を立ち退くとき、私、社長に言ったんですよ。『自業自得ですよ。誰の忠告にも耳を貸さず、ひたすら金儲け。その挙げ句すべてを失ったんだ』って。そしたら彼は笑いながらこう言ったんです。『失っちゃいない。国なんぞになにもかも持ってかれてたまるか。俺の財産はちゃんと隠してあるんだ。あれがあれば俺は復活できる。すべてをこの手に取り戻して見せるさ』」

「財産は、隠してある？」

そう呟いた右京の眼鏡のフレームが、わずかに光った。

「負け惜しみですよ。彼はなにもかも持っていかれました。そんなもんあるはずがない」

倒産に至るまでにはさぞ辛い修羅場もあったのだろう、佐々木は糸川に対する感情も露《あら》わに、吐き捨てるように言った。

「ところで、ふたりのお嬢さんの連絡先はおわかりになりますか？」

「さあ、父親とは縁を切ってますし、消したい過去でしょうからね……あ、ちょっと待ってください。ふたりが養子にいった先ならわかるはずです」

「恐縮です」

再び奥の部屋に入っていった佐々木の背中に礼を言ってから、右京は携帯電話を取り出し、薫にかけた。しかし、何度コールしても薫は出ない。どことなく嫌な予感がして右京は眉を曇らせた。

四

右京の心遣いで早めに帰宅した薫は、家庭用とは思えない本格的な設えのサウナルームで得意の演歌を振り付きで歌っていた。かなりの上機嫌である。一方キッチンで洗い物をしていた美和子は、漏れ聞こえてくる薫の歌声に微笑した。

風邪もすっかりよくなった美和子は、先ほどの薫の優しい表情を思い浮かべて甘い気持ちに浸った。それはシガールームでふたり、板につかない仕草で葉巻を試しているときだった。

――薄気味悪けりゃ、この家、手放してもいいんだぞ。

――ううん、大丈夫。だってこの家、薫ちゃんが買ってくれたんだもん。

どんなことがあろうと、ここが新婚である薫と美和子の「スウィートホーム」であることに変わりはなかった。

演歌のサビの部分にはどうしても力が入る。腰にタオルを巻き付けた格好で振りも大きく声を張り上げた薫は、ふとドアの小窓に何か黒い影が映ったような気がして歌をやめた。ドアの取っ手を引いてみると、外からなにかで固定されていて動かない。そのときガラスの小窓に、黒い頭巾を被り白い面をした例の死神もどきがヌッと顔を出した。

「あっ！　なにしやがんだ、このやろう！」

死神の肩越しにキッチンから物音に気づいてやってきた美和子が見えた。

「美和子、逃げろ！」

ところがそのとき、悲鳴を上げて逃げる美和子の退路を断つように、黒いマントに白い面を付けたもうひとりの死神が立ちはだかった。

事の重大さに思い至った薫はドアの取っ手を力ずくで引っ張るがびくともしない。さらに思い切って引っ張ると、取っ手だけがはずれてしまった。仕方なく取っ手を捨てて何度も体当たりを試みたが、これも効果がない。サウナの熱気のなかで、そのうちに体力も尽きて喉もカラカラになり、意識が朦朧としてきた。

一方の美和子はふたりの死神に猿轡《さるぐつわ》をかまされ、ロープで手足を縛られてリビングの床に横たわっていた。死神たちは美和子を残してどこか別の部屋に行ってしまったようだ。美和子は何とかロープを解こうともがいてみるものの、結び目は一向に緩まない。

そのとき玄関のドアが開く音がして足音がこちらに近づいてきた。誰だかわからないが、ありがたい。助けを請おうと美和子は必死で叫ぼうとするが、猿轡のせいでうめき声にもならなかった。リビングの照明が点いた。気づいてくれたのだろうか、美和子は体をようやく回して入り口の方を向いた。するとそこには諏訪町子が立っている。やった、助かった、と美和子は安堵した。ところが、町子は横たわる美和子に冷たい視線を浴びせたまま部屋を出て行ってしまったのだ。

　美和子をほったらかしにした町子は、物音のするシガールームに入った。暗闇の中では黒いマントのフードを脱いだふたり組が、スコップと斧を手に床を掘り返していた。町子が照明をつけるとふたりは驚いて入り口を振り返った。〈カフェ　ARMS〉の久美子とタカシだった。

「今日あたりやらかすかなと思ってたら、案の定ね。そう、ここにあるの。教えてくれてありがとう」

　不敵な笑みを浮かべて町子が言った。

「あんたには渡さない。これはわたしのものよ！」

　手にした斧を構えて久美子は叫んだ。

「それでわたしを殺すって？　できもしないくせに」

「俺がやりますよ」

　タカシが久美子の手から斧を奪って町子に向かった。

「またウブなのをたらし込んだのね、久美子」

　俺は本気だぜ！　と凄んでみせるタカシを無視して町子が訊ねる。

「ここの亭主はどうしたの？　あれは刑事よ」

「いまごろサウナで干物かな」

得意そうなタカシを「バカ！」と一喝し、サウナルームに向かおうとした町子の前にタカシが立ちはだかった。

「どきなさい。死んじゃうわよ！」

「いいじゃんか。女房と一緒にそこの床下に埋めるんだ」

いかにも軽薄に言ってのけるタカシと睨み合いながら、「久美子、この坊やにどくように言ってちょうだい」と町子が命じた。

久美子はどうしていいかわからないような顔で黙っている。

「バカ久美！」

ついに業を煮やして町子が怒鳴った。

「無礼なこと言うなよ！」

斧を振りかざしてタカシが歯向かう。

「久美子に利用されてるのがわからないの？　童貞くん」

「この女、なに言ってんだろうね？　ぼくたちの愛は真実なのにねえ。そうだろう？　久美子さん」

密かに痛いところを突かれた男は声を裏返した。問われた久美子は返事をする代わりにタカシに駆け寄り、腕を押さえた。

「やっぱりサウナから出そう」

「なに言ってんだよ。財産手に入れて、ふたりで海外で暮らすんだろっ！」

タカシは腕にすがった久美子を振り切った。尻餅をつきそうになった久美子はおびえた目でタカシを見た。

「あ、ごめん。大丈夫？　久美子さんは心配しなくていいからね。ぼくが全部やるから……まず、こいつ」タカシは斧を町子に向けた。「こいつ殺すでしょ。次、女房。そんで亭主。掘り出した財産の代わりに三人とも埋めちゃうんだよ。ふふっ」

大人とは思えない幼稚なことばを吐くタカシに、町子はため息をついた。

「つくづく男を見る目がないのね」

「おまえは黙ってろよ！」

逆上した瞬間に生まれた隙を突いて、町子は斧の柄を掴んでタカシを引き倒した。廊下に出てリビングに逃げ込もうとする町子のコートを、今度はタカシが掴んで引きずり倒す。斧を振りかざして町子を襲おうとするタカシを、久美子が必死に止めた。

「タカシくん、やめて！」

「離せよ！　あれ？」

ふと目を落とした床には、そこに転がっているはずの美和子が消えて、解かれたロープだけが残されていた。

たカシが驚いて声を上げる。


「おいっ、どこ行った？」

うろたえた三人が部屋中に目を走らせていると、顔を真っ赤に上気させ荒い息をついた薫が、美和子の肩につかまりふらつきながらリビングに入ってきた。

タカシが驚いて声を上げる。

「ど、どうして……あんなにきつく縛ったのに」

「おっしゃるとおり」

そのとき、廊下の向こうのドアの陰から右京が現れた。手には水の入ったペットボトルとコップが握られている。「とてもきつくて解くのに苦労しましたよ」

薫が充血した目を怒らせて、かすれた声で美和子の耳元に何か語りかけた。美和子が薫の怒りまでも通訳するように怒鳴った。

「ふざけた真似しやがって！」

頷いた薫は、右京の差し出したペットボトルを受け取って一気にラッパ飲みにした。そして頭から水をかけると「うおーっ」と声を上げた。

「かかってこい、このやろう！」

血走った目を向けた薫がもの凄い剣幕でタカシに殴りかかろうとすると、タカシは斧も捨ててだらしなくヘナヘナと腰を折った。

「あっあっあっ……ごめんなさい」

「バカやろうがっ！」

胸ぐらを摑んだ薫がタカシの両手を捻って背中に回す。

「一度、やってみたかったのよね」

ニヤリと笑った美和子は、薫から受け取った手錠をタカシの手首にカシャリとかけた。

五

手錠をかけたタカシをリビングに閉じ込め、それ以外の五人がシガールームの床に穿たれた穴を囲んで立っている。

「一体なんなんすか、こりゃ？」

薫に訊ねられた右京は、この家はそもそも山田工務店の〝糸川じいさん〟、いまは亡き糸川興産社長の邸であること、十五年前の糸川興産の倒産とともに糸川家は一家離散し、その後この家を手に入れたのが天城真であることを説明した。

「糸川家のふたりの娘は遠い親戚に養子にいき、糸川の姓を捨て、それぞれ別の人生を歩みました。その娘というのがこのおふたり、長女の町子さんと次女の久美子さん。そうですね？」

すっかり元気をなくしたふたりは黙ったまま俯いた。

「ここから先は断片的な情報をぼくなりの推理と想像というパズルで繋ぎ合わせてお話

しします。おふたりにはぜひ補足と訂正をお願いします」

町子と久美子は気まずそうに顔を見合わせたが、なお無言のままである。

「さて、すべてを失った糸川氏は、昨年孤独のうちに心臓病で亡くなります。最期を看取ったのが、彼の晩年における唯一の友人、富田俊也でした。その際、糸川氏は富田俊也になにかを言い残したのではないでしょうか。たとえば、『糸川家の隠し財産をふたりの娘に伝えてほしい』といったようなこと」

言葉を止めた右京は姉妹をじっと観察した。

「どうやら当たっているようですね。だとするならば、すでに父親と縁を切り、名字が変わっているあなた方を捜し出すのは苦労したでしょうねえ」

ここでようやく長女が口を開いた。

「あいつはね、わたしが勤めていた会社まで来て、父の財産がこの家にあるって言ったの。そして、どこに隠しているのか知りたいなら一千万円寄越せって。『天下の糸川重一の隠し財産なら億は下らないだろう。それぐらい痛くも痒くもないはずだ』ってね」

「それで、あんたはどうしたんだ？」

信頼して取引をした町子がとんでもない食わせものだとわかって、薫は苛立った声で訊ねた。

「追い返したわよ。嘘に決まってるって思った」

射るような薫の目線をかわして町子は言った。

「しかし久美子さんは違った」

右京は久美子の脇に立った。

「父は金の亡者でしたからね。あり得ない話じゃないと思ったの」

答えた妹に町子は思い切り皮肉った口調で被せた。

「お金にお困りですものね。できもしないくせにカフェなんか開いちゃって、借金雪だるま」

「うるさいわねえ！」

姉にせまる久美子を薫が抑え、さらに問い質す。

「それで、富田をカフェに雇い入れて隠し場所を聞き出したわけだ」

「富田の話では、父は『天使の下に隠した』って言ったそうよ。でも、わたしには天使の意味がわからなかった。お姉ちゃんには絶対訊きたくないし」

「どうしてそんなに憎み合ってるの？」

当然の疑問を口にしたのは美和子だった。答えたのは町子だ。

「わたしに男を取られたことをいまだに恨んでるのよ」

「一度や二度じゃないでしょう！　お姉ちゃんはいつもわたしのものを横取りする！」

「どれも返してあげたじゃない」

「なんですって！」

「いい加減にしろよ！」

薫は摑みかかった久美子を町子から引き離した。

「糸川氏が違法に残した財産ですから公にはできない。しかも当時住んでいたのは人嫌いで有名な変わり者のオカルト研究者。丸め込むこともできないとお思いになった」

熱を帯びてきた久美子を抑えるように、右京の冷静な声が響く。

「だから富田に頼んだの。忍び込んで、天使がなんなのか探ってきてほしいって」

「おてんばだった次女のあなたは、この家に入り込むルートをいくつも知っていたわけですね？　そして富田は天城真と鉢合わせして、あのようなことに。しかし、この事件のことを知った姉の町子さん、あなたはにわかに富田の言っていたことを信用する気になった。そうじゃありませんか？」

図星を突かれたように町子が渋々と答える。

「だけど久美子ったら、わたしには絶対隠し場所を教えない。妹に独り占めされるのを黙って見てるわけにはいかないでしょう。いっそこの邸ごと買い取ってやろうかと思ったけど、そんな資金はないし」

「そこで、あなたはいささか大胆な行動に出た。この物件を持っている不動産屋に就職し、この邸の担当を買って出る。それで実質この屋敷は姉の町子さんの管理下に置かれることになった」

「どうせ社長に色目でも使ったんでしょうよ」

久美子が恨めしげに町子を睨む。

「観念して隠し場所を言うように何度も説得したのに……この子ったらそれどころか必要もないのに若い男を雇い入れてた」

「それを知ったあなたは、ひとりで邸を守ることに不安を感じ、より強力なガードマンを探しました」

そう言って右京は薫のほうを向いた。

「あ……まさか」

薫はそこでようやく自分に押し付けられた役回りに思い至った。

「その、まさかです。刑事が居座っていれば手出しできまいと考え、三か月で買い戻せるオプションまでつけて、まんまと売りつけた。しかし妹の久美子さんの新パートナーはなかなか勇敢な方で、刑事の家に忍び込んでこの床の天使の絵を見つけました」

薫と美和子は目を見合わせてため息を吐いた。

「この部屋には、わたしたち子どもは入れてもらえなかったから、ここに天使の絵があったなんて全然知らなかった」

久美子が呟いた。

「われわれが調べ出したことで動かずにはいられなくなった。そして今夜、思い切って強奪作戦を決行した。以上です。補足することはありますか？」

そう言って右京が姉妹を振り返ると、ふたりは揃って首を垂れた。

「結局わたしたちはあなたたち姉妹の喧嘩に巻き込まれたってわけ？　勘弁してよぉ」

「おかげでこっちは死にかけた！」

薫と美和子は脱力して座り込んでしまった。

「さて、あなた方のお父さまが残した遺産ですが、ここまで壊したんですから最後まで掘り返してみますか？　もっとも、あなた方に相続する権利はありませんが」

右京の最後の言葉に久美子が激しく反応した。

「権利がないなんておかしい……あのクソ親父のせいでどれだけ苦労したと思ってんの？　人生狂わされたのよ！　財産くらいもらってなにが悪いのよ！」

「やめな久美子！　どうせ財産なんてないんだから」

「ないってどういうことよ、お姉ちゃん」

「『天使』って言ったんでしょ？　だったら、ここじゃない。ね、亀山さん？」

そう言って町子はこの家の買い主を見た。

「ああ。この床は俺が張り直してもらったんだ。この天使の絵のデザインも俺が選んだ。だから十五年前なんてあるはずもねえ」

「それじゃあ天使って一体なんなの？」

訳の分からなくなった久美子が虚ろな目で姉を見た。

「わたしにだってわからないわよ。あの人の妄想でしょ」

「妄想？」

「金に執着し続けた、あの強欲親父の妄想よ！」

町子が父親への憎悪をむき出しに言った。

「そんな！」

当惑する姉妹を交互に見遣り、不敵な笑みを浮かべた右京が左手の人差し指をピンと立てて言った。

「非常に低い可能性かもしれませんが、ひとつ試してみませんか？」

右京に導かれるまま四人は朝もやのかかり始めた庭に出た。

「ここよ、月桂樹の木があったのは」

町子が自信を持って言った。

「おふたりは、その木に登ってよく遊んでいたと伺いました」

糸川興産の重役だった佐々木のアルバムにあった写真を思い浮かべて右京は言った。

「それがなんなんですか？」

町子は回りくどい刑事のやり方に少々苛ついていた。

「古代ローマ人は大きな月桂樹の木をこう呼んでいたそうですよ。『よい天使の木』と」

「あっ……そういえば父も言ってた」町子は久美子とふたりで木に登ったときのことを思い出した。「わたしたちが登って遊んでると、『まさに天使が宿ってるようだよ』って。それで、わたしたちも小さいころ『天使の木』って呼んでた」

右京の意図するところに、ようやく町子は気づいたようだった。

町子と久美子、それに薫も手伝って三人はスコップで月桂樹の根元のあったあたりを掘り返した。しばらく掘ると、赤い箱のようなものに突き当たった。それに巻かれたロープを薫が握り、地上に引き上げる。姉妹がスコップを放り投げて箱の蓋をもどかしげに開けた。

箱の一番上には子どもの描いた父親と母親の絵があった。

「なにこれっ？」

久美子が失望の声を上げて箱をひっくり返すと、そこからはぬいぐるみやら使い古されたおもちゃやらがガラガラと出てきた。

「これが、お父さんの財産……？」

「どうやら、お金に目がくらんでいたのは、あなた方のほうだったようですねえ」

まるでこのことまでも見越していたかのように右京が言うと、姉妹は懐かしい人形やおもちゃを手に取って互いを見つめ合った。

「結局、手放しちゃうの？」

その夜、〈花の里〉のカウンターに並んだ薫と美和子にたまきが訊ねた。

「もともとわたしたちには不釣合いな家でしたし」

美和子は恥ずかし気にビールのグラスに口をつけた。

「それに、あの姉妹がいずれあの家を買い取りたいって言ってるんですよ」

「姉妹で住むの？」

「みたいですよ。もちろん、その前に厳罰に処してもらいますけどね」

薫は、今回の結末にある程度の納得がいっていた。

「でもわたしは、いまさらあの姉妹がうまくやってけるとは思わないな」

美和子がふたりを思い浮かべて言った。

「同感だな。ね、右京さん」

「そうですねえ。しかし、きょうだいというものには他人にはわからない絆のようなものがあるような気もしますがねえ」

右京はしみじみとした口調で答えて盃をゆっくりと口に運んだ。

が浮かんだ。

「絆、ですか……」

薫の頭にふと、あの庭に埋められたおもちゃ箱に入っていた薄汚れたぬいぐるみの姿

翌朝、警視庁の廊下を右京と並んで歩いていた薫は、向こうから捜査一課の三人がやってくるのに気づいて思わずフライトジャケットの襟で顔を隠した。

「ああー先輩、元のマンションに戻ったんですって」

目ざとく見つけた芹沢が大声で呼びかける。

「大家さんの好意でな」

薫は一刻も早く通り過ぎたいと背を丸めた。

「一国一城の主、はかない夢だったなあ」

三浦が嬉しそうにその背中に浴びせる。

「身の程を知れ、ってことだ」それ以上に嬉しいはずの伊丹は、しかし重々しい表情で薫を呼び止めた。「おい亀!」

「なんだよ、もうー」

「大事なのは家じゃない。家族なんだ。よく覚えとけ!」

そう言い置いて踵を返す伊丹を、薫は「なーんだあいつ、偉そうに」とあざ笑って、

「ねえ」と隣の右京に同意を求める。

　立ち止まった右京は薫を振り返って、

「なかなか、含蓄のあることばだと思いますよ」

　珍しく伊丹を評価した。

「はい」

　今度ばかりは伊丹に一本取られたようだった。

第三話

「犯人はスズキ」

一

小料理屋〈花の里〉は気の置けない店である。そのあたりを歩いても、ちょっと知っている人でないと見過ごしてしまいそうな控えめな佇まいだが、かといって一見の客を拒むような敷居の高さはない。警視庁特命係の杉下右京とその部下である亀山薫がほとんど毎日通えるくらいだから、勘定のほうもまあ大衆的と言っていい。女将の宮部たまきがひとりカウンターで客の相手をしながら酒の肴を用意するので、メニューにそう凝ったものはないが、季節季節の味をちょっとしたアイディアでアレンジした料理はなかなか受けがいい。

そんなたまきが日々もっとも気を遣っているのは仕入れる素材の質である。特に豆腐など毎日必ずといっていいほど出るものは大切である。その点、この店は地の利に恵まれていた。ちょっと歩きはするが近所と言っていい商店街の中に美味しい豆腐屋があるのだ。

その日の午前中にも〈井伏豆腐店〉と看板がかかったその店に、たまきは買い出しに来ていた。

「どうも毎度！　いやぁ、すっかり冷え込んできたねえ」

豆腐屋の主人、井伏勝はタコ入道のような風貌にねじり鉢巻きをした、愛想もいいがちょっと頑固な職人肌の男だった。

「熱燗の季節ですねえ」

たまきが微笑んで応える。

「熱々のお酒をたまきさんのお酌でクイッと一杯かい？　最高だね」

「どうぞお店にいらしてください」

慣れ親しんだ常連客とのいつもながらの掛け合いが、その日に限って常ならぬ出来事に中断されたのだった。

「あんた、大変！」

いきなり血相を変えて駆け込んできたのは、日課となっているウォーキングに出ていた豆腐屋のおかみ、井伏節子だった。

「どうしたんだ、おまえ？」

井伏が息を切らした節子に訊ねると、思いも寄らない答えが返ってきた。

「そこの神社で……死んでるの！」

「死んでるって、誰が？」

「白坂さん！　町内会の白坂さん！」

そのひと言で豆腐を買いに来ていた主婦たちも騒然となった。

「おまえ、すぐ警察に電話しろ！　俺はちょっと見てくる！」

井伏は節子にそう指示すると、前掛けを外して店を飛び出した。店の奥に入ってダイヤルを回す節子を横目に、たまきも携帯を取り出し、元夫である杉下右京の携帯電話を鳴らした。


「死因は撲殺ですね。頭部に傷が数か所。落ち葉が多いので下足痕《ゲソコン》は難しそうです」

早速現場に駆けつけた鑑識課の米沢守は、捜査一課の伊丹憲一と三浦信輔に報告を上げた。

「死亡推定時刻は？」

「昨夜の八時から十一時といったところでしょうかね。詳しいことは解剖を待たないとわかりませんが」

米沢がそつのない答えをしているところへ、所轄の警官が第一発見者の節子とその夫、井伏勝を連れて来た。

「おふたりとも被害者とは面識がおありだったそうですね？」

三浦が訊ねると、節子に代わり井伏が答えた。

「白坂さんとはよく町内会で会いました」

「最近、なにか変わった様子は？」

「それが、ゆうべ……」

言いかけた井伏を、「あんた！」と節子がたしなめた。

「黙ってるわけにはいかんだろう」

井伏が何か重要な事実を握っていることに気づいた伊丹が先を促す。

「ゆうべ、なんです？」

井伏の口から出たのは、昨夜、鈴木という同じ町内会の男性と白坂が境内で喧嘩をしているのを目撃したということだった。早速鈴木に事情を訊くべく住所を訊ねたが、井伏も節子も家までは知らないようであった。


一方、捜査一課に伝わるよりもだいぶ早く、たまきから知らせを受けていた特命係のふたりは柳瀬町に赴き、殺害現場の確認をとうに終えて商店街にある「柳瀬町町内会集会所」に聞き込みにきていた。

「では、おふたりとも白坂さんをご存じだったわけですね？」

池之端庄一という町内会の会長と、同じく町内会の役員である田宮剛史に右京が訊ねた。

「もう三十年近く町内会で一緒でしたから」

作業着を着て白髪まじりの髪を短く刈った池之端は、いかにも実直そうな初老の男だった。

「真面目な人でしたよ。ずーっと区役所勤めで」

脇から田宮が口を挟んだ。茶を商っているらしく、襟に〈茶処たみや〉と染め抜かれた法被を着ている。

「酒も煙草もやらないし、人当たりも良くってね。喧嘩してるの見てびっくりしちゃいましたよ」

田宮の言葉の最後に薫がひっかかった。

「喧嘩？」

「ゆうべ鈴木さんとね。鈴木さんってのも町内会の人なんですけどね」

「ただの口論ですよ。神社の境内で」

池之端が付け加えた。ふたりによると、昨夜十時ごろ豆腐屋の井伏と田宮、それに池之端の三人が飲んだ帰りに神社を通りかかると、境内で白坂と鈴木が口論しているのを目撃したとのことだった。ただ彼らに気づかれた途端にふたりは口論を中断したので、内容までは聞き取れなかったという。

「鈴木さんの連絡先ですが、おわかりになりますか？」

右京が訊ねると、池之端は「わかりますよ」と言って書類が立てかけられた棚を見た。

「おや？　田宮さん、ここにあった町内会の連絡ノートは？」

町内会のメンバーの住所がわかるノートが行方不明らしい。

「ないんですか? おかしいなあ……」

池之端と田宮があたりを捜しまわっているところへ、捜査一課の三人がやってきた。

「特命係の亀山ぁ〜」

右京と薫の姿を認めた伊丹が憎々しげに叫ぶと、薫と伊丹のいつもながらの子供の喧嘩が始まった。

「相変わらず遅いお着きで」

「誰に聞いてやってきた?」

「『特殊なルート』とだけ言っておこうか」

「笑わせんな、この亀公が!」

脇で右京がしれっとした顔で述べた。

「被害者は昨夜、鈴木さんという男性と口論をしていたそうですよ」

「知ってますよ」と受けて立った三浦が、池之端に鈴木の住所を訊ねた。

「それが、住所を書いてあるノートを誰かが持っていったみたいで」

困惑した顔の池之端に、三浦が重ねて訊ねた。

「ここは出入り自由なんですか?」

「鍵はあるけど、普段は開けっ放しのことが多いな。貴重品も置いてませんから」

今度は田宮が答えた。

なにか言おうとした伊丹が、そのままその場所を動こうとしない右京と薫にさも目障りというような視線を浴びせた。

「警部殿、いつまでいらっしゃるおつもりですか？」

「ちょうどお暇しようと思っていたところです」

ここが潮時と見た右京は池之端と田宮に丁寧な礼を述べて集会所を出た。

「特殊なルートのほう行ってみようかなぁ」

苛立つ伊丹を思い切りおちょくる態度で薫が右京に続いた。

二

捜査一課の三人と別れた右京と薫は、さっそく町内を聞き込みに回った。ところが商店街や近くの飲食店などを手分けしてあたってみても、誰ひとりとして『鈴木』を知っている人に出会わない。歩いてみた感じからすると、柳瀬町は都内の他の町に比べればずいぶんと地元住民のコミュニケーションがよいと言えたが、それでも都会の一隅には違いなく、隣の住人と一度も顔を合わせたことがない人も珍しくない。つい最近も何軒か空き巣に入られる事件があったということを、薫が聞き込みに回った酒屋の店員から聞いた。やはりそれ相応に物騒な街なのだ。

ひととおり商店街を回り終えた右京は〈井伏豆腐店〉に顔を出してみた。

「まったくもう、うちの人が余計なことを言って！」

節子は店の掃除をしながら軽はずみな亭主の発言に怒っていた。豆腐の好きな人に悪い人はいない、それが節子の人を見る基準らしかった。

「なるほど。鈴木さんはよくお豆腐を買いにこちらのお店にいらしてたんですか？」

「そう。礼儀正しい人でね。あ、堂本さんにも聞いてみてくださいよ」

三丁目に住んでいる堂本という男性が鈴木と親しくしていたようで、一緒に釣りにも行っていた仲らしい。

せっかくだから右京も豆腐を一丁買って、その堂本という人物を探しに行こうとした矢先、田宮が自転車で血相を変えてやってきた。

「刑事さん、ちょっと来てくださいよ！　うちの女房がね、ゆうべ鈴木さんと話したって。すぐそこですから、お願いしますよ」

やはり近所を回っていた薫と連絡をとって、田宮の店〈茶処たみや〉で落ち合った。田宮の妻、志津江も年の頃は夫と同じくらいだろうか、すっかり白くなった髪を染めもせずに後ろに縛った、いかにも町場の商人のおかみらしい女性だった。

「だから、わたしは前からこの人に言ってたんですよ。鈴木さんに関わらないほうがいいって」

志津江によると、鈴木という男は町内会に出てもほとんど自分のことはしゃべらない、どことなく信用の置けない男だったという。

「きっと、あの人が犯人ですよ」

そう断定する妻を、夫はたしなめた。

「昨夜、鈴木さんとお話をされたということですが？」

右京が本題に入ると、志津江は待ってましたとばかりに語った。昨夜十一時過ぎ、孫の家から帰る途中に鈴木に道でばったり会ったという。田宮や井伏、そして池之端が神社で見かけた一時間ほど後である。思い詰めたような顔で歩いていた鈴木に「こんな時間にどちらへお出かけですか？」と志津江が訊くと、「酒を飲みに」とだけ答えてそのまま小料理屋に入っていったという。

「そのお店の場所を教えてもらえますか？」

右京が訊ねると志津江は店の前に出て、「ちょっと歩くんですけどねえ」と小料理屋への道を説明した。

「そこの十字路を左に曲がって、突き当たりを右です。〈花の里〉っていうんですけどね」

「えっ？」

右京と薫は顔を見合わせた。道順を聞きながらまさかと思っていたが、やはりそうだったのだ。

「あら、珍しい。いただきます」

右京がカウンターに置いた土産を、たまきは嬉しそうに受け取った。〈茶処たみや〉と〈井伏豆腐店〉で仕入れた茶葉と豆腐だった。

「ところで、たまきさん。昨夜遅くなんですが、男性客が来ていますよね？」

まだ真っ昼間なのでいつものようにビールとはいかない。早速、右京が立ったまま訊ねた。

「ええ、いらっしゃいましたよ、閉店間際に。初めて見えるお客さんでしたね。あの方、なにか事件と関係あるんですか？」

「いやいや、まだよくわからないんですけども……なにか話しました？」

薫の質問に思案顔をしたたまきは、「そういえば、ちょっと変でしたね」と男の様子を思い出した。

たまきによると、その男は何か思い詰めたように、ずいぶんと乱暴な飲み方をしていたらしい。肴のひとつも取らずに、男は冷や酒を続けざまに呷《あお》った。しばらくすると男の携帯電話が鳴った。人に聞かれたくない話らしく、「あとでかけ直す」と言って電話を切った。そのとき、確かに男は『鈴木』と名乗ったという。

たまきから鈴木の情報を仕入れて再び商店街へ戻りながら、薫が鈴木の容貌を総合する。

「たまきさんの話によれば鈴木は年齢四十代、中肉中背、外見に目立った特徴はなし……か。まだまだ見えてきませんねえ」

右京を見ると、じっと電柱の住所表示に目を凝らしている。

「どうしたんですか？」

「この辺りに堂本さんというお宅があります。鈴木さんと親しい人物だそうですよ」

右京はさきほど井伏節子から聞いた「三丁目の堂本」のことを思い出したのだった。

「そうですか。じゃあ、あの子たちに訊いてみますよ」

薫は脇の公園で遊んでいる一群の子供たちを指差し駆け寄っていき、声をかけた。

「ぼくたち、この辺に堂本さんっていうお家《うち》があるの知らないかな？」

その瞬間けたたましい電子音がし、薫は面食らった。中のひとりの子供がいきなり防犯ブザーを鳴らしたらしい。

「な、なに？　ちょっと止めて止めて！　怪しいもんじゃないんだよ」

周囲にいた大人たちが次々に寄ってきた。狼狽した薫は咄嗟に内ポケットから警察手帳を出して怪しい者ではないことを示す。そこに薫をめがけて黄色いウインドブレーカーを羽織った男が自転車に乗って突っ込んで来た。

「どうしたっ?」

「堂本のおじさん!」

子供たちは口々に名を呼んでその男にすがった。男は子供たちの無事を確認すると、キッと薫を睨んでにじり寄ってきた。

「なにがあった?」

小さな目にグッと力を込めて凄んだ堂本達也は、頭髪こそ薄いが、柔道でもやっていたようながっちりした体格の精悍な男だった。

「あ、警察です」

薫が手にした警察手帳を前面に差し出すと、堂本は一転して直立不動の姿勢をとり、頭右《かしらみぎ》の礼をした。

「悪く思わんでください。この町の子供らは知らない大人に声をかけられたら防犯ブザーを鳴らせと教えられてるんですよ」

一連の事情を薫と右京から聞いた堂本は、頭を下げながら言った。

「学校でそう教えてるんですか?」

薫が訊ねる。

「いやいや、町内会でね。これ、見てくださいよ」

そう言って指し示した自転車の籠には『町内会パトロール隊』と印刷されたビニール

が貼ってある。

「おお！」

薫が感心して声を上げた。堂本の左腕を見ると同じロゴで作られた黄色い腕章が巻かれている。

「交替で町内の見回りをしてるんですよ。この町の子供らは町のみんなで守んなきゃなんないでしょ」

「防犯意識が徹底してらっしゃるんですねえ」

右京も薫と同じく感心したようだ。

「いまの世の中、いつ犯罪に巻き込まれてもおかしくないですから」

「そういえば、しばらく前に空き巣の被害もあったんですよね？」

薫が酒屋の店員から聞いたことを口にした。

「そうなんですよ。もう町内で何軒かやられてんですよ。それで今度は殺人でしょ。しかも、あの白坂さんがね」

「被害者をご存じでしたか？」

右京が探りを入れる。

「そりゃ私も町内会に入ってますから」

「その町内会に鈴木さんという方がいらっしゃいますね？」

「鈴木さん……ああ！　いますけど」

　堂本はふと思い出した、というふうに少し思案してから答えた。

「堂本さんは鈴木さんと親しくなさっていたと伺いましたが」

「ええ、釣り仲間でね。まあ腕前は私のほうが上ですけどね。あの人がどうかしたんですか？」

「ゆうべ口論してたらしいんですよ、殺された白坂さんと」

　薫がそう説明すると、堂本は驚いて小さい目を思いきり丸くした。

「ふたりのトラブルについてなにか心当たりありませんかね？」

　重ねて薫が訊ねると、堂本は太く短い首を捻った。

「さあ見当もつかないなあ」

「では鈴木さんの連絡先を教えていただけませんか？」

　今度は右京が訊ねた。堂本はさらに思案するふうで、

「鈴木さんの？　えーっと、二丁目に住んでるって言ってたけども、詳しくは知らないな。電話番号も消えちゃったし」

「消えた？」

　右京が怪訝な顔をすると、

「携帯に入れといたんだけどね、渓流釣りのときに水の中にポーンと落っことしちゃっ

てね、それで全部パアですよ。昔から機械とは相性が悪くてね」

そこに子供が泣く声が聞こえてきた。走り回っているうちに転んで膝を擦りむいたらしい。堂本は右京と薫を置いてその子のもとに駆け寄り、傷を見てやっていた。その微笑ましい光景を目にして、ふたりは黙礼をして公園を後にした。

「でも、ちょーっと極端な気もしますけどね」

歩きながら薫が率直な感想を述べた。

「なにがでしょう？」

「防犯ブザーですよ。いくらなんでも知らない大人全員疑えってのはねえ？」

同感だと頷きながら、しかし右京はもうひとつ別の印象を持ったようだった。

「しかし矛盾してますねえ」

「矛盾？」

「いえ、ぼくの思い過ごしかもしれませんが」

三

翌日、特命係の小部屋を鑑識課の米沢が訪れていた。右京と薫に非公式に今回の事件についての情報を持って来ていたのである。

被害者である白坂英治は、区役所での勤務態度もいたって真面目で、私生活にもこれといった問題はなかったようだ。変わったところと言えば、五十を過ぎても独身であること、そして浮いた噂のひとつもないことぐらいのようだ。捜査一課は『鈴木』をまだ見つけられておらず、現場近辺の銀行やコンビニに防犯カメラの映像を提供させたということも付け加えた。

「報告事項としては、いまのところその程度でしょうかね」

「どうもありがとう」

右京が慇懃に頭を下げる。

「いつも悪いですね、情報持ってきてもらって」

薫も右京にならって礼を述べると、米沢はニヤリと笑って意味深な目くばせをした。

「このスリルと後ろめたさがすっかり癖になってます」

米沢独特のユーモアに苦笑いで応えた薫は、「しかし見つかんないもんですねえ、例の『鈴木さん』は」とため息をついてみせた。それを聞いた米沢が実感のこもった声で言う。

「大都会でひとりの人間を捜し出すのは至難の業ですからねえ。かくいう私も別れた妻の行方を捜して、かれこれ三年。一向に見つかりません」

「それは向こうが逃げてんじゃないですかね」

軽く往《い》なしたつもりの薫だったが、米沢にとっては聞き逃せないらしく、ちょっと気色ばんだのを見て薫は慌てた。

柳瀬町の町内会集会所では、捜査一課の三人が商店街の主だったメンバーを集めていた。その中にはひとり和服を着たたまきの姿もある。芹沢が近くのコンビニや銀行のATMに設置された防犯カメラの映像からとった写真の束を全員に配った。

「すべての写真に人物が写り込んでいます。この中に『鈴木さん』がいるか、みなさんで確認してください」

伊丹が言うと、井伏節子が不快の表情も露わに嚙み付いた。

「捜査に協力してくれって言うからなにかと思えば……ふん！　鈴木さんは犯人じゃありませんよ。あの人を疑うなんて、みんなどうかしてるわ」

「そうですよ。これじゃ鈴木さんがかわいそうだ」

堂本が同調した。

「事件の早期解決のためです。ご協力お願いします」

三浦が平身低頭して捜査協力を依頼すると、町内会長の池之端が、「刑事さんのおっしゃるとおりです。鈴木さんの疑いを晴らすためにも言われたとおりにしましょう」と取りなした。

そんな様子を苦虫を嚙み潰したような表情で見ていた伊丹が、どこか後頭部のあたりに違和感を覚え、嫌な予感がして後ろを振り返った。

「くうっ！　気配がすると思ったらやっぱりいやがった！」

そこに立っていたのは特命係のふたりだった。薫が世代がモロにわかるアイテムを使って皮肉をかます。

「エスパーか、おまえは」

「失せろ、亀吉！」

「やなこった」

「なんだと、このやろう！」

薫と伊丹が掛け合い漫才そのものの応酬を繰り広げていると、写真をじっと見つめていたたまきがひらめいたように声を上げた。

「刑事さん、これ、鈴木さんじゃないかしら」

たまきのお陰で停滞していた捜査が一気に進みだした。

「たまきさん、思わぬ活躍でしたね。うまくいけば身柄確保につながるかもしれませんよ」

「仕事柄、人を見分けるのは得意なのでしょう」

薫が水を向けると、右京は心持ち頬を緩めた。

「嬉しそうっすね」

「はい？」

「いえいえ」

集会所を出た特命係のふたりが、そんな会話を交わしながら商店街を歩いているところへ、井伏節子が息を切らして追いかけてきた。

「刑事さん！　ちょうどよかった。いま集会所に戻ろうと思ってたの」

「どうしました？」

右京が冷静に受け答えた。

「電話！　鈴木さんから電話がきてるの」

驚いて〈井伏豆腐店〉に駆けつけてみると、井伏勝が深刻な顔で受話器を握っていた。右京と薫に気づくと、「いま刑事さんに代わるよ。とにかく訊かれたことには答えるんだよ。わかった？」と諭すように言って受話器を右京に渡した。

「もしもし、鈴木さんですか？」

――はい、鈴木です。

「警視庁特命係の杉下と申します。いま、どちらにいらっしゃいますか？」

受話器の向こうは無言のままである。

「もしもし？　鈴木さん？」

——私が殺しました。

「はい？」

——私が白坂を殺しました。

「お会いして詳しくお聞かせいただけますか」

——これから死にます。

「鈴木さん、早まってはいけません」

——死んで償います。

「鈴木さん！」

右京が叫んだところで電話は一方的に切られてしまった。

警視庁に戻った右京と薫は、その足で捜査一課に行き、鈴木からの電話のことを報告した。

「いたずら電話じゃないんですか？」

「だといいのですが、一応ご報告を」

訝る三浦に右京は応えた。そこへ米沢がやってきた。

「あのう、ちょっとよろしいですか」

米沢について全員が鑑識課に行くと、パソコンの画面にコンビニで撮られた防犯カメラの映像がセットされていた。米沢がマウスを操作して再生すると、そこにはたまきが鈴木だと証言した男が映っていた。男はレジの前にある棚からチューインガムを一度手に取り、戻した。

米沢はビニールの証拠袋を皆の目の前に掲げた。

「それが、このガムです。そしてこのパッケージの指紋から浮かんできたのが、こちらの男」

米沢のパソコンには被疑者データが出ていた。

「前科《マエ》があったのか？」

画面を覗き込んで三浦が驚いた声を出した。芹沢が内容を読み上げる。

「江島郁夫。四十七歳。工業従業員。東京都新宿区北新宿五丁目七番八号。七月、空き巣により現行犯逮捕」

「三か月前に空き巣の現行犯で逮捕されたものの不起訴になってますね」

米沢が説明を加えると、背後から薫の声がした。

「『鈴木』は偽名だったわけか」

「ついてきてんじゃねえよ！」

伊丹はキッと睨んで毒づいたが、

「取り急ぎ、身柄確保に向かうほうがよろしいかと」

右京がそう言うと、要らぬお世話、と捜査一課の三人は部屋を飛び出して行った。

それを見送って薫が上司に言う。

「こいつが早まった真似をする前に確保できりゃ、事件も解決に向かうかもしれませんね」

「そうとも限りませんよ」

いつもながら右京は薫には想像もつかないことを考えているようだった。

「江島が空き巣の現行犯で逮捕されたのが三か月前。たしかそのころ、柳瀬町でも空き巣事件がありましたよね？」

「右京さんのおっしゃるとおりでした」過去の捜査記録を探った薫が特命係の小部屋に戻ってきた。

「江島が空き巣に入ったのは白坂英治の家でした。つまり江島は三か月前、白坂英治の家を荒らし、そして三か月後に白坂英治本人を殺した……」

薫が事の因果関係を整理しかけたところへ、「暇か？」と隣の組織犯罪対策五課の課長、角田《かくた》六郎がやってきた。

「いいえ！　いま大事な話をしてんですから」

うるさそうに薫があしらうと、「オッケー。邪魔はしない。コーヒー飲みにきただけだから」と控えめにしながらも、ふたりに干渉したそうでうずうずしている。

「あ、そうそう。鈴木って名乗ってた男な、自宅で死んでたらしいぞ」

角田はポツリと重要な情報をもたらした。

「えっ？」

ふたりは驚いて顔を見合わせた。

「首吊って、自殺だとさ」

捜査一課の追跡も間に合わなかったようだった。


その数時間後、右京と薫は柳瀬町の事件の現場となった神社に堂本を呼び出していた。

そして『鈴木』の正体は新宿区在住の江島という男である可能性が高いこと、すなわち『鈴木』は偽名だった事実を告げた。

「そうでしたか。しかし、それをなぜわざわざ私に？」

それを聞いて驚いた様子の堂本だったが、同時に警戒心も抱いたようだった。

「あなたは以前から江島の正体をご存じでしたよね」

「はあっ？」

右京のことばに堂本は虚をつかれたようである。

「江島は三か月前、この町で逮捕された空き巣でした。民家に盗みに入ったところをパトロール中の町内会の住民に見つかり、警察に突き出された」

薫が資料から得た情報を述べた。右京が続く。

「しかも民家は偶然にも殺された白坂さんのお宅でした」

「そして空き巣を捕まえた住民というのは、堂本さん、あなただったんですね」

今度は薫が堂本に迫った。

「ご自分の手で警察に突き出した空き巣が、鈴木と名を変えてこの町に住み始めた。あなたはそれに気がついたとき、妙だとは思わなかったのでしょうかねえ」

右京が皮肉を込めて言ったが、堂本はあっさりと答えた。

「気づきませんでした」

「はい？」

「鈴木さんがあのときの空き巣だったとは、少しも気づきませんでした」

「なんすか、そりゃ」

薫が素っ頓狂な声を上げた。それもそのはずである。大の大人の論理として、そんなことはまかり通るはずもない。けれども堂本は、その後も右京と薫の追及に、「しかし、それが事実ですから」の一点張りで、あとはすべて知らぬ存ぜぬで通そうとした。

「もういいでしょう」と立ち去ろうとする堂本を、右京が呼び止めた。

「あなたは以前、警察官でしたね」

堂本は立ち止まった。

「五年前まで、この町の交番に勤務していらした。空き巣の件を調べるうちに知りました。きっとあなたは誰よりもこの町を愛してらっしゃるのでしょうねえ」

右京のことばに堂本は振り返って、「愛してますとも」と言った。

「そんなあなたがなぜ鈴木さんを、いや江島を庇おうとなさっているのでしょう。この町を荒らし、この町の人間の命を奪った江島を」

「別に庇おうとなんか……」

「なさっていない？」

「もちろんです」

「では、庇うふりをなさっている」

「いい加減にしてください！　これじゃまるで尋問だ。冗談じゃない」

右京の執拗な追及に、堂本はついに切れた。そしてふたりを睨みつけて踵を返そうとした。

「江島は自宅で死んでましたよ。おそらく自殺だと思われます」

薫のそのことばに、堂本は僅かに振り向いたが、

「そうですか。お気の毒です」

そう言い残して去って行った。

四

右京と薫は被害者である白坂の家を訪れた。白坂は、商店街から少し離れた住宅地にある一戸建てにひとりで暮らしていた。白坂の死後、この家を管理している不動産屋に鍵を開けてもらって、ふたりは中に入った。

「ところで、きみは気になりませんか?」

早速リビングを調べ始めた薫に右京が聞いた。

「なにがですか?」

「鈴木さんと関わっていた人々には、ある共通点があります」

「共通点?」

また禅問答のようなことを、と薫は思った。いつもながらの上司の癖である。

「鈴木さんを知るのは、いずれもこの町に長く住んできた人ばかりです。つまり、この町に根を下ろし、町とともに生きてきた人々です。年齢は皆五十代以上」

「単なる偶然なんじゃないですか」

「偶然だと断定する根拠はありますか?」

「ありません。すいません。じゃあ右京さんが偶然じゃないとする根拠はなんですか?」

「ありません」

薫は拍子抜けした。

「ないんですか？」

「ですから、気になっているだけです」

これもいつもながらの物言いだが、時に腹が立つ。

「あれ？」

電話の脇の小物入れを探っていた薫が小声を上げた。

「はい？」

「あ、すいません。ただのキーホルダーです。ちょっと見覚えがあったもんですから」

「見覚えが？」

右京は興味を覚えたようだった。そのキーホルダーには少女アニメのキャラクターの絵が付いていた。

「ええ。うちの姉ちゃんが同じようなの持ってたんですよ。アニメのキャラクターなんですけど、姉ちゃんが大ファンで」

「お姉さんがファンということは、かなり昔のアニメですねえ」

「三十年近く前ですかね。俺も毎週一緒に見させられてました」

「そのキャラクターの名前、覚えていますか？」

「えー、マジック……マジカル……そんなこと聞いてどうすんすか？」

右京は机の引き出しからおもちゃの短い杖のようなものを取り出した。

「同じキャラクターですね」

杖の先には星形の飾りが付いていて、そこにはキーホルダーと同じキャラクターがあった。どうやら魔法のステッキのようだった。

「白坂さんにはお子さんはいらっしゃいませんでしたよね」

右京が確かめる。

「じゃ、この人もファンだったんですかね？」

そう言いつつも薫は違和感を覚えた。三十年前だとしても、白坂はすでに二十代半ばを越えていたはずだ。

「白坂さんのご趣味でしょうかねえ」

右京も首を捻りながら呟いた。


翌朝、登庁してきた薫は特命係の小部屋に入るなり、「右京さん、わかりましたよ」と声をかけた。けれども右京はなにかのコピーを一心に見ていて反応がない。

「なに見てんですか？」

薫が問いかけると初めて気づいたように右京が振り向いた。

「帝都新聞、一九八二年九月の記事です」

右京から手渡された新聞記事のコピーを薫が読み上げた。

「少女の遺体、公園で発見？」

かなり大きなスペースに少女の顔写真とともにセンセーショナルな小見出しが並んでいる。

――小二女子児童、公園で殺害される
――暴行を受けた可能性
――帰宅途中に襲われる
「あの町の過去が気になったので調べてみました。柳瀬町ではいまから二十四年前、小学生の少女が学校帰りに殺害されるという事件が起きています。犯人が見つからないいま九年前に時効を迎えています」

次に右京が差し出した記事のコピーには、《少女殺害事件時効》《有力な情報なく》とあった。

「それじゃあ、子供たちがみんな防犯ブザーを持ってたってのは……」

薫が言いかけると、「町の痛ましい記憶が極端な防犯教育という形で現れているのでしょう」と右京が後を続けた。

「それで？　きみのわかったことはなんでしょう？」

右京の問いかけに薫は、それほど大したことじゃないんだけど……とちょっと引け目を感じた。

「ああ……『マジカル・リリィ』でした」

「はい？」

今度は右京が一瞬なんのことかわからないという表情をした。

「あのキャラクターですよ。アニメが放送終了したのが二十二年前。右京さんが見つけたステッキは、その前年に生産ストップされたものでした」

そのことを実は昨夜、美和子から教えられたのだった。

「ああ、懐かしい。女の子の間で流行ったのよねえ」

薫が携帯電話のカメラで撮ってきたキーホルダーの写真を見て美和子は色めき立ち、振り付きで変身の呪文を唱えた。

「おまえにも可愛い時代があったんだねえ」

「ありましたとも。変身ステッキだって持ってたんだから」

「そのステッキって、これ？」

薫がもう一枚の写真を見せると、

「これこれ！　途中でライバルの魔女に壊されちゃうの。でね、魔界の女王様が新しいステッキをくれるのよ」

薫がインターネットで調べたところ、白坂の家にあったあのステッキは旧バージョンで、二十三年前に製造中止になっていた。

「ということは、生産されたのは一九八三年以前……繋がりましたね」

右京のメタルフレームの眼鏡の縁が光った。

「え？　あ……もしかして？」

「この事件と時期が一致します。二十四年前の事件、三か月前の空き巣、今回の殺人、そして鈴木という男……真実はもうそこまで見えています。しかし、その真実というのは極めて残酷なものかもしれません」

右京は頬を震わせて宙を睨んだ。

五

柳瀬町町内会集会所には、〈井伏豆腐店〉と〈茶処たみや〉の両夫婦、それに町会長の池之端と堂本がそろって座っている。

「今日は、事件の真相について、これまで判明したことをご報告するために、みなさんにお集まりいただきました」

右京が礼儀正しく挨拶をした。

「で、犯人はやっぱり鈴木さんでした？」

田宮志津江が膝を乗り出して言った。

「ご安心ください。鈴木さんは犯人ではありません」

薫が答えると、座が揺れた。

「で、誰が犯人だったんです？」

堂本が詰め寄った。

「その前にみなさんに少々お訊きしたいことがあります」

緊張の中、右京が池之端の前に座った。

「池之端さん。鈴木さんの連絡先が書かれていたというノート、あれは見つかりましたか？」

「それがまだ出てこないんです。誰が持ってったものやら」

意表を突かれた池之端が、狼狽しながら答えた。

「そうですか。ところで田宮さん。あなたは以前この集会所について『鍵はあるけど、普段は開けっ放しのことが多い』、そうおっしゃっていましたね？」

今度は田宮に向かって質問を繰り出した。

「ああ、言ったかもな」

ちょっと憤慨して田宮が答えた。

「矛盾してますね」

「どこが矛盾してんです？」

苛立ちが嵩じた志津江が声を裏返した。

「これほど防犯意識が徹底した町であるにもかかわらず、集会所の鍵は開けっ放し。しかも、この町は三か月前に空き巣の被害に遭っています。町内会としても集会所の鍵ぐらいはかけておきそうなものだと思いますがねえ」

「一体、なんの話です？」

今度は堂本が明らかに不快な口調で言った。

「わたしたちは事件について知りたいんですよ」

井伏節子もフグのように頬を膨らませている。

「失礼。つい細かいことばかり気になってしまって」

右京が謝ると、「この人の悪い癖！」と薫が座を和らげるように言った。

「白坂さんはどこの誰に殺されたのか、もったいぶらずに早く教えてくださいよ」

井伏勝の発言を受けて、右京は全員を見渡して切り出した。

「それはみなさん、すでにご存じのはずですよ。あなた方はその犯人を庇い、犯人の罪を全く関係のない鈴木さんに背負わせようとしている。違いますか？」

住人たちはざわめきたった。

「ちょっと待ってください。それじゃあまるでわれわれが鈴木さんをハメてるみたいだ」

「冗談じゃない！　なんの罪もない人間を殺人犯に仕立てたりするもんか！」

堂本が抗議し、田宮は憤慨して叫んだ。

「そこです。あらぬ罪を背負わされる鈴木さんという人物は一体何者なのか。実は、何者でもなかったのです。鈴木という人間はどこにも存在しません。つまり、あなた方が作り上げた架空の人物だったんですよ」

「鈴木の住所を記したというノート、そんなものも初めから存在しなかった」

右京に続けて薫が言うと、みな口々に異を唱えた。

「あんたたち、なに言ってるんだっ？」

「われわれの話がみんなでっち上げだって言うのか？」

堂本の言葉を受けて井伏が嚙み付いた。

「そのとおりですねえ」

薫がいなすと、志津江がとっておきのせりふを言った。

「じゃあ〈花の里〉の女将さんもグルだってのかい？」

「そうですよ。あの女将さんだって鈴木さんを見てんですよ」

節子も勝ち誇ったように重ねる。

「ええ。その事実があなた方の綿密な計画を物語っています。鈴木の存在に現実味を与えるために、あえて証人を作ることにした。すなわち誰かに鈴木を演じさせて、それを第三者に目撃させようと考えたのです。では誰に鈴木を演じさせるか」

　そこで右京は堂本に真っ向から向き合った。

「堂本さん。あなたの頭にはとっさにある人物の顔が浮かんだのではありませんか？」

「ん……なんのことです？」

　堂本は白を切ったが、右京はそんな堂本の周囲を後ろ手を組んで回りながら、一気に推理を展開した。

「三か月前、あなたご自身の手で警察に突き出した男。ここからは離れたところに住んでおり、なおかつ金のためなら迷うことなく犯罪に加担する男。それが江島だった。あなたは江島に金を握らせて、この近くの小料理屋で酒を飲むように指示を出した。そして彼の携帯に電話をし、鈴木と名乗らせた。店の女将、宮部たまきの目撃証言によって鈴木という人物の存在は確実なものになります。その後のみなさんの行動は、かねての計画どおり、警察からの聞き込みに対し一人ひとりが鈴木という人物に疑いが向くような証言をしました」

「鈴木の人物像も、被害者ともめていたというストーリーも、あらかじめ用意されていたものだったんですね」

　右京の推理を敷衍《ふえん》して、薫も住人たちに迫った。

「あなたは鈴木を庇う役を演じましたね。そのためにより鈴木の存在に信憑性が加わりました」

突然、推理の矛先が自分に向かって来た節子が、パニックに陥ったように叫んだ。

「デタラメよ。なにもかもデタラメよ！」

「そうだ。全部あんたらの勝手な推理じゃないか！」

田宮が助け船を出すと、井伏がこういう事態に陥った者の常套句を口にした。

「われわれみんながグルだと言うなら、その証拠を出しなさい！」

「証拠は、これからいくらでも見つけられますよ」

薫の自信たっぷりの表情に、住人たちはひるんだ。

「しかし、われわれはできればそれを避けたいと思っています」

「なぜですか？」

いままで沈黙を守っていた池之端が右京の前に進み出た。質問には薫が答えた。

「いまならまだ自首扱いにできるからです」

「池之端さん」静かに声をかけると、右京は池之端に柔らかく言った。「二十四年前に殺害されたあなたのお嬢さん、桃代ちゃんもそれを望んでいると思いますよ」

「違いますか？　みなさん」

薫の言葉に俯いた皆の脳裏には、それぞれの思い出の中の桃代の面影が浮かんでいた。

「私が殺しました」

しばらくの沈黙のあと、池之端が意を決したように顔を上げた。

「白坂を殺したのは私です。私が、この手であいつを！」

「会長さん！」

堂本が止めに入ったが、もう後戻りはできなかった。池之端は訥々と告白し始めた。

「桃代は学校の帰りに命を奪われました。なぜもっと人を疑うようにしつけなかったのか、なぜ大人を警戒するように育てなかったのか、いまでもそのことが悔やまれてなりません」

「本当に可愛い子だったんですよ、桃代ちゃん。それを、それを、あの男が……」

志津江の嗚咽がみんなの心情を代弁した。井伏夫婦も、そして田宮も堂本も、犯人を捜すためのビラを配ったり証拠を捜して歩き回ったりした当時のことを、ありありと思い浮かべていた。

「白坂もその中にいたんだよ。いけしゃあしゃあと犯人捜しに加わっていた」

田宮が吐き捨てるように言った。

「私の責任です。あの男を少しも疑わなかった。犯人があんなに近くにいたのに気づかなかった。二十四年間も……」

警察官らしい責任感を露わにして堂本が声を絞った。

「そして事件が時効になった後、ある日、偶然ひとりの空き巣がこの町に現れた」

右京のことばを堂本は否定した。

「偶然じゃありません。桃代ちゃんが教えてくれたんです。三か月前、江島が白坂の家から出てきたところに出くわしてとっ捕まえたら、奴が盗んだものの中から子供向けの筆箱が出てきました。『マジカル・リリィ』っていう桃代ちゃんが好きだったキャラクターのものです。しかも桃代ちゃんの名前が書いてありました」

桃代も馴ついていた白坂を、住人の誰もが疑わなかったという。

「初めはただの偶然だと思いました。しかし気になって当時の捜査資料を洗い直してみたんです。調べれば調べるほど白坂が怪しく見えてきました」

「迷った末、あなたは池之端さんに筆箱を差し出して確認した」

右京のことばに頷く堂本の傍らで池之端が言った。

「桃代の筆箱でした。私がデパートで買ってやったものです。名前を書いたのも私です」

池之端と堂本のふたりはあの夜、問いつめるために白坂を神社に呼び出した。二十四年前、桃代の遺体のそばに落ちていたランドセルの中身は荒らされていた。筆箱も『マジカル・リリィ』のステッキも犯人が奪ったのだった。その筆箱を、白坂が持っていた。

——あんただったのか？　桃代ちゃんを殺したのはあんただったのかっ？

堂本にものすごい剣幕で問いつめられて、白坂は隠し通すことを諦めたようだった。一転して口元を醜く歪め、呟いた。

――……あの子が悪いんだよ。

――なんだって？

堂本は自分の耳を疑った。

――あの子があんなに可愛かったから悪いんだ！　殺すつもりはなかった。なのに、あんなに騒ぐから！

――おまえっ！

力任せに白坂を押し倒す堂本の後ろで池之端は、理屈にもならない白坂の言い訳を一体どんな気持ちで聞いていたのだろう。顔面蒼白になり表情すら失ってしまった池之端は、無意識のうちに足元の大きな石を拾っていた。

それから後のことは、池之端の記憶にない。気がつくと堂本を突き飛ばして白坂の上に馬乗りになり、動かなくなるまで石で頭を打ち砕いていた。止めに入った堂本が確かめるまでもなく、白坂はすでに死んでいた。

「その後すぐ町内会のみんなを集めました」

堂本は一部始終を語った。

集まった井伏、田宮両夫婦は白坂のことを知ってまず驚き、そして憤った。そうして、

「申し訳ないが町内会をよろしく頼みます。これからも町の子供たちをみなさんで守ってください。どうかお願いします」と頭を下げて警察に自首しようとする池之端を止めに入った。

「自首することはない！　あんたを誰も咎めやしないよ！」

井伏勝が言うと、田宮も必死に諭した。

「あんたはずっと苦しみ続けてきた。苦しみながら町の子供たちを守ってきた」

「みんなが会長さんに感謝してるんですよ。会長さんはこの町に必要な人なんです！」

その節子のことばが、その場の全員の総意だった。

「しかし私は人殺しを……」

池之端は自らの行為の重大さを充分弁えていた。そのとき、一歩下がったところで何かをじっと考えていた堂本が静かに言った。

「あんたが殺したんじゃないよ。白坂を殺したのは別の人間です」

そのことばに誰もが一瞬呆気に取られたような顔をした。

「警察にそう信じさせるんです。たとえば……そう、『スズキ』です！」

それから堂本は、自分の発想に自分をなじませるように一つひとつ頷きながら説明していった。

「犯人はスズキだ。会長さんじゃない！　そういうことにするんですよ。警察の目を架空の人物に向けさせるんです」

そうして、堂本のアイディアに従うことを全員で固く約束したということだった。

「そこから先は刑事さんのおっしゃったとおりです。その後すぐ私は江島に連絡し、事情を話して金を握らせ、鈴木という男を演じさせました」

「しかし、ひとつだけ予測していなかった事態が発生しましたね」

右京のことばに堂本はうなずいた。

「まさか江島の姿がビデオに映ってたなんて」

「江島の口から真実が語られるのを恐れるあまり、あなたは第二の殺人を犯さざるを得なくなった」

「はい」

もはや堂本には何ら隠し事をする必要もなかった。

「いま思えば、あの電話の声はあなただったような気がしますが、いかがでしょう」

右京は〈井伏豆腐店〉での電話以来ずっと気になっていたことを確かめてみた。堂本はそれも肯定した。

「江島を殺したのは私です。私ひとりでやりました。鈴木を名乗って電話した後すぐ江島のアパートに向かいました。そして江島の首を絞めて殺害し、死体を自殺に見せかけたんです。これがすべてです」

「鈴木さんは架空の人なんかじゃない……そんなふうに途中から思い始めてたんです」

志津江がぽつりと言った。

「俺もだ。鈴木さんが本当にこの町にいたような気がするよ」

田宮も妻に同調した。

「わたしも、いつの間にか本気で鈴木さんを庇ってました」

節子は自分の役回りを思い返して言った。

最後に池之端が中空を見つめながらしみじみと言った。

「鈴木さんは桃代の無念を晴らしてくれた。そして、いまでもどこかでこの町を見守ってくれている。子供たちの安全をそっと見守ってくれている。そんなふうに思えてなりません」

そんな池之端を一瞥したあと、右京は遠くに目を遣りながら呟いた。

「どんなにいいでしょうねえ。それが本当だったら、どんなにいいでしょう……」

そうしてこの善良な町内会の人々をもう一度振り返ってみた。

第四話

「せんみつ」

一

その朝、特命係の小部屋には珍しい来客があった。いや本当を言えば珍しいというのは語弊がある。ひとりで来るのが珍しいのであった。

「他のふたりはどこに置いてきちゃったの？」

これもまた暇つぶしに特命係に来ていて、いままでテレビで都内の宝石店から十二億円分の宝石が盗まれたという強盗事件のニュースを見ていた組織犯罪対策五課長の角田《かくた》六郎が冷やかした。「他のふたり」というのは捜査一課の伊丹憲一と芹沢慶二であり、「珍しい客」とは同じく捜査一課の刑事、三浦信輔であった。

「ちょっと警部殿に話が……いや、やっぱりいいや」

入り口で躊躇している三浦の気持ちを察して、薫は角田を促して送り出した。何か人にあまり聞かれたくない話なのだろう。

「うまいな、これ」

右京が手ずからいれた紅茶をすすって、三浦は言った。

「なんすか、その『せんみつ』って？」

先ほど三浦の口から出た聞き慣れないことばの意味を訊ねる薫に右京が説く。

「『本当のことは千のうちに三つしかない』、つまり、生まれついての嘘つきのことですよ」

「で、その『せんみつ』がどうかしたんすか？」

薫に促されて三浦が語ったところによると、『せんみつ』というのは知り合いの槇原惣司のことだった。知り合いといっても槇原は空き巣の常習犯で、三浦が所轄の盗犯係にいたころ何度も検挙したことがある男である。そして槇原はその都度、「やってない」「アリバイもある」と言って細かなことまでぺちゃくちゃと散々しゃべり倒した挙げ句、裏を取ってみるとまったくの嘘八百。起訴できたとしても結局微罪で切り抜けてしまうというタチの悪い小悪党だという。

その槇原が昨夜、奥多摩の別荘に忍び込んで窃盗未遂で逮捕されたのだが、今回に限っては取り調べで一切嘘もつかず、自分の犯行だと素直に自供しているのである。

「それが納得できないんすか？」

薫が解せない顔で訊ねた。

「ああ！　絶対おかしい！」

三浦が顔をしかめてそう言うと、確かに、と右京も同調した。

「『せんみつ』と呼ばれるほどの嘘つきが嘘をついていない。ぼくとしてはいささか興味を引かれますね」

「だったら、槇原の奴の様子、見てきてもらえませんか？」

「なんで右京さんが？　自分で行きゃあいいっしょ」

薫の言う通りである。

「所轄の盗犯の事件に、本庁の一課の俺が出張るわけにいくか？」

要するに三浦のメンツの問題なのか、というとそうでもないことは、天井を指差し頭に角を生やす三浦のジェスチャーが示していた。警視庁という縦割り社会ではままならぬことが多い。それを特命係のふたりは身を以て知っていた。

「お願いします。この通り」

頭を下げる三浦に右京は苦笑いで応えた。


ちょっとしたドライブだったが、右京と薫は車で奥多摩署に出向いた。応対に出た北尾という刑事に案内されて取調室に向かったが、どうも周囲の雰囲気が悪い。それもそのはずである。たかがこそ泥に毛が生えたような窃盗事件にわざわざ本庁から出張とは、所轄としてはいただけないからだ。鋭い視線を残して北尾ともうひとりの刑事が取調室から出て行くと、右京と薫は椅子にちょこんと座っている男に自己紹介をした。

「警視庁の杉下といいます」

「亀山だ」

「警視庁の刑事さんがどうして?」

気が小さい男らしく、上目遣いに警戒しながらふたりを見た。

「ちょっと気になることがありまして。よろしければ二、三お話を伺わせていただけますか?」

右京が申し出ると槇原は急に相好を崩して友好的な態度になった。

「ええ。二、三と言わずに好きなだけどうぞ」

薫が槇原の前に座り、抱えていた事件のファイルを開いて確認をはじめた。

「事件があったのは十一月七日午前二時五分、奥多摩町平森三一九、大野義弘氏所有の一戸建て別荘。被疑者槇原惣司、つまりおたくは窓ガラスを割って同家屋内に侵入。その際警備会社のセキュリティーが作動。十五分後に警備会社の保安員を伴った駐在所の巡査が現場《ゲンジョウ》に急行。同日午前二時二十分、住居侵入ならびに窃盗未遂で現行犯逮捕。間違いねえか?」

「間違いありません。そのとおりです」

素直に犯行を認めているのは三浦の言うとおりである。

「ではまず最初に、調書によると、あなたは盗み目的で別荘に侵入したと書かれていますが、どうして別荘を狙ったんですか?」

右京が訊ねた。

「どうしてって言われても……そこに別荘があったから」

「なにぃ？」

あまりにもふざけた物言いに薫は気色ばんだが、槇原はおかまいなしに、今度は立て板に流れる水の如く一気にしゃべり始めた。

「ほら、シーズンオフの別荘なら空き家なのはほぼ確実でしょ？　苦労して忍び込んで家の人間にバッタリ、なんてヤバいことにならずに済むし、おまけにうまくいけば来年の夏まで盗みに入ったことさえバレなかったりするし」

「なるほど、説得力がありますね」

「そう言ってもらえると……」

槇原は素直に嬉しそうな顔をした。

「ですが、シーズンオフの別荘では、あまり金目のものはないのではありませんか？」

槇原は盲点を突かれたようで、一瞬ひるんだ。

「どうなんだ、そこんとこ？」

すかさず薫が追い打ちをかけるが、槇原はすぐに立ち直り、

「いやぁ、参ったなあ」

と頭を掻きながら、またよどみない口調でしゃべりだした。

「本当なら隠しときたかったんですよ。ドジ踏んで捕まった上に手の内までさらけ出す

なんて、あんまり悔しいから黙ってたんだけど……」そこでちらりと右京の様子を窺うことも忘れなかった。「実はね、小菅の拘置所にいたときに知り合った野郎でね、名前は確か上松とかいったかな、とにかくそいつも同業者なんだけど、あるときすっごいお宝を掘り当てちゃったんですよ。どこでだと思います？」

「どこでだよ？」

薫はすぐに槇原の話術に取り込まれてしまう。それが難だった。

「話の流れから察するに別荘でしょうか」

一方右京は、わざと槇原を乗せるように、嫌味なほど聞き上手な相づちを打つ。

「そのとおり！　その上松って野郎がたまたま別荘に入ったんです。で、誰もいないのをいいことにあちこち漁ってたら、見つけちゃったんだなぁ」

「な、なにを？」

薫が身を乗り出した。

「裏金ですよ。別荘を買えるくらいのお金持ちだから、やっぱ脱税してたんでしょうね。最近は銀行もうるさくなって隠し口座なんか持てなくなったもんだから、そこで別荘に隠してたんですよ。しかもキャッシュで五千万近く！」

話しているうちに興奮してきたのか立ち上がった槇原を薫が制した。右京ははしゃぐ槇原を射るようにジロリと見た。

「お言葉ですが、国税局ならば別荘も査察の対象になると思いますが」

「あ、たぶんね、名義は他人なんですよ。それなら査察も入らないで済むでしょ？　金持ちはそういうとこに頭回るから」

槇原は反射神経で打ち返すように間髪もいれずに答える。

「ということは、別荘には最初からそのような金目当てで忍び込んだと？」

「ええ。ま、失敗しちゃいましたけど」

「当然、どの別荘に裏金が隠してあるかは表からわかりませんよねえ」

右京の追及は続く。

「もちろんわかってたら苦労しませんよ。やだなぁ」

矢継ぎ早に繰り出される鋭い質問に息が詰まったのか、槇原は大げさにため息を吐くと椅子の背に大きく凭《もた》れた。

「あの辺りには別荘が何軒も建っているようですが、これだけの別荘の中から、どうしてこの一軒を選ばれたのですか？」

右京は近くの別荘がひとつひとつ写っている写真のなかから槇原が強盗に入った別荘の写真を選び出し、それを見せて言った。

「どうしてって言われても……」

「どうなんだぁ、そこんとこ？」

よどみなくしゃべっていた槇原がちょっと口ごもったのを機に、薫がここぞとばかりに突っ込んだ。

「信じてもらえるかなぁ」

槇原はまたもや勿体ぶった言い方をした。

「こう見えても俺、信心深いんですよ。ていうか、この手の仕事してる奴って結構ゲンとか縁起とか気にする奴が多くて」

「あ、方位を気にされたとか？」

すかさず右京が相づちを入れる。

「いえ。これバラしちゃうの、なんか悔しいなあ。まあいいか。実を言いますとね、俺の場合、数字なんですよ」

「数字？」

薫がまた引き込まれている。

「この仕事の前にお参りに行ってきたんですけどね、神社に」

「よろしければ、どこの神社か教えてもらえませんか？」

「だから、うちの近所にある小さいとこですよ。えー、鳥居があって狐がいて、鶴川稲荷っていったかな。で、そこでお参りした後、おみくじあるじゃないすか、百円で、こう振って出すやつ。必ず引くことにしてるんですよ。ほら、おみくじって最後のほうに吉数ってあるじゃないですか、要するにラッキーナンバー」

槇原のしゃべりのスピードが少し落ちた。同時に視線も机の上に落としがちで、右京の手元のファイルを横目でチラリチラリと覗きながら、

「そんときの数字が二と八」

と締めくくった。

薫がファイルの写真を見て別荘の立て札のナンバーとそれが一致するのに驚きの声を上げる。

「それ見つけたとき、もうここだって迷わず入ったんですけどねえ。やっぱ、あの神社ダメだわ。賽銭損した」

「捕まったほうが身のためだって神様が言ってんだよ！」

薫が槇原の頭を小突く。

「泥棒専用の神様とか、どっかにいませんかねえ」

「いるわけねえだろ！」

そう言い捨てて右京の後ろから取調室を出てゆく薫の背中に、槇原は内心ベロを出した。

「どうでしたか？」

取調室から出て来た本庁の刑事に、興味津々のようすで所轄の北尾が訊ねた。

「確かに彼はとんだ『鉄砲勇助』ですね」

「テッポウユウスケ？」

薫が問い返す。

「上方落語の登場人物ですよ。嘘つき村に住む日本一の嘘つき名人です」

「じゃあ、いまの話も嘘？」

薫はどうやらすっかり槇原に乗せられていたらしい。

「おそらくたったいま、とっさに考えたのでしょう」

「なんでわかるんですか？」

まだ半信半疑の薫に、右京は槇原が刑務所で別荘のことを聞いた人物の名前、そしておみくじを引いた神社の名前を覚えているかと聞いた。

「『上松』と『鶴川稲荷』？」

「われわれが取調室に入って最初に名乗りましたね。まず『杉下』と聞いて『杉』の連想で『松』。『下』の反対で『上』。『松上』では語呂が悪いのでひっくり返して『上松』です」

「あっ！　それじゃあ俺の名前は……」

「そうです。亀と鶴、山には川」

「おお！」

薫と一緒に北尾も右京の鋭さに感嘆の声をあげた。

「嘘をつくのが才能だとしたら彼は天才的と言えるかもしれませんね」

「あのー、一体なにを調べられてるんですか？」

右京の異能には感心したが、それが何に向けられているのか一向にわからない北尾が訊ねた。

「ぼくにもまだよくわかりません」

「は？」

「それより、われわれが来る前の取り調べのとき、彼の態度に不審なものはありませんでしたか？」

「不審ですか？　ああ、そういえば供述の最中に何度か電話をかけさせてくれないかって」

「どこへですか？」

「『俺のコレがコレだから……』と言って」

北尾は小指を一本立て、それからお腹が大きくなったジェスチャーをしてから、

「『……起訴されたら当分会えなくなる。だから俺のことは心配しないで元気な子を産んでくれってひと言いっときたい』って」

「あいつ結婚してんですか？」

薫が意外な様子で訊ねる。

「いやぁ、篠田美津子っていう腐れ縁みたいなスナックのママがいるんですが、籍は入れていませんし、一緒に暮らしてもいません。裏を取りに行ったうちの奴の話では妊娠なんかしてないそうです」

「じゃあ、それもやっぱり嘘っぱちってことですか」

納得したように薫が呟く。

「亀山くん。きみは現場に飛んで、別荘やその周辺の様子を報告してもらえませんか」

わかりました、と言って出てゆく薫の背中を見送って、右京は再び取調室に入って行った。

二

先ほどから怪しい雲行きだったが、そのうちあたりにゴロゴロと雷鳴がとどろき始めた。どうやら嵐が近くまできているようだ。

「三浦刑事をご存じですよねぇ」

取調室の窓際に立ち、鉄格子の間の窓から外を眺めながら右京は静かに言った。

「ああ、三浦さんには散々お世話に……まあ刑事さんにはお世話にならないほうがいいんでしょうけど」

さすがに少ししゃべり疲れたのか、槇原の声はわずかに勢いを失っていた。

「あなたのことを『せんみつ』だとおっしゃっていました」

「心外だなあ。俺は嘘なんて生まれてこの方ついたことないのに」

「というのが嘘ですね？」

「へへっ」

槇原は悪戯が見つかった子供のような目つきをした。

「なのに今回に限って大変素直に自供してらっしゃる。どういう心境の変化なんでしょう？」

「素直に吐いたのにかえって疑われるなんて、まるで狼少年じゃないですか。どうして信じてもらえないかなぁ」

そのとぼけ方にも信憑性がみじんも感じられない。

「ぼくにはまるで、あらかじめ用意したストーリーに相手を誘導しようとしているように思えてならないのですがねえ」

そのとき、強い雨が取調室の窓を叩いた。ついに降り出したようだ。槇原も思わず立ち上がり、右京の隣から窓を覗いた。

「ストーリーですか？　それって、どんな？」

「あの夜、あなたは別荘に空き巣に入り、警報装置に気づかずにいたために捕まってしまった。そういうストーリーです」

右京は椅子に戻った槙原の耳元に口を寄せ、囁くように言う。

「そのとおりなんですけど」

「どうもぼくには、あなたがわざと逮捕されて起訴されたがっているように思えてなりません」

右京の穏やかな口調が逆に槙原にプレッシャーを与えたようである。槙原は少しおどおどしはじめた。

そのうちに戦術を変えたのだろうか、わざと捕まったことを認めた槙原は、「冬を越すために仕方なかった」などと言い出した。

「お恥ずかしい話、ここんところろくに盗みもしていなくて、だから、それこそ一攫千金を狙って別荘なんかに入ってみたんですが、金目のものはないし、おまけにドジ踏んで捕まっちゃうし。そのとき、ふっと思ったんです。別荘で捕まったんなら、そのまま刑務所《ベッソウ》入っちゃおうかなぁって。そりゃあ冬は寒いけど、とりあえず三食は食わせてもらえるし、ホームレスになるよりはマシかなって。だから今度に限っては嘘つくのやめて、全部素直に吐いてみようかなって思いました。ほんと、申し訳ありませんでした」

右京の同情でも引こうと思ったのか、槙原はどこかしんみりした口調で言って頭を下げた。

「またもや説得力のあるお答えですねえ」

そんな戦術は当然のことながら右京には通用しない。

「だって本当のことですから」

槇原は思惑が外れたことに戸惑った。

「ですが、いまのはちょっと無理が感じられますね」

「え？」

「仮にこのままあなたが起訴されれば、窃盗未遂とはいえ常習犯でもあり、懲役三年から五年の実刑判決が出る可能性が高いと思いますよ。ひと冬では済みませんねえ」

「あ、そうだったんですか？」

まるで他人事のようである。

「『そうだったんですか？』。ご存じなんでしょ。なぜならば、あなたはプロなんですから」

「プロ」という部分に右京は独特のニュアンスをこめた。

そのころ車で現場に向かっていた薫は、途中で滝のような雨に見舞われた。「奥多摩自然郷」という看板が立てられたその別荘地に到着した頃には多少雨脚は弱まってはいたが、すぐにもまた強くなりそうだった。その中を薫は歩きまわり、ついに槇原の侵入した別荘を見つけた。いかにも別荘らしい造りの露天風呂のフェンスを飛び越えると、供述通り屋内に通じる部分の窓ガラスが割れている。そこからなかを覗いて二、三の確認を終えて車に戻ろうとすると、携帯が鳴った。シートに座って着信を見ると美和子からだった。


待ち合わせに選んだ、別荘地からそう遠くないところにある喫茶店に入ると、先に着いてコーヒーを飲んでいた美和子が「よう！」と手を上げた。先ほど携帯で今回の事件のことを話したら「ぜひ行ってみたい」と押し掛けてきたのだった。

「これもまた心の赴くままよ」

帝都新聞を辞めてフリーのジャーナリストになった美和子には、時間はたっぷりとあった。薫もまた、男の仕事場に女房が首を突っ込むことに抗議はしたものの、平日の昼間に、しかも別荘地で美和子と会えるのがまんざらでもなさそうである。

「それに右京さんが自分から乗り出したんでしょ？　だったら面白いことになる可能性高いじゃない？」

「これは捜査なの。一応公務なんだぞ」

「だって容疑者はとっくに逮捕されたんでしょ？　捜査の邪魔にはならないと思うけどな。それにわたしね、この辺には土地勘があるんだから」

美和子は鞄のなかから一枚の紙切れを取り出した。

「なにこれ？」

「美和子特製手作りマップ」

「なんだってこんなもん？」

「前にこの近くにある産廃場の不法投棄の取材で結構来てたから。そのときもこのお店にずいぶんお世話になったんだよ。ファクス借りたり、おトイレとかね」

美和子が目配せをするとお店のマスターがやってきた。夫です、と紹介された薫が警察手帳を見せて早速昨夜の夜の空き巣事件のことを訊ねる。

「さあ。店は九時には閉めちゃいますから」

事件についての有力な情報は得られなかったが、雑談のなかで、最近は平森酒造という大手の酒造メーカーに出入りする配送業者でこの店も賑わうのだということがわかった。

薫は美和子お手製の地図を見た。確かに別荘地のほか目立った施設としては山裾に位置するもう今は使われていない産廃場と、地図のほぼ中心にある平森酒造の工場や倉庫があるだけだった。

右京はその手書きの地図を、背後に刑事たちの冷たい視線を感じながら奥多摩署のファクス機で受け取った。なかなか詳細でわかりやすい地図だった。右京はそれを持って取調室に戻ると、赤ペンを添えて槙原の前に差し出した。

「あの夜、別荘に向かった道のりを書いてみてください。思い出せる限りで結構です。あ、寄り道したところなどあったら、それも忘れずに」

「なんのためにそんなこと？」

槙原は怪訝な顔をした。

「書きながらで結構です、聞いてください。先ほどの話に関して納得のいく理由がないか、ぼくもいろいろ考えてみました」

「理由って、なんの理由です？」

「人がわざと逮捕され刑務所に入ろうとする理由です」

「はあ……」

「冬を越すためというのもありますが、それ以外にもいくつか考えられます。たとえば誰かを庇っている、あるいは現在服役中の誰かと接触するため。あ！」

そこで右京はさもグッドアイディアを思いついたという風に手を叩いた。

「こういうのはどうでしょう？　窃盗より重い罪を犯した人間が、それを糊塗するためにあえて窃盗罪で逮捕される。その場合、窃盗より重い罪となるとごく限られます。強盗、強盗傷害、傷害致傷、そして……殺人」

最後のフレーズを聞いて地図に赤い線を引いている槇原の手元がわずかに狂ったのを、右京は見逃さなかった。

右京から携帯に電話がかかってきたとき、薫は美和子とともに平森酒造の倉庫にきていた。ウイスキーで有名な酒造メーカーだけあって、そのレンガ造りの倉庫は大きくて見事だった。

——なにかわかりましたか？

美和子と一つ傘のなかにいたが、ひとしお激しさを増した降りに薫のフライトジャケットの肩は片側がびしょ濡れである。

「いまも駐在所の巡査に訊いたんですけど、事件の夜はなにも起こってないということでした」

——そうでしょうねえ。

「は？」

——刑事や巡査が動き出すのは事件が顕在化してからです。その場合は当然われわれのほうにも報告が来ているはずですからね。

「あ、だったら、あの……？」

なんで俺がここにいるの？　と薫はさすがにムッとした。

——起きていないのではなく、起きたのだけれどもまだ見つかっていない可能性を考える必要があるんです。

「見つかっていない？」

——引き続き捜してみてください。

「あ、はい」

相変わらず訳のわからないことを言う上司だ。携帯を切って毒づこうとしたら、美和子が傘を引っ張って倉庫の裏のほうをめがけて歩き出した。

「おいおい、どこに行くんだよ？」

「この上に産廃場があるんだよ」

まったく……身勝手なのは上司だけではなかった。

三

雨合羽を着た刑事や捜査員がそこかしこにひしめいている。つい先ほどまで人っ子ひとりいなかった産廃場が、突然殺人事件の現場に様変わりしてしまった。雨脚はさらにひどくなり、それが捜査を困難なものにしていた。

死体の発見者は薫と美和子だった。薫を引っ張って産廃場にやって来た美和子が職業柄デジカメであたりを撮影していたとき、雨に打たれたガラクタの中に、男が白い目を剝いて横たわっているのを見つけたのである。

――そうですか、出ましたか！　きみにしては上出来です。

さっそく薫から携帯で報告を受けた右京は、歓喜の声をあげた。薫にしてみれば素直には喜べない右京のふた言目ではあったが……。

「ふたり揃って毎度毎度お騒がせの特命係の亀山ぁ～……夫婦！」

明らかにこの状況を喜んでいない人間が、こちらにやってきた。捜査一課の伊丹憲一だった。

「なんだと、こらぁ」

「その言い方だとわたしも特命係みたい」

凄む夫の傍らで、妻も頰を膨らませて抗議した。

「こんな山奥まで来て死体見つけやがって」

「てめえらが仕事してねえから、こっちでわざわざ見つけてやったんじゃねえかよ！」

おかしな理屈で難癖をつける伊丹に、薫もおかしな理屈で対抗する。

いつものように喧嘩を始めた伊丹と薫の間に、三浦が割って入った。

「おい！　槙原のヤマとなんか関連あんのか？」

「いや、まだわかんないです」

答える薫と三浦の顔を交互に見て、伊丹は除け者にされた子供のようにいじけてみせた。

「あ？　あ？　あ？　なんだよ、そのマキハラって？」

薫がそんな伊丹を無視して隣にやってきた鑑識課の米沢守に訊ねた。

「被害者《ホトケ》の身許は？」

「それが、身許が判明するようなものは所持してませんでした。二十代から三十代までの男性ということしか、いまのところは」

「おい、こいつに説明してんじゃねえよ」

今度は伊丹が薫と米沢の間に割って入る。

「死因が頭蓋骨骨折のようです。顔や全身に打撲痕、要するにアザが多数見つけられたことから見ても、暴行を受けている最中に頭部を強打して死亡したものと見て間違いありません」

「だから誰に説明してんだよ！」

米沢にも無視された伊丹の苛立ちは募るばかりだ。

「この場所は、近所の住民はおろか管理をしている町役場の人間も、めったに近づくことのない場所だそうです。下手をすれば白骨になるまで見つからなかった恐れがあります。お手柄でしたね」

「ああ、どうも」

米沢に誉められて薫と美和子はちょっと照れくさそうだ。そこまで報告すると、終わったとばかりに離れていこうとする米沢を三浦が呼び止めた。

「ちょっと待てよ。死亡推定時刻は？」

「死後三十六時間前後ですから、七日の午前一時程度かと」

「てことは、槇原が逮捕される直前ってことか」

「いや、まさか！」

薫の呟きに三浦の叫びが重なった。

「だからさっきからなんなんだよ、そのマキハラって？」

相変わらずの伊丹はもどかしそうに体を揺すった。

奥多摩署に戻った薫は取調室に直行し、産廃場での殺人の被害者の写真を右京に渡した。

「この方に見覚えありますか？」

右京が槇原の前にその写真を差し出した。

「さあ……誰ですか、これ？」

「おや。これはどうみても死に顔です。『死んでるんですか？』と真っ先に訊ねそうなものですがねえ」

確かに、右京の言う通りである。

「ああ死んでるんだ……えっ、死んでるんですか？　いやあ最近すっかり老眼で近くのものが見づらくて見づらくて」

槇原の白々しいとぼけ方にも少々無理がみられるようになってきた。

「その割には地図に書かれた線はかなりはっきりしていますねえ」

右京は先ほどの地図を広げて線を指でなぞった。

「ここが別荘です。そして、この赤い線があなたが別荘に向かった道のりです。普通ならばこう真っすぐに向かうべき道を、あなたはあえて遠回りしてらっしゃる。ぼくには、あなたがわざとある場所を避けているように思えてなりません」

「避ける？」

「死体の発見された産廃場です」

そこへドアが勢いよく開いて、捜査一課の三人組が入ってきた。

「おーい、おまえが槇原か」

いかにもガラが悪そうな刑事の後ろに三浦の姿を認めた槇原は「あっ！」と声を上げてそのまま俯いてしまった。

「警部殿、申し訳ありませんが今後の取り調べは、こちらでやらせていただきます」

槇原を見て短くため息を吐いた三浦が言った。

「ということは、つまり槇原さんは殺人事件の重要参考人になったということでしょうか？」

「やってないっすよ、俺！」

右京のことばに槇原は慌てふためいた。

「おまえのやったことはわかってんだよ！　おまえは産廃場でこの男を殺して埋めた。その後でわざわざ近くの別荘に忍び込んだ。それも盗みをするためじゃねえ、捕まるためにだ。ハッ、よく考えたもんだ。殺人《コロシ》のあった時刻に空き巣をしてたってアリバイを作るために、わざわざ捕まるとはな！」

先ほどのガラの悪い刑事、伊丹が凄んでみせる。

「そんな！　俺は盗みに入っただけですって！」

「『せんみつ』のおまえの言葉、誰が信じる？　おまえがコロシやるとはな！」

「やってませんて！　信じてくださいよ、三浦さん……」

槇原がついに泣き声で訴えた。それを潮に右京と薫は取調室を出た。

「本当にあいつが殺したんですかね？」

階段の踊り場にある休憩所で煙草に火をつけながら薫が訊ねた。右京がそれに答えようとしたところへ、三浦が自販機の紙コップを手にやってきた。

「立ち入ったことをお伺いしてもよろしいでしょうか？」

右京が三浦に訊ねる。

「なんでしょうか?」

「槇原惣司とは同郷かなにかなのではありませんか?」

「ご存じだったんですか!?」

三浦は驚いて言った。

「ひとりの刑事と窃盗の常習犯というだけの関係には思えないものですから」

相変わらず勘が鋭い、と三浦は舌を巻いた。

「あいつと俺は岐阜の同じ町の出身でね。歳も近い。最初に取り調べたときにそれを知ってから、もうずっと気にかけてやってました」

「やはり、そうでしたか」

「一度だけあいつに『こんなことやって、これから先、一体どうするつもりだ』って訊いたことあるんですよ」

「そしたら?」

薫も身を乗り出した。

「とにかく一億円稼いで、その金持って田舎帰って温泉掘るんだって、そんなこと言うんですよ。まあ俺たちの町はこれといった名物も特産品も、もうとにかくなにもないところでね。ご多分に洩れず、さびれる一方。だから、せめて温泉でも出ればばって思ったんじゃないですか」

「それこそ、あいつ得意の嘘なんじゃないですか」

　薫が疑うのも無理はない。

「俺もそう言ったんだよ。そしたら、あいつ『いやいや、これは三つのうちの一つです』って、涙流したりするんだぜ」

　しみじみとした口調になった三浦のイントネーションには槇原と同じ方言の名残が感じられた。


　奥多摩署を出た特命係のふたりは、現場の別荘地へ行ってみることにした。やや小降りにはなったものの、雨はまだ降り止まない。車を降りてあちこちの別荘を見て回る右京の頭上に傘を差し出しながら、薫もついて行った。

　槇原が侵入した別荘の前で右京は門柱に貼ってある「奥多摩警備保障」というシールを注視した。それから隣の別荘の玄関に立ち、またすぐに次の別荘に向かう。

「あ、ちょっとちょっと」

　薫の傘も、なかなかついてゆくのに骨が折れる。

「どうして他の別荘を？」

　小走りに駆けながら薫が聞いた。

「わかりませんか?」

「なにがですか?」

「彼がこの別荘を選んだ理由です」

「そりゃあ数字のゲン担ぎ……じゃないのか」

「この辺りの別荘を見たところ、明らかに警備会社の警報システムが入っているとわかるのは、この別荘だけです。きみならば、どの別荘を選びますか?」

「そりゃあ警報システムの入ってないとこに入りますよ。捕まりたくないですからね。もちろん俺がそんなことするわけじゃないですよ」そこでようやく薫は気づいたようだ。

「あ、そうか。じゃあ捕まるためにここに入ったってことは確かですね」

「では、彼はなぜそんな真似をしたのでしょう?」

「そりゃあ……だから人殺しをごまかすため」

薫はおそらくは右京も想定しているだろう筋道をたどったつもりだったが、「その仮定には根本的な矛盾がありますね」と指摘されて戸惑った。

「そもそも殺人などを犯してしまったら一刻も早く現場やその周辺から逃げ出そうとするのではありませんか? たとえ死体を人が寄りつかない産廃場に隠したとしてもです」

「なのに逃げ出さず、ここで捕まるのを待っていた……確かにおかしいですね」

薫が頷きながら考えているところへ、右京の携帯が鳴った。

かけてきたのは米沢だった。現場から見つかった多数の毛髪や下足痕《ゲソコン》は拘留中の槇原惣司のものとは一致しなかったこと、それから捜査三課のほうから被害者の毛髪のＤＮＡデータを科捜研に提出するよう依頼があったことが伝えられた。

「三課、ですか？」

三課とは主に窃盗犯などを扱う部署である。右京は怪訝に思った。

――しかも例の十二億円宝石強奪事件の専従班からです。現場の宝石店に残っていた毛髪とＤＮＡが一致したようです。

米沢の報告はいつもながら時宜を得ていた。これで捜査方針が決定的に方向づけられた。

「聞こえましたか？」

右京の携帯から漏れる音に耳を寄せていた薫に訊ねた。

「はい。どういうことでしょう？」

薫はまだ霧の中にいるようだった。

「被害者が宝石強奪事件の関係者だったならば、殺害の理由はいくつかに絞って考えることができますねえ」

「仲間割れか、あるいは口封じ」

「ええ。次に考えるべきは、強奪事件と槇原惣司がどこで繋がるかですよ」

右京と薫は産廃場へ向かう道の分岐点に立った。

「あの槇原という男、かなり頭が回るようです」

産廃場の方向を見ながら右京が言った。

「そりゃなんたって嘘つきの天才ですからね」

「その種の人間は無駄な行動はしません。言うならば彼の行動にはすべて理由があるはずです。この道を行けば殺害現場まではすぐですね」

「ええ。宝石強盗の仲間が殺されたのはこっち。同時刻、槇原が侵入した別荘はこっちです」

薫は美和子お手製の地図を見ながら答えた。

四

右京と薫は平森酒造へ赴き、工場長に面会してレンガ造りの倉庫のなかを案内してもらうことにした。大きな扉を開けると巨大な空間いっぱいに天井まで高々と組まれた鉄製の棚に、無数のウイスキーの樽が収められていた。

「なるほど。本格的ですねえ」

右京が感嘆の声を上げた。

「蒸留までの工程は長野の蒸留所でやってるんですが、樽詰めしたものをこの倉庫で寝かしておくんです」

　工場長が説明する。

「この『バーレルオーナー制度』ってなんなんですか?」

　受付でもらったパンフレットを指差して薫が聞いた。

「原酒を樽に詰めた状態で樽ごとに出資者を募って、要するに個人やグループで好きな樽を選んでオーナーになっていただくという制度です」

「ほお」

　薫は感心した。自分だけの樽を持つというのはウイスキー党にとっては堪らないのだろう。

「ちなみに、この中にある樽は、どれほど待てば飲めるようになるのでしょう?」

　工場長に訊ねる右京はウイスキーの本場、イギリスにいたことがある。当然興味を抱いているに違いないと薫は思った。

「熟成終了は二〇一一年ですね」

「五年後ですか。ということは五年間はここには誰も入れないわけですね?」

「ええ。よほどのことがない限り私たちも」

「いま現在この中の樽でオーナーが決まっていないものは、どれぐらいあるかおわかりになりますか？」

「ちょうどこの三列がそうなんです」工場長は棚の中段を指した。「ここのやつはまだ仕込んだばっかりです。あ、ちょうど今日から予約受付が始まってますけど」

「そういうことでしたか」

「なんすか？」

右京は何か深く頷いている様子だが、薫はチンプンカンプンである。

「もうひとつ、お伺いしたいのですが。この場所にはウイスキー以外に高価なものは保管されていますか？」

「高価ですか？　だったら向こうの倉庫に輸入ワインのビンテージものが何点かありますけど」

「いくらくらいになるか、おわかりになりますか？」

「〈ロマネ・コンティ〉や〈ペトリュス〉とか百万円近いものも何十本か」

「そうですか。あとひとつだけ、捜査にご協力をお願いしたいのですが」

百万円、と聞いて薫は内心驚いたが、右京はなんだか嬉しそうに微笑んで倉庫を後にした。

奥多摩署に戻ったふたりはマジックミラー越しに取調室を見た。相変わらず伊丹が槇原をじりじりと攻めているらしい。

「殺された男の身許がわかりましたよ」

取調室から出てきた三浦の顔を見るなり、右京が言った。

「え？　どこのどいつなんです？」

いつの間にそんな調べがついたのか、と三浦は驚いた。

薫が、先ほど平森酒造の工場長に右京が協力をあおいで貰ってきた履歴書を出した。

「本脇幸生、三十七歳……平森酒造に勤務してました。もっとも素行不良で半年前にクビになってますけどね。ちなみにこの男、例の十二億円宝石強奪事件の一味に間違いないそうです」

「どういうことなんだよっ？」

十二億円宝石強奪事件、と聞いて、三浦は訳がわからなくなった。

「お願いしておいたものは？」

一方、右京はあらかじめ連絡をとっていたのか、北尾を促した。

「あっ、はい。こちらです。逮捕したときの槇原の所持品です」

壁際の長机の上には、槇原の持ち物が一列に並んでいた。その中から右京は携帯電話を手にとり、発信履歴を確かめた。画面には〈篠田美津子〉という名前と〈スナックシャトー〉という店の名前がほぼ交互に並んでいた。

「十一月七日午前二時五分から逮捕される二十分までの十五分間、何度も電話をかけていますね。おそらくこの美津子という女性に、どうしても連絡を取りたかったのでしょう」

「確かに篠田美津子は槇原の女ですし、〈スナックシャトー〉は美津子がママをやってる店です」

右京は北尾からそう告げられると、今度は三浦に向かって訊ねた。

「槇原惣司は運転免許は？」

「普通免許は持ってるはずですが……」

薫が槇原の所持品を探った。

「免許証が見当たりませんね。パスケースの類いもありません」

「これですべてわかりました」

マジックミラーの向こうに座っている槇原を睨んで、右京が言った。

驚いたのは三浦や北尾だけではなかった。ずっと行動をともにしていた薫でさえ、何がわかったのかさっぱりわからなかった。

「槇原の自宅に捜査員を急行させてください。自宅を見張っているような不審人物がいれば身柄を確保するようお願いできますか？」

「わかりました。ですが、なんで……」

狐につままれたような表情で三浦が問い返した。それに答える代わりに、右京は左手の人差し指を立てて言った。

「あともうひとつ、お願いがあります」


「どうだ？」

膠着《こうちゃく》状態の取調室に戻った三浦が声をかけた。伊丹が顔をしかめて手をひらひらさせる。そのとき、三浦の携帯が鳴った。

「あ、鑑識だ」

着信画面を見て呟きながら三浦は携帯を耳に当てた。

「はい、もしもし……なんだって!?　……わかった、すぐ行く」

「おいおいおいおいおい、どうした？」

携帯を切った三浦に伊丹が訊ねる。

「現場にわずかに残された毛髪とゲソコンが槇原のものとは一致しなかった」

「それじゃあ、こいつはシロですか？」

芹沢が槇原を指した。

「それから目撃者が出た。別荘近くの〈アンティーズ〉ってカフェの主人が、犯行直後に猛スピードで山を下りていく車を見たそうだ」

「よっしゃあ！　聞き取り行くぞ。車種やナンバーがわかればしめたもんだ」

伊丹は机を叩いて立ち上がり、腕まくりをした。

「でも先輩、こいつの取り調べは？」

「こんなコソ泥、さっさと送検しちまえ」

勢いよく出てゆく伊丹と三浦に、芹沢も続いた。

刑事たちがみな凄い剣幕で出て行くと、取調室にひとり残された槙原は深く安堵のため息を吐いた。これで助かった。緊張のあまり凝りに凝っていた肩を揉んで、首をまわす。椅子から立ち上がって伸びもした。夜も更けたのに一向に降り止まない雨に激しく叩かれる窓際に立った槙原は、ふと窓枠のところに携帯電話が置かれているのに気がついた。さっき三浦が使っていた携帯だ。うっかり忘れていったに違いない……槙原はさりげなく手にとった。それからしばらく思案したあとなにかひらめいたらしく、こっそりと部屋の隅に行って携帯の番号を押した。

──はい、平森酒造お客様センターです。

「あの、バーレルオーナーに応募したいんです。今日受付開始の二〇一一年開封の五年もの。確か樽の番号も選べるんですよね？」

──はい、お選びいただけます。

「だったら、WBの〇六一一番を」

——それではお申し込み用紙を送付させていただきますので、ご住所からお願いいたします。

「東京都昭島市田中町。名前は篠田美津子……はい」

そのときドアがバタンと開いた。ハッとして槇原が振り返ると、そこには右京と薫、それに先ほど出て行ったはずの三浦と、奥多摩署の北尾がこちらを睨んで立っていた。

「はい、そこまで」薫が槇原の手から携帯を取り上げ、「もしもし。ちょっと急な取り調べが入っちゃったもんで……ええ。後でまた電話しまーす」と携帯を切り、「座ろっか。ね？」槇原の肩を叩いた。

マジックミラー越しに一部始終を見ていた右京と薫たちは携帯に仕込んでおいた盗聴装置で会話のすべてを聞いていたのである。

「目撃者が出たというのは嘘です」

槇原の正面に座った右京が言った。

「えっ？」

「嘘の天才のあなたに対抗するには嘘をつくしかないと思いまして」

「参ったな……」

呆然とした槇原は、頭を掻いてとりあえずそう呟くしかなかった。

「ですが、これからお話しすることは嘘ではありません。事件の真相です」

そう宣言して右京は事件のあらましを説明しはじめた。

「事件の夜、あなたはワインを盗みに、平森酒造のあの倉庫に向かった。ところが、そこにはもうひとりの闖入者《ちんにゅうしゃ》がいた。宝石強奪犯のひとりであり、かつてあの倉庫に勤めていた被害者です。彼は暗証番号を入力して倉庫へ侵入し、あなたもその後を追った。おそらく被害者は強奪した十二億円の宝石を独り占めしようとしたのでしょう。その隠し場所に選んだのがウイスキーの樽だったわけです。ウイスキーを熟成させるために、滅多に人が入ることのない倉庫。しかも五年後に開封されるまで絶対に誰も手を出さない樽の中。盗んだ宝石を隠すには絶好の場所だという判断は間違っていません。彼が盗んだ宝石を樽の中に隠す一部始終を、あなたは目撃していたのでしょう。そして、その樽がWBの〇六一一番だということもしっかりと記憶していた」

一点のよどみもなく状況を推測しつつ語る右京の顔を、槇原は改めて見つめ直した。すべてがその通りだったのである。

「しかし、そのすぐ後、事件は起きたのです。宝石を持ち逃げされたことに気づいた仲間たちが被害者を追って現れた。あなたは被害者が殺害される現場をも目撃してしまった。しかも、強奪犯たちに気づかれてしまった。捕まったら殺される……そう思ったあなたは必死で逃げて、あの別荘の辺りにやってきたのでしょう。恐怖に体を震わせながら」

槇原はそのときの恐ろしさを思い出し、身を縮めた。

「しかし同時にあなたはこの千載一遇のチャンスをどう活かしたらいいか必死で思いを巡らせた。樽に隠された宝石の量から見て、五日前の強奪事件に間違いない。その額、およそ十二億円。しかも、その隠し場所を知っているのは、隠した本人が殺されてしまったいま、あなたしかいない。盗みに入るために平森酒造に関して下調べをしていたあなたは、あの樽を丸ごと買い取ることが可能なのも知っていたのでしょう。そこで、あえて警備システムに入っている別荘に侵入した。そうすれば、すぐにパトカーがやってきて、追っ手もあきらめるだろうと考えたのです。しかし、そのときあなたは困った問題に気づいた」

そう、逃げ込んだ別荘のなかで、すぐ近くまで来ていた犯人たちの会話を聞いてしまったときの槇原の恐怖は、殺害現場を見たときのそれに勝っていた。なぜなら、逃げる途中で落とした免許証を彼らに拾われてしまったのだから。

「名前と住所を知られてしまった以上、家に戻るのは危険極まりない。かといって警察に保護を求めれば、殺害を目撃した状況を話さなければならない。となると、宝石の隠し場所もいずれ明らかになってしまう。強奪犯からは安全に身を隠し、なおかつ十二億円の宝石を自分のものにする方法はないか」

右京はそこで言葉を切り、ニヤリと笑って槇原の鼻先に人差し指を差し出した。

「そして、あなたはそれを見つけた」

槇原は伏せた顔を上げてちらりと右京を見た。全部お見通しだった。

「その場で現行犯逮捕されれば強奪犯に見つかることはない。仮に実刑を受けたとしてもせいぜい五年。強奪犯を恐れて逃げ回るより刑務所の中のほうがはるかに安全です。あなたは篠田美津子という女性と連絡を取ろうとした」

薫が槇原の所持品のなかから持ってきた携帯電話の発信履歴の画面を開いて差し出した。

「何度もかけているところを見ると、運悪く相手の方は電話に出られなかったようですねえ」

右京は椅子から立ち上がり、槇原の脇で後ろ手を組んだ。

「伝えたかった内容は推測可能です。ウイスキーの樽の予約の受付が開始され次第、WBの〇六一一番の樽を予約するように。そうすれば五年後に晴れて自由の身になったときに、十二億円もの宝石が自分のものになる」

右京はおもむろに腰をかがめ、槇原の耳元に囁くように続ける。

「ところが、それを伝える前にあなたは逮捕されてしまった。もちろん樽を手に入れる方法がなくなったわけではありません。勾留中は外部との連絡は無理でも、起訴されれば弁護士との接見が許される。なおかつ有罪が確定して刑務所に入れば手紙も書けるし、面会に来た彼女に頼むこともできる。問題は時間です。一刻も早く、他の誰かに先を越される前に、あの宝石の入った樽を予約したかった」

そこで薫も槇原に顔を近づけてジロリと睨みながら言った。

「だからこそ、一分一秒でも早く取り調べを終えて送検されたくて、嘘もつかずに素直に自供したってわけ」

「立派な計画です。ただ一点だけ、穴がありましたね」

右京は左手の人差し指を立てた。

「え？」

槇原は煙に巻かれたような表情で右京を見返した。

「『せんみつ』のあなたが嘘をつかないのは、あまりに不自然すぎたんです」

不運とはつくづくこのことだったのだ。すべてを観念した槇原は深いため息を吐いて静かに立ち上がり、改めて右京の正面を向いて深々とお辞儀をした。

翌朝、槇原は送検のため身柄を移されることになった。三浦に付き添われて奥多摩署を後にする直前、平森酒造を調べていた伊丹たちから連絡が入った。

「宝石が見つかりましたよ」

右京が言った。

「それに、あんたの家を張り込んでた例の宝石強奪犯も逮捕された」

薫が続けた。

「他の仲間も芋づる式に捕まるでしょう」

「これで逃げ回る必要もなくなったし、よかったじゃないか」

薫にポンと肩を叩かれた槇原は、先ほどよりわずかに元気を取り戻していた。

「どこがですか。十二億あれば絶対に温泉掘れたのに」

憎まれ口を叩く槇原に、三浦が方言丸出しで言った。

「槇原！　三年も入っとったら空き巣以外の職も手につくで。もう今度のことで懲りたやろう？　出所したら俺たちの町に帰って堅気の仕事でも探せ」

「そりゃあ無理だぁ」

「なに？」

三浦が気色ばんだ。

「俺もう金輪際、嘘しか言いませんから。『せんみつ』どころか『せんゼロ』になってやりますよ。堅気なんて冗談じゃない。だから出てきたらまたやりますよ、空き巣。でもって三浦さんの厄介になりますから、そんときはよろしく」

そのせりふを聞いた三浦は、

「おまえ、いい加減にしろ！」

と槙原の胸ぐらを摑んだ。

そのふたりの間に割って入った右京が、ニンマリと笑って槙原に言った。

「嘘しか言わないのなら、いまのも嘘ですね？」

またしてもお見通しだと頭を搔いた槙原は、上目遣いで三浦と右京を交互に見た。

雨はどうやら明け方にあがったようだった。パトカーに乗る槙原を見送った薫が空を見上げると、厚い雨雲の間からわずかに朝の光が漏れていた。

第五話

「悪魔への復讐殺人」

一

ときとして人は悪魔に取り憑かれる。

全国で七人もの行きずりの女性を快楽のために殺害し、最期は自宅マンションの屋上から飛び降りて自らの命を絶った稀代の殺人者、村木重雄はまさにその一例である。村木に取り憑いた悪魔は強力で、彼のカウンセリング担当の精神科医内田美咲の助手安斉直太郎をも闇の世界に引きずり込んでしまった。村木に魅了された安斉は二〇〇一年に福岡、二〇〇四年に京都、そして二〇〇五年には埼玉で罪なき女性を殺害した。被害者の片方の耳からピアスを奪うという犯行方法までが村木と同じであり、悪魔払いが悪魔に憑依《ひょうい》された事例として、犯罪史上稀に見るセンセーショナルな事件だった。

安斉は逮捕後、精神鑑定を受け、「心神喪失状態で刑事責任能力なし」と判定された。検察はやむなく安斉を不起訴としたが、この決定は被害者遺族たちを激怒させた。

埼玉で娘を殺された遺族は涙の記者会見を開き、福岡の遺族は湧き上がる憤りを取材陣にぶつけた。さらに京都の遺族にいたっては抗議の自殺を図ったのである。発見が早かったため、幸いにも自殺未遂に終わったが、これは世間に大きな衝撃を与えた。

これら遺族の行動によって、安斉を不起訴にした検察は批判の的となった。そこで検察は医療観察制度に基づき、安斉の鑑定入院を申し立てた。これにより安斉は再び鑑定にかけられ、その結果、指定医療機関に強制入院となった。ところが最近、安斉の退院が検討されていることが、ある新聞のスクープにより発覚してしまった。

そんな折、外出訓練中の安斉直太郎が何者かにより殺されてしまったのである。悪魔が殺された——これもまた異常な事件だった。

情報を聞きつけた特命係の警部杉下右京は鑑識課を訪れた。信頼関係で結ばれている鑑識員米沢守から最新の情報を得るためである。

「外出訓練？　安斉直太郎が病院から外出する訓練ということでしょうか？」

情報を聞いた右京が、聞き慣れない用語を米沢に確認する。

「ええ。病院と担当裁判官はその訓練の結果を見て、安斉を退院させるかどうか判断するつもりだったようですね」

現場の見取り図や写真がホワイトボードに貼られている。入院着の上からカーディガンを羽織っただけのような安斉の腹部に、大きな血痕が認められる。

優秀な鑑識員は右京の視線を追って、「鋭利な刃物でひと突きですね。死因は失血死で、凶器は見つかっていません」

ホワイトボードには「看護師　堀切真帆」と名前が記された顔写真入りのＩＤカード

も証拠品として貼られていた。

「この女性は？」

「外出訓練に付き添っていたナースです。巻き込まれたようですが、幸い軽傷で済んだみたいです」

右京は看護師の名前を頭に刻みながら、「犯人は外出訓練時を狙ったのでしょうか？」

「でしょうね。安斉が外に出るチャンスですから」

米沢が黒縁眼鏡を指で持ち上げながら答えた。


同じころ、警視庁のロビーでは騒ぎが持ち上がっていた。やつれた感じの中年男が、警備員相手に暴れていたのである。

「おい、おまえら！　どうせ俺を捕まえたいと思うとるとやろ！　捕まえたきゃ、捕まえたらよか！」

怒鳴りちらされる博多弁に、ちょうどロビーを通りかかっていた特命係の巡査部長亀山薫の耳が反応した。

「ちょっとあんた、お酒飲んじゃってるの？　ここ、どこだと思ってんの？　警視庁よ」

「悪魔を殺しただけばい。悪魔を殺して罪になると？」

まるで話がかみ合っていない。

「なに……？　名前は？」

「悪魔を殺して、なんで悪い？」

ここでようやく薫の記憶の回路が繋がった。

「悪魔って……あっ！　あんた、福岡の……なあ、あんたが殺した男って？」

「安斉直太郎。俺が殺したとよ」

男の名は末次朝雄《あさお》、安斉が二〇〇一年に福岡で殺害した女性の遺族だった。

二

警視庁に出頭した末次朝雄の取り調べを担当したのは、刑事部捜査一課の伊丹憲一と三浦信輔、芹沢慶二の三人だった。

一課の中でも取り調べの名手として知られる三浦が老眼鏡をかけて机についた。相対する末次がいきなり机にうつぶせになる。

「どうしました？　まあ聞くまでもないかもしれませんが、安斉直太郎を殺害した動機を一応、聞かせてもらえますか？」

「こん机、頑丈にできとる」

「え？」

まったく脈絡のない答えに三浦がたじろいだ。聞こえない振りをしているのかと疑った伊丹が、大きな声で問いかける。

「えー、やっぱり復讐殺人ですか？　末次さーん、おーい」

「入院してたった一年で安斉が退院するかもしれない。あなたはそれを我慢できなくて……」

反応がないので三浦が先を続けようとすると、末次がいきなり立ち上がった。そして獣のように叫びながら、机の天板を持ってガタガタと揺らし始めたではないか。

「うわーっ！　びっくりした！」

突然の奇行に伊丹が肝をつぶしていると、いまの興奮状態などなかったかのように末次はぴたりとおとなしくなった。

「ど、どうしたの？」

芹沢が訊くと、末次はじっと机を見つめ、「やっぱしね。頑丈にできとる、こん机」

「とにかく落ち着いて。ほら座って」

伊丹がなんとか末次を椅子に座らせる。

「いつかは壊れるとよ」末次が三浦を睨みつけた。「どげん頑丈にできとると思うてん、壊れる」

この一風変わった取り調べのようすを隣の部屋からマジックミラー越しに、刑事部長と参事官、特命係のふたりの刑事が眺めていた。

「安斉に殺された被害者の父親です」参事官の中園照生《てるお》が刑事部長の内村完爾《かんじ》に説明する。

「二〇〇一年に福岡で娘を殺された末次朝雄です」

「自首してきたってのは本当か？」

内村の問いにはたまたまその場に居合わせた薫が答えた。

「ええ。『俺が殺したとよ』って」

「その自白に証拠能力はない」

中園が眉間に皺を寄せて否定的な見解を述べた。それを右京が支持する。

「確かに正式な取り調べではありませんからねえ。なにしろあのようすです。自白したとしても、その信憑性となるとどうでしょう」

「あの……逮捕はどうしましょう？」

参事官が上目遣いで刑事部長にお伺いを立てる。

「自首してきたものを、しないわけにはいかんだろう」

「はあ。しかし、いまのところ物証もありませんし、自白だってあのような……」

中園が苦りきった声を出すと、内村は高圧的に命令した。

「逮捕したらすぐに検察に渡せ！」

「面倒なことは検察に、そういう意味でしょうか？」

　右京の指摘は図星だった。内村はいけ好かない特命係の警部をひと睨みして、「娘を殺された父親の復讐殺人。その自白に信用性があるかどうか、どう判断しても貧乏くじだ」

「だから検察に判断を押しつけるんですか？」

　薫が皮肉を言っても、内村は歯牙にもかけず、中園に命ずる。

「記者会見は適当にやっとけ！」

「えっ、部長は？」

「出るわけないだろう！」

　内村はそう吐き捨て、憤然として出て行った。呆然と見送る中園に右京が耳打ちする。

「どう発表しても貧乏くじですからね」

「この事件《ヤマ》、すぐ検察に流れちゃいますよ」

　懸念を表明する薫に、右京も同意した。

「ええ。あまり時間はないようですね」

　マジックミラーの向こうを薫が示す。

「とはいえ、あのお父さんに話を聞こうにもねえ……」

「聞くべき人なら、もうひとりいるじゃないですか」

右京の目には確固たる決意がこもっていた。

ふたりが訪問したのは東京中央医療センターだった。堀切真帆の勤務先である。安斉が殺された際に付き添っていたナースは軽傷という話だったが、まだベッドで横になっていた。それでもふたりが顔を出すと、ゆっくりと起き上がった。

「大丈夫ですか？」

薫が気遣うと、真帆は首の後ろをさすった。

「突然後ろから突き飛ばされて……犯人の顔は見てません」

「その犯人ですが、先ほど自首しました」

右京の情報に驚いた真帆が初めて顔を上げた。二十代後半の温和な顔立ちの女性だった。

「まさか……誰なんです？」

「それは教えられないんですよ」

薫が規則を口にすると、いつもは堅物の上司が信じられないことを言った。

「いいじゃありませんか。まもなく発表されることです」

「そうですか？　じゃあ」薫は右京の気が変わるのではないかと心配しつつ、フライトジャケットのポケットから一枚の写真を取り出して見せた。「この人なんですけどね」

「どなたです？」

「末次朝雄。安斉に娘を殺された遺族です」

薫がそう告げると、真帆の頬が強張った。すかさず右京が質問をぶつける。

「安斉直太郎の外出訓練ですが、そのことを知っていた方は？」

「この人がそれを知っていた可能性が高いんですよ」

薫のかぶせたひと言が効いたのか、答えを渋っていた看護師がぽつんと言った。

「病院の関係者なら」

「その情報が漏れてしまった、お心当たりはありませんか？」

右京が質問を重ねたが、真帆は無言で首を振るばかりだった。そこで質問を変える。

「ところで、なぜあなたは安斉直太郎の外出訓練に付き添われていたのでしょう？」

「もし安斉さんが通院措置になったら、わたしが彼の訪問担当になる予定だったので」

「訪問担当？」

薫が促すと、真帆が沈んだ声で説明した。

「訪問看護のことです。わたし、去年まで関西の系列病院で訪問看護の仕事をしてて、たぶんその経験が買われたんだと思います」

と、そのとき病室のドアが開く音がした。捜査一課のおなじみの三人のお出ましだった。

伊丹がわざとらしく咳払いしながら、「おい亀、ここでなにしてる?」

「いらっしゃい」薫はふざけた調子でライバルを迎えながら、「お見舞いに決まってるだろ」

「いつもいつも困りますね、警部殿」

渋面の三浦には、右京が能面で応じた。

「いつもいつもすみません。もう用は済みました」

捜査一課の刑事たちに追い出されたかっこうの特命係の刑事ふたりは、病室から出て車に向かいながら、いまの会見の印象を話し合った。路上作戦会議である。

「疑ってます?」薫が上司に感想を訊く。「あの看護師さんが安斉の外出情報を教えたんじゃないかって」

「その可能性がないとは言えませんね」

誰でも疑ってみるのが右京の性格、人を信じやすいのが薫の性格である。

「でも、彼女も犯人に襲われてるんですよ」

「ええ。しかし安斉直太郎は殺されたにもかかわらず、彼女のほうは軽傷で済んでます」

懐疑派の警部の意見に、擁護派の部長刑事が疑問を投げかける。

「彼女が犯人に手加減されたって言いたいんですか?」

「その可能性も否定できませんね」

「あの末次さんにその判断が可能ですかねえ。だいぶ不安定だったでしょう？　机、揺さぶったり」薫はどうも信じられないでいた。「で、あの看護師さんは安斉の情報を教えた共犯者？」

「ええ」

右京の考えにぶれはない。

「どうっすかねえ」

「可能性は少しもありませんか？」

粘る右京に、薫が少し譲歩する。

「そりゃ少しもないとは……」

「少しでも可能性があるのならば」

「調べるんですね。わかりました、わかってます」

結局いつも右京には言い負かされる。薫がひとりで苦笑していると、ひとりの女性とすれ違った。瞬時に薫の記憶が蘇る。

「あっ！　美咲先生！」

その女性は村木重雄の担当医であり、安斉直太郎の指導医でもあった内田美咲だった。

「あ……どうも」

思わぬ場所で知り合いの刑事たちに会い、美咲は戸惑っているようだった。村木や安斉の犯した罪は美咲にいまも大きな影を落としているに違いない、と薫は思う。

「なんで、この病院に？」

「安斉の担当の先生にお会いするために。ニュースで事件を知って……」

「驚きましたよね、あの安斉が殺されるなんて」

女医の複雑な心中を忖度《そんたく》しながら薫が言うと、意外な答えが返ってきた。

「いえ、末次さんが自首したというニュースです。末次さんはわたしの患者なんです」

「よかったら、詳しくお話を聞かせていただけませんか」

興味を抱いた右京が丁寧な物腰で申し出、三人は病院の中庭のベンチに移動した。落ち着いたところで、末次朝雄が患者になったいきさつを美咲が語った。

「父ひとり、娘ひとりだったそうです。その娘さんが安斉に殺されて」

「安斉に復讐したくなる気持ち、わかりますけどね」

人情肌の薫が同情を示した。

「ええ。心のバランスを崩しても仕方のない状況です」

いつも冷静な右京が確認する。

「それで美咲先生のところで診察を受けてらっしゃる？」

「安斉が逮捕されてから、まだ一年しか経っていないんですね」精神科医の口調には感概が混じっていた。「もうずいぶん前のことのように思えます。あれからすぐ末次さんはわたしのところへいらっしゃいました。末次さんは安斉がわたしの助手だったと知っていて、自分の娘を殺《あや》めた男がどんな人物かわからない限り、精神的な要因の体調不良が治ることはない、と訴えてきました。すべてわたしの責任だと思いました。安斉の犯罪志向に気づけなかったわたしの」

美咲の顔には拭えない翳《かげ》が浮かんでいだ。

その夜は右京の行きつけの小料理屋〈花の里〉に場所を移して、事件の検討が行われた。

一日の疲れをビールで癒した薫が、上司に徳利を差し出しながら、「今日の調べによると、あの看護師さんと末次さんの間にはなんの繋がりもありませんでしたね」

「しかし、気になりますねえ。殺された安斉直太郎は美咲先生の助手でした。殺した末次さんは美咲先生の患者です」

右京は偶然というものを信じない人間だった。それほど疑り深くない薫もさすがに今回ばかりは偶然が過ぎると感じていた。

「加害者も被害者も美咲先生と繋がってますね」

「ええ」

右京が杯を傾けたとき、引き戸が開いて薫の妻、美和子が入ってきた。

「こんばんは」

女将の宮部たまきが料理の手を止め、常連の友人に微笑みかける。まだ席にも着かぬうちから、薫が妻に文句を言った。

「おい、なんで携帯切ってた？」

「ごめん。地検にいたから」

そう言って椅子に座ったフリージャーナリストのひと言に右京が関心を持った。

「東京地検ですか？」

「はい。末次容疑者が送検されました」

「やっぱり早かったですね、検察に送られるの」

夫のおもしろくなさそうな顔を見て、美和子がさらに情報を与える。

「明日会見だってさ」

「送検の翌日になんの会見でしょう？」

右京が食いつくと、美和子が推測を述べた。

「末次容疑者の精神鑑定を発表するんだと思います」

「安斉直太郎のときと同じですね」

右京がなにかを考えながらつぶやく。それを眺めていたたまきが率直な感想を語った。

「なんか変な話ですね。罪もないお嬢さんを殺した男が鑑定にかけられ、その男を殺したお父さんがまた同じように鑑定にかけられ」

三

　翌日、杉下右京は内田美咲が勤務する東京医療大学附属病院に赴き、女性精神科医と面会した。前日思いついた可能性を右京がぶつけると、美咲はそれを認めた。

「わたしの担当患者が罪を犯したんです。彼の診療記録を鑑定医に提出するのは当然だと思いまして」

「その際、末次さんに許可はお取りになりましたか？」患者の診療記録は個人情報に当たる。右京はそれが気になった。「それとも検察に令状を突きつけられて、強制的に提出させられたとか」

　ぶしつけな特命係の変人に、美咲はちょっと反感を覚えた。

「わたしが末次さんの許可を取り、自主的に提出しました」

「取り調べができないほど不安定な状態の人から、許可が取れた？」

「ええ、取れました」

　思わず美咲の語調が荒くなる。右京はそれを慇懃無礼に受け止めた。そのうえで本題に入る。

「さすが先生です。ところで先生は安斉直太郎の担当医に会われたとおっしゃっていましたね?」

「ええ。それが?」

「その担当医が彼の外出訓練をしなければ、被害者遺族が殺人犯になることはなかった」

精神科医の内実を知らずに巷でそういう意見がひとり歩きしている事態を美咲は憂慮していた。

「最近のマスコミの論調ですね」

「それを担当の先生はどう思われているのでしょう?」

「安斉は入院してから一度も問題を起こしていません。そんな人をずっと入院させておくことは人権上許されない。担当医ならきっとそう考えたはずです」

美咲が担当医の心情を代弁すると、右京があえて気持ちを逆なでするような言葉を放つ。

「再犯の恐れは考えなかったのでしょうか」

「もちろん考慮したでしょうね」

ここで熱くなってはいけないと美咲が自制した口調で応じると、右京がまた挑発する。

「なのに退院させようとした」

「人が再び罪を犯すかどうかなんて、誰にも予測できないということです」

自制心が揺らぎ、美咲の声に力が入る。

「精神科医らしからぬお言葉ですね」

「いえ、精神科医としての結論です」

「結論……ですか？」

まるで疑わしいと言わんばかりの右京の口ぶりだったので、逆に美咲が疑問をぶつける。

「大体、再犯の恐れはどんな犯罪者にもあるのに、どうして心に問題を抱えた人だけ特に問題視されるのでしょうか？」

「心に問題を抱えている犯罪者は、人に与える不安も特に大きい。そういうことでしょうかねぇ」

「でも、杉下さん。心に問題を抱えていない犯罪者なんて、いると思いますか？」

右京の表情が一瞬強ばる。この勝負は美咲の逆転勝ちだった。

東京地検の記者会見は、美和子が推測したとおりの内容だった。特命係の小部屋に置かれたテレビには、ニュースを読み上げる男性アナウンサーの姿が映っている。

——繰り返しお伝えします。東京地検は先日警視庁に殺人の罪で自首した男性について、犯行時心神喪失状態だったとして、刑事責任能力はないとの鑑定結果を発表しました。これを受けて殺人容疑の男性の不起訴処分を検討する必要があると重ねて発表しました。

「同じですね、安斉のときと」

うんざりした気持ちで薫がテレビを消すと、上司が意表をつくことを言った。

「それが末次さんの目的だったのかもしれません」

「え？　末次さんの目的は復讐でしょ？」

「誰に対する復讐でしょう？」

右京が試すような口調で質問を放つ。

「もちろん娘を殺した安斉に」ここまでしゃべって薫にも上司の考えが読めた。「まさか右京さん、末次さんがわざと鑑定されるように仕組んだっていうんですか？　刑事責任能力なしになるために」

「その可能性を考えています」

そう言明しながら、右京はハンガーから上着を取る。薫はまだ半信半疑だった。

「いくらなんでも、そんな芝居、鑑定でバレますよ」

「しかし、そこで気になるのは美咲先生が提出した末次さんの診療記録です」上着に袖を通しながら、「それは鑑定にどのような影響を与えたのでしょう」

薫の頭にも疑念が浮かんだ。そのとき組織犯罪対策五課長の角田《かくた》六郎が気楽なようすで部屋に入ってきた。手にはなにやら紙片を持っている。

「おい、暇か？　ちょっと面白いことがあったんだけどさ」

「あ～、ちょっとちょっと」薫は角田を遮って、「その診療記録、見られませんかね？」

「難しいですが、方法はあると思いますよ」

右京はそう言って、部屋から出て行く。

「なあ面白いことが」

角田が繰り返したが、薫は相手にせず上司のあとを追った。

「行ってきます」

小部屋には角田ひとりが残された。

「面白いのに……」


ふたりが向かったのは、関東医科大学だった。ここの精神科医井上一馬が末次朝雄の精神鑑定を行ったのである。ふたりが要件を告げると、井上は借金取りにでも会ったかのような顔になった。

「末次朝雄の診療記録だって？」

「はい」右京が丁寧にうなずく。「内田美咲先生が提出されたものです」

井上は棚から封筒を取り上げ、「これかね？」

薫が物欲しげに右手をそっと伸ばす。

「ちょっと見せてもらっていいですか？」

「令状は？」

「ないんです」さっと手を引っ込め、「ダメですよね？」

「当たり前だろ」

井上は呆れて封筒を手元でガードした。

「ところで先生が末次さんを鑑定されたときですが」

右京が言いかけたとたん、井上がぴしゃりと機先を制した。

「個別なケースについては答えられんよ」

しかし右京は一向にめげない。

「では一般的なケースとして、精神鑑定ではどのようなことをお調べになるのでしょう？」

「鑑定の種類によって調べる項目も違う」

すげなく答えることで井上は早く切り上げようとしたが、右京はしつこかった。

「では、起訴前の簡易鑑定では？」

「調べる項目は、目つきや顔つき、通院や入院歴、異常な体験、自殺の意思、非社会性、対人暴力性、まあざっとこんなことかな」

「ちなみに、その中で先生が重要視されるのはどれでしょう？」

右京が身を乗り出すと、井上がひと言ひと言強調しながら説明した。

「私だけじゃなく多くの鑑定者が、異常体験と精神科の治療歴のふたつを気にするだろうねえ」

ひとつの単語が薫の興味を刺激した。

「異常体験っていうと、あれですかね、ＵＦＯに遭遇してエイリアンにさらわれちゃったみたいな」

「冗談ですか？」

精神科医に真顔で問い返され、薫はすごすごと引っ込んだが、右京は逆に目を輝かせた。

「娘が殺されたという過去は？」

「究極の異常体験だね」

「もうひとつの精神科の治療歴というのは、たとえば美咲先生の提出された、これ」

封筒を指差しながら右京がかまをかける。

「ま、そういうものだねえ」

「つまり今回のケースでは、娘が殺されたという過去と、これによって鑑定結果は決定された」

井上は口をつぐんだが、すでに右京は聞きたいことをすべて聞き出していた。

井上医師の部屋を辞去し、薫がいまの話を総括した。

「あれじゃ美咲先生の診療記録が鑑定結果を決めたようなもんですね」

「それこそ美咲先生の目的だったのかもしれません」

右京の考えは終始変わっていない。薫もそれを理解していた。

「末次さんの責任能力をなしにするため」

「もしそうであるのならば、末次さんの復讐相手は安斉直太郎だけではなかった可能性もあります。安斉に罰を与えなかった社会に対する復讐です」

右京の指摘に薫が懸念を表明した。

「だとすると、美咲先生も共犯ですよ」

「そうなりますね。しかし、まだひとつ問題が残っています」

薫にもとうに察しがついていた。

「誰が末次さんに安斉の外出情報を教えたか、ですね」


特命係の小部屋では、角田がひとり寂しくコーヒーをすすっていた。部屋に戻った薫はさすがに呆れて声をかけた。

「課長、まだいらっしゃったんですか」

「今日はね、一日のんびりモード」角田が脱力した口調で申告する。「昨日まで忙しかったからなあ、捜査一課の応援捜査で。正確に言うと、検察の応援捜査をさせられている一課の、そのまた応援捜査だけどな」

ここでようやく薫が興味を持った。

「ってことは、安斉が殺された事件？」

「そう。安斉の外出情報がどこから漏れたかっていうね」

紅茶を淹れようとしていた右京も興味をそそられたようだった。

「どこをどうお調べになったのでしょう？」

「彼のいた病院とか、その関連施設とか、あと保護観察所とかね。そうそう、それでさ、ちょっと面白い話があったんだよ」ついに角田はさっき話そうとした話題に戻ることができた。紙片を取り出し、「安斉の外出情報を知り得る人間の中にさ」

角田がその名を口にする前に、薫の目がその人物を捉えていた。

「えっ？　内田美咲」

「おまえら、知り合いでしょ？」

嬉しそうに言う角田を、薫が責める。

「なんでもっと早く教えてくんなかったんすか！」

「だから今朝言ったよ！　面白い話があるってさ」

薫は角田の釈明など聞こうともせず、「右京さん」

「もちろん行こうと思ってましたよ」

特命係のふたりの刑事は脱兎の勢いで部屋を飛び出していった。再び部屋に残された角田は、絶対理不尽だとふたりを恨んだ。

東京医療大学附属病院の内田美咲の研究室を訪ねたふたりは、女性精神科医に井上一馬から聞いた内容を伝えた。

「……そうですか」

話を聞いても美咲は顔色ひとつ変えない。特命係の警部が女医のまとった鎧《よろい》を突き崩しにかかる。

「美咲先生もある程度予測なさっていたのではありませんか？」

「なにをです？」

とぼける美咲に右京が一撃を浴びせる。

「提出された末次さんの診療記録が鑑定にどのような影響を与えるのか」

「ええ、予想どおりでした」鎧は意外と簡単に崩れた。「鑑定に影響の出そうなデータばかり提出しましたから」

薫は信じられないものを見るような目で、「どうしてそんな真似を?」

「彼はわたしのカウンセリング中に安斉を殺したんです。わたしが彼の心を少しも救えなかったということです」

「だから彼の責任能力をなしにしたかったんですか?」

美咲が眉をひそめてうそぶいた。

「わたし、どんな罪になるのかしら」

「診療記録を偽造したわけではありませんからねえ。道義的にはともかく、法的には特に罪にはなりません」

右京が律儀に答えると、美咲が強弁する。

「そうでしょうね。同じ人を鑑定しても鑑定医によって結果が違うなんて、よくある話ですから」

ここで薫が打って出た。

「でも先生が、安斉の外出訓練日を末次さんに教えていたとしたら話は別です」

右京が相棒をフォローする。

「ええ。法的な罪となります」

「ふっ」美咲が侮蔑的な笑みを浮かべた。「まさか」

その夜、薫がマンションで寝支度を整えていると、美和子が荷造りをしはじめた。

「あれ？　明日は泊まりか？」

「うん、取材が長引いたらね」

薫はフリージャーナリストも大変だと思いつつ、「どこ？」

「京都。安斉の事件でね」

「そっか」いきなり気が重くなる。「悲しい事件だよな。嫌にならないか？　調べてて」

「なるさ」と美和子。

「でも調べるんだ？」

「だから調べるの。なんでこんな事件が起きたのか、二度と同じ事件が起きないように」

ジャーナリストとしての意識の高さが美和子の美点だ、と薫は改めて妻を見直した。

「なるほど……あれ？　その事件の取材でなんで京都？」

「振り出しに戻って調べてみようと思って。まずは事件に巻き込まれた看護師さんに話を訊くところから」

「ああ、堀切さんね。ってことは京都が？」

「そう、彼女の実家」美和子は荷造りを終えたバッグを玄関先に置き、「とにかくなにかヒントを見つけたいの」

「がんばれ。俺もがんばる」

薫は妻に心からエールを送った。

四

翌日、特命係のふたりは末次から直接安斉の外出情報の入手ルートを聞こうとしたが、捜査一課の伊丹たちがすでに調べており、割り込めなかった。出直すことにして特命係の小部屋に戻った薫は、いきなり弁当を広げた。

「右京さん、隙を見てもう一回行きましょうね」

右京は紅茶を注いだティーカップを手に持ち、相棒の弁当に目をやった。

「おや、愛妻弁当ですか？」

「いやまぁ、愛妻かどうかはね。でも美和子が作った弁当ですよ」

「大変結構ですねえ。しかし、まだ九時半ですよ」

薫は悪びれる風もなく、学生時代の自慢を披露する。

「野球やってたときから特技は早弁です。いただきます！」

「つまり、これから先もぼくは、きみの早弁を見逃すわけですね？」

右京がちくりと小言を述べると、薫が変な言い訳をした。

「いや、今日は特別です。俺の弁当はついでなんで」

どんなときでも推理力を発揮するのが右京である。

「つまり美和子さんは今朝お弁当を持って出かけたわけですか。で、きみのはついで？」

「はい。今回の事件の取材に。振り出しに戻って調べるみたいですよ。堀切真帆さんに」

「あの看護師さんはもう退院されたのでしょうか？」

「ええ」薫がご飯をほおばったまま答える。「しばらくは仕事を休んで京都の実家にいるって」

「京都？」

右京の眼光がいきなり鋭くなった。

「言ってたでしょ、関西の病院にいたって」

右京がだしぬけにカップをデスクに置いたので、ガチャンと耳障りな音が響いた。薫が呆気にとられる中で、右京は素早く上着を羽織った。

「ぼくとしたことが……！」

「どうしたんですか？　なんすか？」

右京がうわの空の状態で部屋から飛び出していく。薫も食事を中断し、慌ててあとを追った。廊下で追いつくと、右京が自責の念のこもった口ぶりで語った。

「思えば安斉直太郎が殺されたとき、最初に気になったのがあの看護師さんでした」

「ええ。彼女が安斉の情報を教えたんじゃないかって」

「迂闊でした」右京が悔しそうに顔を歪める。「彼女と犯人の関係を調べるべきでした」

「調べたじゃないですか。彼女と末次さんにはなんの繋がりもなかったはずですよ」

いまだにピンときていない薫が指摘する。右京は頬を引きつらせ、かぶりを振った。

「いいえ、繋がりを調べる相手を間違えました」


捜査令状を取ったふたりは、新幹線に飛び乗ると京都へ向かった。最初に訪問したのは堀切真帆が現在働いている東京中央医療センターの系列病院である、京都洛西病院だった。

看護師長に事情を話すと、すぐに真帆が昨年までこの病院で働いていた事実が明らかになった。真帆の訪問看護患者のリストを見せてもらったふたりは、その中に「牧百合江」の名前を見つけた。

牧百合江は安斉直太郎による第二の被害者の遺族であり、安斉の不起訴処分が決まった際に、抗議の自殺を図った人物だった。リストにあった牧百合江の住所を写し取り、タクシーでそのアパートへ向かった。ノックをしても応答がなかったので管理人を呼び、鍵を開けてもらった。

一見したところ、部屋の中は空だった。それでも居間の仏壇に供えられていた血のついた包丁は、多くのことを示唆していた。まもなく百合江は風呂場の浴槽の中で、水に浸かった状態で見つかった。再びリストカットを行っていたのである。

右京が救急車を要請する間に、薫が確かめたところ、幸いなことに百合江にはまだ脈があった。

東京へとんぼ返りした右京は、東京医療大学附属病院の内田美咲の研究室を訪問した。ドアをノックしても反応がないので開けてみる。美咲は席について自失状態だった。

「失礼します」

右京が声をかけると、思いつめたようすの女医が顔を上げて抗議した。そして、なにか封筒のようなものを机の引き出しにしまった。

「ノックぐらいしてください」

「すみません。したのですが」右京が瞬時に悟る。「お辞めになるおつもりですか？」

「はい？」

「いま隠されたのは辞表の類でしょうか？」

美咲は黙ったままで右京を見つめた。そのことがすでに答えを物語っていた。

「やはりそうでしたか。先生が『結論』とおっしゃっていたのが、ずっと気になっていました。『人が再び罪を犯すかどうかなんて、誰にも予測できない』、つまり、精神科医としてできることは、もうなにもない。そうおっしゃっているかのようでした」

つぶやくように美咲が口を開く。

「以前から思っていたのですが」

「なんでしょう？」

「杉下さんは人の心が読めるのですか？」

女医の虚ろな瞳にわずかに羨望のような光が宿る。右京がことさらしかつめらしく答える。

「単なる論理的思考による推察に過ぎません」

「精神科医に向いているかもしれませんね」

「辞めるのですか？」右京がずばりと訊く。「病院を……いえ、医師を」

「わたしにはもう精神科医を続ける資格はありません」

美咲がきっぱりと語る。目尻には少し光るものが溜まっているようだった。

「安斉直太郎のことをおっしゃっているのでしょうか？」

「被害者遺族である末次さんまで殺人犯にしてしまいました」

「殺してませんよ！」ドア口から薫が大声を出す。「末次さんは殺してません」

薫の背後から堀切真帆が目を伏せて入ってきた。

五

四人は病院の屋上に移動した。空はまるで四人の心模様を写し取ったみたいに、厚い雲に包まれていた。

おもむろに右京がしゃべり始めた。

「安斉直太郎が殺された事件は、普通に考えれば大変わかりやすい事件だったのです」

ここで真帆に向かって、「彼の外出訓練を知っていたあなたが去年まで関西の病院にいたという事実。そこにある大きな偶然をぼくはうっかり見逃してしまいました。安斉直太郎が殺人を犯した地域のひとつが、京都でした」

薫が真帆の顔をのぞき込む。

「そこで訪問看護の仕事をしてたとき、あなたは牧百合江さんを担当してましたね？

二〇〇四年、京都で殺された女性の遺族です」

「きっとあなたは、いまの病院に移ってからも牧さんに会っていた、そうですよね？」

右京が推理を語ると、真帆は小声で話しだした。

「母ひとり、娘ひとりでした。娘さんを殺されてから体を壊して、寝たり起きたりの生活になって、それでわたしが訪問担当に……」

「そんな牧さんの境遇に、あなたは同情したんですね」

右京が真帆の心情を分析する。その心情は十分に薫もわかっていたが、自分は刑事であると心得ていた。

「だからって安斉の情報を漏らしたんですか？」

「どうかしてました……」

屋上の床に崩れ落ちそうになる真帆を支え、さらに薫が問い質す。

「なぜ、そんなことをしたんですか？」

「牧さんは、安斉さんの……精神鑑定の結果が出た後に自殺未遂を……」

「ええ」右京が説明を補う。「安斉直太郎が責任能力なしとなったことに耐えられなかったのでしょう」

「でも安斉さんは入院措置になった後、自分の罪をとても悔やんでいました。懸命に治療に励んでいました。だから、それを知れば牧さんの力になる、そう思ったんです」

真帆がすがるような目を右京に向けた。

「なるほど。そして、安斉直太郎の外出訓練を知った牧さんは」

右京が途中まで言うと、真帆はついに泣き崩れた。

「わたしのせいですね……わたしが……」

「先ほど牧さんにお会いしました」

右京の語ったこの事実を真帆は知らされていなかった。

「えっ？　逮捕したんですか？」

「手首を切っていました」と薫。「でも、ご安心ください。命に別状はありません」

一枚の写真を右京が真帆に差し出した。

「その彼女の部屋にこの刃物が。鑑識で調べた結果、安斉を殺した凶器でした」

黙って刑事と真帆のやりとりを聞いていた美咲が口を挟む。

「じゃあ、どうして末次さんは自首などされたんでしょう？」

精神科医の質問を右京はそのまま投げ返す。

「先生はどう思われますか？　一年間、末次さんのカウンセリングをしてきた先生のお考えは？」

しばし美咲は考える顔になり、そしてゆっくり噛みしめるように自分の見解を語った。

「自ら安斉に復讐したことにしたかったのでしょうか。殺された自分の娘さんのためにも。または、犯人として精神鑑定されることが目的だった。被害者遺族である自分が、加害者である安斉と同じ立場になることで、鑑定の矛盾を社会に訴えるために」

右京は女医に敬意を表して、「大変興味深い説ですねえ」

「そこまで追い詰められてたんですね、末次さんは」

薫がしみじみと言うと、美咲の顔が再び曇った。

「やっぱりすべてわたしの責任です。もっとも近くにいながら安斉の暴力性に気づけなかったわたしの……」

真帆が美咲のほうに顔を向け、首を左右に振った。力一杯振って、必死に言い募った。

「いいえ。安斉さんは優しい人でした。安斉さんは牧さんが自殺未遂をしたと知って、しかもついわたしが口をすべらせてしまったせいで、以前牧さんの訪問看護を担当していたことを知って、おっしゃったんです。『精神科医としての診断なのか、加害者としての言葉なのか、いまのぼくにはわからない。でも、いまのあの母親にはできるだけ毎日誰かが訪ねて話し相手になってほしい。こんなこと、ぼくに言う権利はないのはわかっている。それでも、行ってあげてくれないか？』って」

「安斉が、そんなことを？」

美咲が感慨深げに深く息をついた。

「あのときの安斉さんの言葉は、ただ優しさから出ただけの言葉だと思いました」

真帆がそう語ったとき、風が吹いてきて、精神科医と看護師の髪を揺らした。その風がふたりの間のわだかまりめいた垣根を吹き払ってくれたように、薫は感じた。

右京は冷酷だった。真帆に確認する。

「だからあなたは、いまでも牧さんの家を訪ねたり、連絡を取ったりしていたわけですか」

「安斉さんに毎日のようにお願いされて」

「でも結果、安斉は牧さんに殺された」

薫が遠くの山並みを見つめながら言うと、右京が短く応じた。

「皮肉な話ですねえ」

真帆が刑事たちに心の叫びをぶつける。

「安斉さんも、わたしたちと同じ普通の人間だったんです！」

「無理なのかもしれませんね」美咲が寂しげに口を開く。「人が人の心を分析するなんて。まして罪を犯したときにさかのぼって鑑定するなんて」

「だからお辞めになるのでしょうか？　こういう事件を二度と起こさない、そのような思いで続けるという選択肢はないのでしょうか？」

右京の言葉は風に乗って、大都会の霞んだ空へと消えていった。

六

数日後、特命係の小部屋で薫は妻の美和子が書いた週刊誌の記事に目を通していた。

「ドキュメント医療観察制度　精神鑑定の未来　刑事責任能力の有無について」という

その記事はこのような文章で始まっていた。

——連続殺人の罪で強制入院中だった男性を殺害した真犯人は、娘を殺された母親だった。その女性の精神鑑定が決まったという。犯罪、中でも常軌を逸した犯罪である殺人を、健康な心でする人などいるだろうか。

　週刊誌をのぞき込んだ右京がコメントする。

「そうかもしれません。しかし、どこまで健康でないなら、刑事責任能力はなくなるのでしょうねえ」

「やっぱり難しいですよね、そこに線を引くのは」

　薫が煙草に火をつけると、「暇か？」という決まり文句とともに、警視庁一の暇人と思われる角田が部屋に入ってきた。

「ようやく解放されたみたいだよ。その事件で自首した末次ってお父さん」

「そうですか」

「まあ、いまだにやったのは自分だって言い張ってるみたいだけどね」

「でも末次さんは大丈夫ですよ」

　紅茶をかき混ぜながら背後から右京が言う。

「え？」

　薫には上司のひと言の意味がわからなかった。

「美咲先生がついていますから。医師を続けるそうです。連絡がありました」

薫の顔がぱっと輝く。「本当ですか?」

「末次さんのカウンセリングも」

「そうですか……そうですか」

薫は何度も何度もうなずいて、内田美咲が最終的に下した決断を心の中で祝福していた。

第六話

「ツキナシ」

一

　警視庁捜査一課の伊丹憲一は自覚はないがかなりのおっちょこちょいである。それに、懲りずに同じ過ちを繰り返すところも難だ。特に携帯電話の着信履歴から、相手を確かめもせずにコールバックしてしまう癖は何度痛い目をみても治らない。相手が出ればまだ間違いに気づきもするが、留守電になっていたりすると厄介なことになる。

　その日もよりによって殺人事件の現場で、伊丹は自分のこの癖を恨むことになった。

　現場は港区白金にある高級住宅街。被害者は家の主である宮澤邦彦で、一級建築士事務所の経営者。妻とふたりで暮らしている。死亡推定時刻は午後十時五十五分から十一時十五分。妻が入浴中の二十分の間に、刃物で胸をメッタ刺しにされている。特に盗まれたものがないことから物盗りの犯行ではないと思われた。

「それにしても芹沢の奴、遅いな～」

　捜査一課の三浦信輔が腕時計を見ながら伊丹に言った。いつもなら三人揃っているはずなのに、もうひとりの芹沢慶二の姿が見当たらない。

「携帯の留守電に入れといたんだけどなあ」

　いちばん後輩の芹沢が遅れるとは……苦虫を嚙み潰したような顔で伊丹が呟いた。

「遅くなりました～、先輩。エへへへ」

「おう、おまえ遅いぞ……」

伊丹と三浦が振り向くと、そこには伊丹がいまいちばん見たくない顔があった。

「って、おめえは亀だろうが！」

特命係の亀山薫である。

「貴様が三十分以内に来いって言うから来てやったんじゃねえかよ！」

「俺がいつ……ええっ？」

まさか……伊丹はわが身を疑った。

「おまえ！　また着信でピピッとやったろ？」

三浦に言われて思い出した。

「ハッ！　おまえ、さっき俺の携帯にワン切りしたろっ？」

「はい、うっかり間違えました」

薫はこんな楽しいことはないとばかりにニコニコ顔で答えた。

「どうりで芹沢が来ねえわけだよ」

「芹沢には俺から連絡しときましたよ」

呆れる三浦に薫が言った。そのとき三浦の後方から、

「被害者は？」

と訊ねる声がした。三浦は反射的に、

「リビングだよ……」

と答えてから振り向いて、あっ、と声を上げた。そこには薫の上司、杉下右京が立っていた。

伊丹と三浦が最高に面白くない気分でいるときに、芹沢が「遅くなりましたー」と能天気な顔でやってきた。伊丹に思い切り頭を叩かれたのは言うまでもなかった。

リビングに入った右京と薫は、鑑識課の米沢守とともに現場の細部を見てまわった。窓際にあるフロアスタンドの足に注目した右京は、カーペットについた足の痕を見逃さなかった。どうやら最近動かされたようである。カーテンを開いてみると窓の鍵は外れていた。

「われわれが到着したときにはすでに開いてました」

米沢が報告する。窓を開けてみると足跡が固まっていた。誰かがここに立っていたらしい。

「目撃者も出てます。走り去る怪しげな男を見たとか。しかも、それが昼間も時々見かける顔だと」

「ってことは、この家に縁のある人間ですか？」

薫が訊ねると米沢は意外な返答をした。

「実は、それが北之口秀一だと言うんですよ」

「直木賞作家の北之口秀一ですか？」

右京の眉間がピクリと動いた。

「ええ。奥さんが知り合いだそうで」そう言って米沢は脇の棚に置いてあった本を手にした。

その被害者の妻、宮澤志穂は別室で捜査一課の三人から事情聴取を受けていた。北之口とはスポーツクラブで一緒で、時々帰りに車で送ってもらっていたという。しかも今日は勝手に上がり込んできて、突然志穂に襲いかかったということである。

「ちょっとよろしいですか？」

そこに右京と薫が入ってきた。当然のこと、三人は全身で拒絶反応を示す。

「三十秒だけ」

察した右京は左手の人差し指を伸ばしてスッと志穂の前に出た。

「リビングにあるフロアスタンドですが……ガラスの足の」

いきなり思いがけないことを聞かれた志穂は、きょとんとした。

「布のシェードの？」

「ええ。最近動かされましたか？」

「いいえ、動かしてません」

「そうですか。どうもありがとう」

そう言うと右京は踵を返した。ぴったり三十秒だった。

「先輩！　北之口秀一の所在が確認できました。いま自宅にいるようです」

芹沢が報告に来たのを合図に捜査一課の三人は出て行った。薫がついて行こうとすると、伊丹が振り返って睨んだ。

「おめえは関係ねえだろ」

「行くもんね」

薫は伊丹の後ろ姿に「イー」をした。ほんとうに子供である。

宮澤家からそう遠くない北之口秀一の家は、さすがに直木賞作家の家らしく、豪邸だった。セキュリティも万全のようである。薫と右京が到着すると、捜査一課の三人は立派な門に付いたインターフォンの前で押し問答を繰り返していた。

「ちょっとお話をうかがいたいだけなんで、お願いできませんか？」

三浦がインターフォンに口を寄せて言う。

──お断りします。

「もう一度訊きますがね、北之口さん」

伊丹は遠目にも苛ついているのがわかる。

——何回でも同じことです。その時間、ぼくはずっとここで執筆をしてました。それ以上のことを訊きたければ、逮捕状でも令状でもお持ちください。

「じゃあ明日にでも署までご同行願うっていうわけには?」

——嫌ですね。

三浦の提案も一蹴されてしまった。

そのとき、駐車スペースの方から大きな警報器の音がした。驚いて捜査一課の三人が駆けつけてみると、高級な外車のドアの横で薫が慌てふためいていた。

「こら、特命!」

それ見たことか、と伊丹が叫ぶと、

「誰だ! ぼくの車に触ったのは」

奥の壁にあるドアが開いて北之口らしい男が出てきて警報器を止めた。

「失礼しました。警視庁特命係の杉下といいます」

薫の脇から一歩前に進み出て、右京が慇懃に頭を下げた。

「同じく亀山です」

「警視庁が警報器を鳴らすとは、呆れましたね」

部屋着といってもひと目で高価とわかるスポーティな装いをした北之口は、新聞の書籍広告にも大きく顔写真が載るくらいの甘いマスクをしていた。

「ほんと、すいませんでした」

薫が平謝りに謝る。

「今晩、車をお使いになりはしなかったかと思いまして」

右京がほとんど今考えだしたかのような言い訳をする。

「使ってない」

「そのようですね」

「さあ、お引き取りください」

「失礼します」

その一言でみな立ち去ろうとした瞬間、右京が北之口を振り返った。

「ああ！　こんなものが車の下に」そう言って金属製のライターを差し出した。「降りるときに落とされたんじゃありませんか？」

北之口はそれを手に取ってしげしげと見る。

「あ、それ、俺のです。たびたびすいません」

薫が声を上げ、また深々と頭を下げた。

呆れ顔で北之口はライターを薫に戻し、家のなかに入っていった。

「亀山くん」

そのライターは先ほど右京が薫から借りたものだった。煙草も吸わない右京が……と不思議な気がしたが、いまようやくわかった。

「鑑識、ですね」

薫は自分のライターをハンカチでくるんだ。これで北之口の指紋がとれたのである。

翌日、特命係の小部屋に米沢が宮澤家の間取り図を持ってやってきた。間取り図には赤、青、黄色のマーキングが複数されてある。

「赤は北之口秀一の指紋が検出された場所、青は事件当夜、鍵のかかっていなかった窓や出入り口、黄色は北之口氏のものと思われる足跡です」

米沢が説明した。足跡は昨夜、駐車場に出てきた北之口の靴を芹沢が観察した結果だった。

「結構指紋ついてますねえ、あちこちと」

薫が感心するくらい図の中は赤のマーキングで溢れていた。

「しかし、これだけ状況証拠が揃っていても相手がベストセラー作家となると、強引に引っ張ってくるわけにはいかないようですな。一課も手をこまねいているようです」

米沢によると北之口は今日になっても昨夜の姿勢を一切崩さないようである。

「でも目撃証言といい、この足跡といい、犯人は北之口秀一だって言ってるようなもんじゃないですか」

「そうでしょうかねえ」

椅子に座って静かに本を読んでいる右京が口を挟んだ。脇には北之口の著作が山と積まれている。

「え、違うんですか？」

薫は意外そうな顔をした。

「目撃証言、指紋、足跡。どれをとっても決定的な証拠にはなり得ませんねえ」

「でも潔白なら、なんで事情聴取に応じないんですか？　出頭して容疑を晴らそうと思うんじゃないんですかね、普通は」

その言葉尻をとらえて右京が意味深なことを言った。

「つまり、普通ではないなにかがあるということですよ」

二

事件から三日が経った朝、北之口秀一がいきなり警視庁に出頭してきた。

「たかがアリバイ、されどアリバイ。そんなにまずかったですか？　アリバイがないことが」

北之口は警察の手口を見透かしたような態度をとった。なにを聞いても万事この通りで、取り調べにあたった捜査一課の三人もほとほと手を焼いていた。

「困りましたなあ」

三浦がため息を吐いた。

「またまた。アリバイがあったほうが困るでしょう？　違いますか？　ぼくを犯人にしたいんだから」

「そう。犯人にアリバイはありませんからねえ」

伊丹はどうもこの男のことを虫が好かなかった。なーにが直木賞作家だ……内心そう思っていた。

「ぼくは作家ですよ」

そんな伊丹の神経を逆撫でするように北之口が言った。

「作家だからアリバイがないって理屈は通りませんね」

「人生の大半をひとりで過ごしているんですよ、ぼくは」

そんな人間は作家でなくてもどこにでもいる、伊丹はそう言ってやりたかった。

「奥さんに体を拒絶された腹いせに宮澤邸に忍び込んだ。それを旦那に見つかり、刺した。そうだろう！」

この色魔が！　化けの皮を剝いでやると伊丹は意気込んだが、

「ハッ、そんなベタな話」

北之口はするりと逃げてしまう。

あの晩、目撃者がいたこと、現場には北之口の指紋が多数残っていること、現場に残された足跡は北之口が普段履いているものとサイズ、種類とも一致していることなどを突きつけたが、北之口は「だから？」と言ったきりしゃあしゃあとしている。

「指紋はぼくが昼間にあの家を訪れた際に付いたもの。目撃証言は見間違い。靴だってぼくと同じサイズで同じ種類のスニーカーを履いた人なんてごまんといるでしょ」

そう言われてしまえば覆すすべもない。そんな膠着状態が続いているなか、

「失礼」

と言って右京と薫が取調室に入ってきた。

「今度は何秒ですか？　警部殿」

三浦の嫌みも物ともせず、右京は、

「九十秒」

と答えて北之口の前に立った。

「宮澤邸のリビングにあるフロアスタンド、ご存じですよね？」

「フロアスタンド？」

「ええ。庭に面したガラス戸付近に置かれている」

「さあ」

いままでの三人と違い、この刑事の質問の意図は読めない……北之口は警戒しはじめ

たようだ。

「そうですか。あなたは犯人じゃない」そう言って右京は北之口を見た。「……かもしれない。しかし、だとするならば警察の再三の要求にもかかわらず、事件から三日経った今日になって出頭してこられたのは、なぜでしょう？」

「失望したからですよ。いつまで経っても犯人を捕まえることができないあなた方の捜査能力に。ぼくにはアリバイがない反面、状況証拠がたくさんある。誰から見てもぼくが犯人、でしょ？」

「通常はそうですね」

「だから三日間考えて思ったんですよ。これだけは言明しようと」

北之口はぐっと右京を睨み返した。

北之口の言う「これだけ」の意味するところは、それからわずか後に明らかになった。警視庁を出たところで報道陣に囲まれた北之口が、テレビ局のインタビューに答えて言ったのだ。

「私は無実です。ただ残念なのは、それを証明してくれる人がひとりもいないということです。もしいるとすれば、それは私が一日中向かい合っている小説の中の登場人物かもしれない」

「では、容疑は全面的に否認されたということですね？」

女性アナウンサーがマイクを突きつけた。

「もちろんですよ。つまり、あなた方がカメラを向けるべき真実は他にあるということです」

「真犯人になにかひと言」

今度は別の女性記者が北之口に迫った。

「真実は消去することはできない。変えることも、隠し続けることもできない。なぜなら神の目がしっかりとそれを捉えているからです。真実が白日の下に晒されるのを、ただ待つことだけが賢い選択かどうか……」

神の目がしっかりとそれを捉えている……というところで、北之口は左手をかざして大げさなジェスチャーをした。そして言いたいことだけ言い終わると報道陣を振り切って去って行こうとした。

「もう少しお話聞かせてください！」

黄色い声を上げる記者を一度だけ振り返った。

「明日釈明会見を開きます。続きはそちらで。じゃあ」

その模様を右京と薫は特命係の小部屋のテレビで見ていた。

「作家ってのは、いちいち言うことがキザだねえ」

いつもの如く油を売りに来ている組織犯罪対策五課の課長、角田《かくた》六郎が吐き捨てるように言ってテレビのスイッチを切り、部屋を出ていった。

「彼はなにかを隠していますねえ」

右京が独り言のように呟いた。

「なにかって？」

「わかりません。しかし、少なくともこれまでに彼はひとつ嘘をついています」

薫は北之口のこれまでの言葉を思い返してみた。

「彼はフロアスタンドのことを知らないと言いましたよね？」

「はい」

「間取り図を見てください」

薫は右京の手にした指紋と足跡が色分けでマーキングされた図を覗き込んだ。

「あっ、触ってますね、スタンドに。じゃあ彼がスタンドを」

「その可能性は否定できませんね」


北之口が宣言した「釈明会見」というのは、最新刊『アルタイルの呟き』の刊行を記念して書店で催されたサイン会の会場で行われた。若い女性がほとんどのファンの列を前にした北之口を、事前に告知を受けた記者たちが取り囲んだ。彼らが北之口に好意的でない質問をするたびに厳しい目でジロリと睨むファンは、続いて口々に「先生！　がんばってー！」「応援してます！」と黄色い声をかける。

「ありがとう。ぼくは、ぼくを応援してくれるファンがいる限り、書きます！　書き続けます！」

ファンの声援に応える北之口は、明らかに演技過剰だった。

会見が終わり記者たちが会場を去ると、ファンが待ちに待ったサイン会がはじまった。手に手に本を持ったファンは、サインをもらうと二言三言北之口と会話をし、顔を赤らめて握手をする。そんななか、本とともに二つ折りにしたメモを無言で差し出す女性がいた。意外に思った北之口が紙片を開いてみると、そこには青いペンでこう書かれていた。

〈先生は私が助けます〉

女性の顔を確かめた北之口は、ニヤリと頰を緩めた。

三

数日たったある日、警視庁の受付にひとりの女性が現れた。なにやら北之口のアリバイを証言したいという。そのときたまたま受付の前を通りかかった薫が特命係の小部屋に連れてきて詳しい話を聞くことになった。

その女性、永田沙織は椅子に座るなりバッグから大きめに引き伸ばしたカラープリントを出した。その写真はライトアップされた東京タワーを背景に置いた夜の街のスナップ写真だった。

「これです。この信号待ちをしている人」

沙織は写真の一点を指差して言った。

「ああ、たしかにこれ、北之口秀一ですね」

ルーペで確かめて薫が言った。

沙織によると、撮影しているときにはどこかで見たことのある顔だ、と思ったぐらいだったが、事件のニュースを見てはっきりとあれは北之口だったと思い出したという。それから東京タワーのライトアップの色から撮影の日付も特定できる。なぜなら事件のあったその日は某映画の公開記念で特別なライトアップカラーだったからだという。

「お詳しいですね」

あまりに詳しすぎると思ったのか、右京が訊ねた。

「夜景は趣味でよく撮るんです。仕事の気分転換に……ああ、仕事は商業カメラマンをしています。お菓子のパッケージのような商品を撮ったり、あとは家とかおしゃれなバーの店内なんかも」

「では、死亡推定時刻と写真を撮影なさった時刻が、ほぼ同じだと気づいたのはなぜでしょう？」

右京の追及はさらに細かく続いた。

「夜景を撮るときは必ず場所と時間をメモするようにしてるんです」

「でもメモだったら勘違いとかもあるでしょ？」

薫が脇から口を挟む。その疑問に対しては右京が答えた。

「写真の右サイド、歩道のところに時計が」

「え？　あ、ほんとだ」

たしかにその時計は十時五十七分を指していた。

「この人、北之口秀一ですよね？」

沙織はだめ押しをするように言った。

「その可能性が高いようですね」

右京の正確な表現に、薫も正確を期して続けた。

「だとしたら、この場所から殺害現場まで車で約二十分。北之口秀一に犯行は不可能ってことになっちゃいますよ」

「そうなりますね」

右京はつとめて表情を変えずに言った。

あくる日、右京と薫は北之口の家を訪れた。捜査一課の調べだと、永田沙織と北之口秀一の関係性はまったくないとのことだった。すなわちこれで北之口のアリバイは完璧なものになる。あまりに完璧すぎるとかえって怪しいもの……それがアリバイである、というのが右京の捜査鉄則であった。

「はぁ～。まるで北之口秀一記念館ですね」

通された応接間を見まわし薫が半ば呆れ顔で言った。確かに壁には大きく引き伸ばしたセルフポートレートやら、映画化された自作のポスターやらが所狭しと貼ってあったし、棚には自分の本はもちろんのこと、受賞した楯がずらりと居並んでいる。

「お待たせいたしました」

天井の方から北之口の声が聞こえた。見上げると吹き抜けの二階の手すりから北之口が顔を出している。

「先日は大変失礼をいたしました」

右京が慇懃に頭を下げる。

「お仕事中に突然お邪魔しまして」

もみ手をする薫を見下ろしながら階段を降りてきた北之口はいきなり、

「北之口秀一記念館」

と言った。

さっきの話、聞かれちゃった？　薫が照れ笑いで隠そうとすると、

「人からよくそう言われるんですよ。お恥ずかしい。ま、これじゃあナルシシストだと言われても仕方ありませんがね」

見透かしたように北之口が続けた。

「いやいやいや、それだけ立派なものをお書きになっているわけですから」

薫は取り繕うように頭を掻いた。

「ナルシシストと言えば『紫の園』の主人公、長良浩一も恋人の棺とともにナルキッソスの泉に沈んでいく……あのラストは、そのような解釈でよろしいのでしょうか？」

右京が進み出て微笑む。

「嬉しいなあ。そういうふうに解釈してくれる読者は少ないんですよ。大体が表層的理解で終わってしまって。いやぁ、素晴らしい読解力ですよ。警察は無能だと思ってましたが、あなたなら信頼できそうですね」

「光栄です」

気を良くした北之口は右京の手を固く握り、それからふたりにソファをすすめた。

「で、今日は？」

「この写真について少々お伺いしたいことが。あなたのアリバイを証明してくれた写真です」

用件を訊ねてきた北之口に、右京も早速切り出した。

「知らない間に撮られた写真だから、よく覚えてませんが、おおかた煙草でも買いに行ったんでしょう」

あらかじめ準備していたような答えである。

「ぼくにとって煙草は第二のペンですからね」

角田ではないが、言うことがいちいちキザだな、と薫は見えないように顔をしかめた。

「どちらでお求めに？」

「ああ、近所の自動販売機で」

「つまり、この道路を渡った先に自動販売機があるわけですね？」

続けざまの右京の質問は、北之口の準備外のことを突いたらしい。

「ええ、まあ」

曖昧に答える北之口に薫がとぼけた声で畳み掛ける。

「あれ？　あの辺に自動販売機ありましたっけ？　さっきちょっと捜しに行ったんですけどね、歩いて十分くらい行かないとありませんでしたよ」

「となると、少しおかしいですね」

「おかしいって、なにが？」

北之口は、なんだ、調べていたのか……と言いたげに、右京に対して不快な表情を見せた。

「自動販売機は十一時で終了です。十時五十七分にこの地点にいたのでは間に合いません」

「買ったのはコンビニエンスストアだったかなぁ」

北之口は自分の発言をぼやかしはじめた。

「ああ、道路を渡ってすぐのところにある？」

薫の言葉を信じていいのかどうか、北之口は迷いつつ言った。

「ええ、たぶん」

「もっとも一週間以上も前のことですから、ご記憶も曖昧でしょう」

今度は右京が助け船を出す形になった。

「杉下さんのおっしゃるとおりですよ」ほっとしながら北之口はソファに大きく凭れて続けた。「いやぁ、ぼくはこの写真に感謝しなくちゃいけない。ぼくの記憶を補完し、アリバイを完璧に立証してくれてるわけですからねえ」

「おっしゃるとおり」

右京は自信たっぷりの北之口の目の奥を、じっと覗き込んだ。

四

その後、スポーツクラブに行くという北之口に願い出て、右京と薫もついて行くことにした。確かなアリバイがあることで、北之口にも余裕が出て来たようだ。ただし、トレーニングの邪魔になるような行動は取らないという条件付きだったが。

ふたりはまず、宮澤志穂の仲間だというクラブの会員の主婦三人に話を聞いた。三人とも北之口にファン以上の好意をもっているようで、薫が水を向けると、口々に自分だって北之口に車で送ってもらったことがある、と自慢気に話した。そうして北之口に疑いをかけているふうに見えるふたりの刑事を睨み返した。

「あの先生が人を殺すなんて絶対考えられません！　そんなことより、盗撮を調べてくださいよ」

主婦のひとりが言った。なにやら女性の更衣室が盗撮されていたらしかった。そういう連絡は所轄に、と薫が軽くかわそうとすると蜂の巣を突いたような勢いでなじられてしまった。

主婦たちからようやく逃れた薫と右京は、ランニングマシーンを降りてバーベルでのトレーニングに移った北之口の傍らで、邪魔にならない程度の質問をすることにした。

「言い寄ってきたのは宮澤さんのほうだった？」

薫は北之口の意外な発言につい大きな声を出してしまった。北之口の言うには、宮澤夫人を自宅まで送ったことは何度かあったが、あの日に限ってかなりしつこく上がっていけと誘われた。以前からモーションをかけられてはいたが、あんなにあからさまに抱きつかれたのは初めてだというのだ。

「きっぱり拒否すりゃよかったんだよな、ぼくも」

北之口はそれだけが悔やまれる、という感じでため息を吐いた。

「なぜ、そのことを警察におっしゃらなかったのですか？」

当然の疑問を右京が口にすると、悲痛な表情を作って北之口が答えた。

「言えますか？　ご主人を亡くされたばかりで、誰かのせいにしなきゃやってられない。痛いほどわかりますよ」


完璧すぎるアリバイは小さな嘘によって穴が開けられるものである。翌日、永田沙織が撮った写真で北之口が立っている横断歩道の先にあるコンビニ——そこで北之口は煙草を買ったと言ったのだが——の監視カメラの映像を確かめたところ、その時間に北之口らしい人影はどこにも映っていなかった。リビングのフロアスタンドの件に続く「ふたつ目の嘘」である。

その日、夜を待って特命係のふたりは鑑識員の米沢を伴ってある実験をした。例の写真が撮られた同じ場所、同じ時間に、同じコンディションで撮影してみるという実験だった。もちろん、北之口役は薫がつとめることになったが……。

そして一日置いた夜、撮影した写真を携えて、右京と薫は沙織のマンションを訪ねた。ちょうど仕事帰りに自室の前でふたりの刑事に出くわした沙織は明らかに迷惑そうな顔をして、開口一番、ぶっきらぼうに訊ねた。

「なんの用ですか?」

「お見せしたい写真がありまして」

右京が礼儀正しく頭を下げると、薫が携えていた書類封筒を差し出した。沙織は長くなりそうな話だと察したのか、ふたりを部屋にあげた。

ソファに座ると薫は早速書類封筒の中から二枚のカラープリントを取り出し、沙織の前に並べて置いた。

「これなんですけどねえ。こっちが事件当夜十時五十七分、あなたが撮った写真。で、こっちが昨夜同時刻、うちの鑑識が撮った写真」

さすがは米沢である。構図から露光まで寸分違わぬ写真に仕上がっていた。

「この二枚の写真、一見同じようでいて大きく違う点がふたつあります」

右京がまるで「間違いさがしクイズ」のような質問をした。

「あ、北之口さんが俺になっているのはなしで」

薫は北之口に倣って気取ったポーズをとっている自分を指さして照れ笑いをした。

沙織は二枚の写真をしばらくじっと見比べて、

「ひとつは東京タワーの色」

と答えた。

「ええ。では、もうひとつは？」

右京は難問を出題するクイズ番組の司会者よろしく、にんまりして訊ねた。

沙織はさらにじっくり写真を見つめたが、どうやらお手上げらしく、首を左右に振った。

「もうひとつは左側のビルの窓ガラスに映っている白い光、これです」

右京は写真の左上を指さした。

「なんの光かわかりますよね？」

沙織はかすかに舌打ちをした。

「ほんのわずかですが、昨夜われわれが撮った写真のほうが白い光が大きい。これがなにを意味するか、おわかりですよね？」

右京は心中を見透かしたように沙織の顔をのぞき込む。

「月が、満ちていっているから」

「はい。ところで、月というのは毎日少しずつ出の時間と入りの時間がずれていきます。

明るいときに出ていて夕方に沈んでしまう日もあれば、夜中になって昇り始める日もあります。そこで調べてみました、事件のあった日の月の出と入りの時間を」

そこまで一気に語り終えた右京は、じっと沙織を観察するように見た。

「月の出は九時五十分、月の入りは十九時八分。すなわち、あなたがこの写真を撮った日の午後十時五十七分、月が出ていてはおかしいんですよ」

沙織は唇を半開きにして目を脇に逸らした。

「その出てないはずの月の光が、あなたの写真には写ってる。なんでですかねえ？」

薫が追い込むと、諦めた顔になった沙織が立ち上がった。

「こんな都会の真ん中で月なんか見てないわよ！」

そう捨てぜりふを吐いて、ぷいっと奥の部屋へ入ってしまった。

右京と薫が追いかけていくと、沙織は明かりを消したままの部屋のカーペットに胡座《あぐら》をかいて座り、煙草を取り出してライターで火をつけた。灰皿の置いてある本棚には北之口秀一の本がずらりと並んでいる。壁には北之口の大きなポスターも貼ってあった。

「東京タワーの合成はなかなかでしたがねえ」

右京が言うと、

「禁煙、また失敗」

沙織は肺に深々と吸い込んだ煙をプーっと吹き出した。

翌日、捜査一課は北之口秀一と永田沙織を別々に呼んで尋問をはじめたが、ふたりともなかなかしぶとかった。

沙織は北之口の熱狂的なファンで、ファン心理が高じた結果、勝手に北之口を盗撮したうえ助けたい一心で嘘をついたと言い張った。

一方、北之口は北之口で永田沙織などという女性は会ったこともない、勝手にアリバイ工作なんかをしてくれて迷惑だ、の一点張りだった。

「じゃあ、あなたはなぜ事件の晩の十一時頃、煙草を買いに出かけたなんて言ったんですか？　まるで永田沙織と口裏をあわせたように」

芹沢が追及すると、

「いつ煙草を買ったかなんて、そんなことはっきりは覚えてませんよ。何日の何時何分どこで煙草を買ったかなんて、いちいちあなた覚えてます？」

とやりこめられてしまった。

「あ〜あ、また振り出しか」

マジックミラー越しに取り調べの様子を見ていた薫は隣の右京にぼやいた。

夕方、特命係の小部屋では、米沢を招いて薫が買ってきた「花園万頭」の折を開けていた。

「いただきます」

米沢が饅頭に食らいついていると、角田が現れた。

「暇か？　お、いいもん食ってるね。暇だねえ」

久しぶりののどかな雰囲気に、角田は嬉しそうである。

「課長もひとついかがですか？　右京さんのおごりです」

薫がすすめると、

「嫌だなあ、なんか嗅ぎつけたみたいで」

と遠慮しつつもすでに饅頭に手を出していた。

「どうぞどうぞ。いらなくなった本を売ったんですよ」

自分もほおばりながら薫が言った。

「ああ。北之口秀一もとうとう饅頭になっちまったってわけか」

感慨深そうに角田はがぶり、とひと口で饅頭を食べた。資料用に右京が買った北之口秀一の本を薫が古本屋に売りに行き、その収入で饅頭を買ってきたというわけだ。

「しかし彼も連日の取り調べは結構こたえてるようですねえ」

米沢が言った。なんでも『自分は犯人じゃない』の一点張りで、あとは黙秘を続けているらしい。そのうえ断筆宣言までしたということだった。

「プライドの高い直木賞作家様だからな」

角田がため息を吐く。

「しかし、彼は本当に真犯人なんでしょうかねえ」

紅茶のカップを手に、右京が言った。

「今度ばかりは私も疑う余地はないかと思いますが」

という米沢の言葉に、薫も角田もうなずいた。

「こうして饅頭になっちまったわけだしな」

ふたつ目の饅頭に手を出す角田を横目に、納得のいかなそうな右京は、顔を曇らせて窓の外に目を遣った。


その夜、もうひとつの饅頭の折をもって、薫と右京は行きつけの小料理屋〈花の里〉を訪れた。カウンターにはすでに薫の妻の美和子も来ていてビールを飲んでいた。

「で、饅頭になりました。初版本だったらもっとでかいのが買えたんですけどねえ」

この饅頭の由来を説明しつつ、薫が言った。

「どういうことですか？」

礼を述べて折を受け取った女将の宮部たまきが訊ねた。

「初版本、つまり最初に刷った本ってのは価値が上がるんですって。知らなかったでしよ？」


薫が古本屋のおやじから仕入れたにわか知識を披露した。

「そんなこと誰だって知ってらーね」

脇で聞いていた美和子が茶々を入れる。

「じゃあ北之口秀一の新刊、高く売れるかしら」

知らなかったたまきが呟いた。

「買ったんですか？　断筆直前の書き下ろし」

美和子が興味津々に訊ねる。

「ゆうべひと晩で読んじゃいました。読みます？」

「そんなに面白いんですか？　じゃあ、あらすじをちょこっとだけ」

身を乗り出した美和子に、たまきが続ける。

「たった一夜を共にした男女が名前も告げずに別れた後、愛に気がつくの。そして、お互いを捜し求めるの」

「いや～ん、なんか面白そう。ねえ？」

「どうでしょうねえ」

妻にいきなり同意を求められた薫は、先ほどから黙って猪口を口に運んでいる上司に話題を振ってみた。

「右京さん？」

ところが当の上司は別の考えごとにとらわれているようで心ここにあらず状態である。

「あ、失礼。聞いてませんでした」

皆の視線に気づいて我に返った右京が言った。

「それで、どうやって再会するんですか？」

美和子が話題を続ける。

「それが、ラジオなの。男が好きだと言っていたラジオ番組に女がリスナーとして電話で登場するの。他愛もない話の中で男にメッセージを出すの。ふたりにしかわからない言葉で」

「メッセージって？」

と訊ねる夫を美和子がたしなめた。

「それを聞いちゃったらつまらんでしょうが」

「どう思います？」

薫は再び右京に話題を振ってみたが、相変わらずの無反応である。

「右京さん！　右京さん？」

元夫にたまきが声をかけると、右京はまるで白昼夢から目覚めたばかりのように目をまん丸くした。

「亀山くん、わかりました！」

「わかったって？」

薫は狐につままれたような顔で答えた。

「警視庁前で報道陣に囲まれたときですよ。ヒントは最初から目の前に提示されていたんです」

五

「何度見ても異様な空間ですねえ、ここは」

翌日、右京とともに再び北之口秀一の家を訪れた薫は、通された応接室を眺め回して呟いた。

「北之口さん」

返事をする代わりに、右京はいきなりセルフポートレートに向かって話しかけた。

「先日こちらにお伺いしたとき、亀山くんが口にした『北之口秀一記念館』という言葉を、まるで盗聴でもしていたかのように、あなたはそっくりそのまま口にされました」

「あのう、写真なんですけど……」

薫は気は確かだろうかと、しげしげと上司を見た。一方の右京は身を屈めて写真の下に置かれているクマのぬいぐるみに顔を近づけて話し続けた。

「北之口さん。あなたはとても厄介なご趣味をお持ちのようですね」

「そうか！　このクマ」

薫もようやく気づいたようだった。

「鼻ですよ、鼻」

右京が薫に注意を促すと、薫はぬいぐるみの鼻をじっと観察して、「あっ！」と声を上げてそこから小さな隠しカメラをつまみ出した。

そのとき、天井のほうから拍手とともに北之口の声が聞こえてきた。

「お見事です。初めて見破られました。怒らないでくださいよ。冗談にしてはちょっと度が過ぎましたか？」

「冗談にはならないんですよ。盗撮は立派な犯罪です」

右京が上を見上げて言った。

「大目に見てほしいなぁ。これも作家の仕事の一環」

「作家の仕事？」

薫がちょっと気色ばんだ。

「いや、単なる趣味でしょう。それが高じて犯罪へとエスカレートしてしまった。よくあることです」

「大げさな。あんなおもちゃごときで」

鼻で笑った北之口をぐっと見据えて右京が言った。

「あのぬいぐるみの話ではありません。ぼくが言っているのは、殺人のあったあの日の夜のことです」

「ぼくが宮澤邸に忍び込んで人を刺し殺した、あの晩のことですか？」

からかうような表情を作る北之口を跳ね返すように、右京はぴしゃりとした口調で言った。

「違います。あなたはあの夜、殺人ではなく別の目的で宮澤邸に忍び込んだ」

「別の目的？」

北之口はとぼけた顔で聞き返した。

「盗撮です」

「なにを言ってるんですか？」

右京の言葉にまだしらを切ろうとする北之口に、薫が畳みかけた。

「宮澤さんにフラれた腹いせからですか？　プライドを傷つけられましたか？　だからあの日、宮澤さんを車で送った際、こっそり風呂場の窓の鍵を開けておいた。さらに居間のカーテンに隙間ができるようフロアスタンドの位置をずらし、外からのぞけるように細工をした」

「まったく、なにを言って……」

「その隙間から風呂に入る奥さんを確認したんでしょ？　そして風呂場の窓から入浴中の奥さんを……」

続けながら薫はだんだんと怒りがこみ上げてくるのを感じていた。

「ぼくがのぞきを？　はっはっはっは。このぼくがのぞきをした？」

北之口はさも愉快そうに笑った。

「そう考えると、なにもかもしっくりくるんですよ。バスルームのドアノブについていたあなたの指紋、開いていた窓の鍵、その窓の外に残されていた足跡。不運だったのは、そこであなたが殺人事件に遭遇してしまったことでした。宮澤邦彦さんが殺されるところを、あなたはビデオに収めた」

「なんのことなのか、ぼくにはまったく……第一、犯人は誰なんですか？」

「永田沙織です。あなたのアリバイを作ってくれた」

「えっ、彼女が？」

「驚くことはないでしょう。ご存じなんですから」

意外だとばかりに聞き返す北之口を薫が睨んだ。

「永田沙織が宮澤邦彦さんを刺すところをあなたは見たんです。彼女は宮澤邦彦さんと不倫の関係にあった。聞くところによると、そのわずか前に奥様の志穂さんは妊娠に気づいたそうです。恐らく嫉妬が原因の殺人でしょう。あなたは志穂さんがお風呂に入っている隙に起きたその修羅場を目撃してしまった。ところがあなたはそれを証言できなかった」

右京に続けて薫が説明をした。

「そりゃできませんよねえ。証言すれば、自分がのぞきをやってたことがバレちゃうんですから」

「はっはっは。それ、いくらで売ってくれます？」

「はい？」

右京は眉間に皺を寄せた。

「そのアイディア、いくらで？　ぼく、実はいまスランプなんですよ。思い切って推理小説を書いてみようかなって、いまひらめいたんです。売ってくれませんか？」

「アイディアなら、あなたのほうが素晴らしいものをお持ちじゃありませんか。あのメッセージは秀逸でしたよ」

アイロニーにはアイロニーで応えんとばかりに右京は唇を歪めた。

「あのメッセージ？」

北之口の表情が真剣さを帯びてきた。

「マスコミのインタビューを利用して犯人にメッセージを送る。あのアイディアは実に見事でした。亀山くん」

「はい。ちょっとお借りしますよ」

薫はフライトジャケットの内ポケットからDVDを取り出すと、ソファの脇にあるTVにセットした。画面にはニュースのインタビューの模様が映った。

――真犯人になにかひと言。

記者からマイクを向けられた北之口が、いかにもカメラ慣れしている感じで答える場面である。

――真実は消去することはできない。変えることも、隠し続けることもできない。なぜなら神の目がしっかりとそれを捉えているからです。

そう言って映像の中の北之口は左手をかざした。

「これがなんなんですか！　これの一体どこが秀逸なメッセージなんですか？　馬鹿にしないでください」

興奮した北之口が叫んだ。

「馬鹿にするどころか感心しているんです。あなたはこのメッセージをどうしても永田沙織に伝えなければならなかったんです。ご自分の身を守るために。そしておそらくニュースを見た永田沙織は、そのメッセージを読み取った」

「だからなんなんですか、そのメッセージって」

「簡単に言えば、こうです。おまえの犯行は神の目、すなわちビデオに収めた。バラされたくなければ俺のアリバイを作れ。俺たちは一蓮托生だ」

右京は画面のなかの北之口の仕草をまねて、片目に左手をかざした。確かにそれはビデオカメラを構える手つきだった。

「あんたが警察に出頭したのは、名前も知らない真犯人を脅して自分のアリバイを作らせるためだった」

薫が追い打ちをかける。

「その映像によって見知らぬふたりが初めて出会った。そして、ふたりの共犯契約が成立したのでしょう。その後ふたりは人知れず落ち合い、アリバイを作った。さらに写真のトリックが暴かれたときのために、熱狂的北之口ファンを装うという手の込んだ作戦まで考え、用意周到な計画を立てたんです。しかし、北之口秀一の熱狂的なファンであるはずの彼女の部屋にあった『紫の園』は、初版本どころか最近刷られたものでした。おそらく彼女の部屋にある北之口秀一のすべての本は、いちばん新しく刷られたものだと思いますよ」

すべて見抜かれていたとわかって呆然とソファに身を投げ出した北之口は、それでもまだ抵抗を続けた。

「証拠はあるんですか?」

「これね、スポーツクラブの更衣室に仕掛けられてたカメラなんですけどね」薫はポケットからビニール袋に入ったカメラを取り出し、先ほどクマのぬいぐるみから取り出したカメラと並べて示した。「同じだ」

「特殊なカメラですからね。製造元もすぐに特定できるでしょう」

右京が続けた。

「家宅捜索すれば、これで撮られた盗撮映像も出てくるかもしれませんねぇ」

薫の言った「家宅捜索」という言葉に、北之口は過剰に反応を示した。

「家宅捜索……」

「さ、しゃべっちゃいましょうよ、なにもかも」

薫が北之口の耳元にかがみ込む。

「もはやこれまでってことか……はっはっはっは、あっはっはっは！」

発作を起こしたように自棄的な笑い声を上げて、北之口はソファから立ち上がってポケットから携帯を取り出した。

「もしもし北之口と申します。作家の北之口秀一。人を殺しました。相手は宮澤邦彦……イタズラじゃないよ……おい！　だからイタズラじゃないって！」

北之口の押した番号は「一一〇」だったようだ。

「ちょっと、ちょっと！」

薫が慌てて駆け寄り、北之口から携帯を奪った。

「なにするんだ！　返しなさい！」

「『なにするんだ』じゃねえだろ！　あんたこそなにやってんだよっ？」

「自首するんだよ。自首したほうが少しは刑が軽くなるんだろ？」

あまりの理屈に薫は呆れ果てた。

「あのな、殺人よりのぞきのほうが刑は軽いだろ」

携帯を薫に取り上げられた北之口は、半分正気を失ったような表情で言った。

「のぞきのほうが軽いだって？　フッ。いいか、のぞきが世間に知れたら作家北之口秀一は終わりだ。死刑だよ。作家じゃないぼくは、ぼくじゃない。のぞきなんてプライドが許さないんだよ。小説家でいられるなら、ぼくは喜んで殺人者にもなる。刑務所の中だって書けるんだろ？　そのほうが〝あがりもの〟の小説家としては、かえって箔がつくんじゃないのか？」

その言葉に薫の堪忍袋の緒が切れた。

「甘ったれたこと抜かしてんじゃねえよ！　なにがプライドだ！　てめえのくだらないプライドのおかげで、一体何人の人間が振り回されたと思ってんだよ！　表じゃ作家気取って、裏じゃのぞきやってる、そんな男にプライドを語る資格なんかあるか！　あがりもんの小説家だ？　笑わせんじゃねえよ。ファンが泣くぞ、馬鹿やろう！」

薫に胸ぐらを摑まれながら、北之口はなおも抵抗を試みた。

「令状を持って来なさい。でなければ、一歩たりとも中に入れないいんじゃないのか？」

「ご心配なく。すでに請求しています。早ければ一時間以内に」

右京が冷静に答えた。

「一時間？」

北之口にもようやく状況が摑めてきたようだった。

「おそらくこの家のどこかにあるのでしょうねえ。数百本のビデオテープ、プリントアウトされた大量の写真、パソコンには膨大な量の画像と音声データ。そして盗撮用カメラと受信機……」

そこまでは穏やかだった右京が、いきなり豹変してこの甘ったれた作家を恫喝した。

「北之口さん！」

北之口は狂ったように薄笑いを浮かべた。

「あんなところで、あの女にさえ会わなければ……へっへっへっへ、へっへっへっへっへ」

そこにはもはや、プライドの高い直木賞作家の姿はなかった。

薫が携帯を取り出して電話をかけた。

──伊丹だ。どうだ。

「いま、落ちた」

それを合図に捜査一課の三人は永田沙織を仕事場で押さえた。

北之口はしばらく茫然自失して項垂《うなだ》れていたが、いきなり猛り狂って棚に並べられた楯や自著を払い落とし、トロフィーでガラスの飾り棚を割った。それから手当たり次第に壁のポスターや額に物を投げつけた。それはまるで「北之口秀一」という名を自ら破壊しているように見えた。

「気が済みましたか?」

ひと通り壊し尽くし、肩で息をしている北之口に、右京が声をかけると、薫が吐き捨てるように言った。

「勘違いすんじゃねえぞ。罪名はブランドじゃねえんだよ」

「ましてや罪を選ぶ権利など、あなたにあるはずがないじゃありませんか」

その右京の静かなひと言は、もう名前もなくなった惨めな男の肩に重くのしかかった。

第七話

「剣聖」

一

　警視庁捜査一課の伊丹憲一は、こと剣道にかけては腕に覚えがある。というより、剣の道は己の本分だと思っているほどの気の入れようである。だから、永遠のライバルとあちらは思っているフシもある特命係の亀山薫などは、こと剣道においては歯牙にもかけていない。その日の朝も警視庁の道場で薫に稽古をつけてやったのだが、まったく相手にもならなかった。

「フン、未熟者」

　力尽きて床に倒れている薫に、伊丹が吐き捨てた。

「きみは無駄な動きが多すぎますよ。構えを崩すことは隙を作ることですからねえ」

　特命係の小部屋に戻り傷の手当てをしている薫を見て、上司である杉下右京が言った。

「柔剣道サボってる人に言われたくありませんねえ。警察官の義務ですよ」

　薫は右京が竹刀を握っている姿を見たことがない。先ほども道場の中にもかかわらずスーツ姿で正座をし、読書に耽っていたのだ。

「サボってなどいません。ぼくはぼくなりに稽古をしているんです。ぼくは剣道も達人なんですよ」

そのせりふを聞いた薫は、右京に見えないように眉に唾するジェスチャーをした。

「暇か？」

そこへいつものごとく組織犯罪対策五課長の角田《かくた》六郎が入ってきた。

「おはようございます」

薫がコーヒーをカップに注ぎながら挨拶をした。

「伊丹のやろう、血相変えて飛び出して行きやがったよ」

「伊丹が？　どこへ？」

薫が訊ねると、角田は竹刀を振るまねをした。

「殺されたんだよ、これの先生が」

右京と薫は顔を見合わせた。


被害者は吾妻源一郎。元全日本選手権の覇者で、伊丹の剣道の直接の師匠である。殺人の現場は吾妻心聖館、つまり自分の道場であった。

吾妻は道場で稽古着をつけ、真剣を握ったまま突っ伏して死んでいた。床には血しぶきが飛んでいる。その姿を見て伊丹はしばらく放心していたが、やがて涙をこらえて初動捜査に入った。

奥の事務所に行くと、師範代の望月勇と吾妻源一郎のひとり息子で道場経営の事務に携わっている俊一がいた。当然のことだがふたりとも伊丹とは近しい仲である。

　捜査一課の三浦信輔と芹沢慶二がおくやみを述べてから訊ねたところによると、第一発見者は桂木ふみというこの道場の師範代である女流剣士だった。彼女が朝一番に出て掃除をするのが日課らしかった。

　その桂木ふみはちょうどそのとき、道場の庭で特命係の右京と薫から質問を受けていた。短く切り揃えた髪に真っ白な道着、糊のびしっときいた紺の袴が凜々しい。右京と薫が先ほど物陰で見ていたら、手にした小枝で池のほとりに咲いている椿の花弁を一刀両断したのであった。相当な剣の使い手でもあるらしい。

「お見事」

　右京が声をかけると我に戻って振り向いた桂木ふみは、もし道着を脱いだら男が誰しも惹かれてしまいそうな整った容貌をしていた。

　ふみはもっとも気になっていたことをまず刑事に話そうと思っていたらしく、母屋の用具室にふたりを案内した。

「ここに入れてあった居合用の日本刀が見当たらないんです」

　ふみは開き戸のついた棚を開けて見せた。

「もちろん許可を取って登録を済ませた刀ですね？」

「当然です」

右京の質問への答え方を見る限り、かなり気の強い性格らしい。

「よく真剣を使って稽古を？」

今度は薫が訊ねた。

「まさか。一般の生徒さんに真剣を持たせたりはしません。ここの鍵を自由に使えるのは限られた数人だけです」

「他になくなっているものなど、変わった点はありませんか？　どんな些細なことでも結構です」

右京が訊ねるとしばらくの間ふみは用具室の中を点検するように見渡した。よく手入れの行き届いた防具や道着が棚に並び、掃除用具も一糸の乱れなく整理整頓されている。窓際には真新しく白い雑巾も掛けられていた。

「いえ、特に変わったところはありません」

ふみはきっぱりとそう言った。

そのとき騒がしい音がして捜査一課の三人組が入って来た。

「特命係の未熟者」

伊丹が憎々しげに薫を見る。

「なんでここにいるんですか？　警部殿」

三浦がいつもの如く迷惑そうな顔をした。

「『現代の侍』と称される剣士が一刀両断に斬殺された。大変特殊な事件です。好奇心を抑えられませんでした」

その右京のせりふを耳にした伊丹が気色ばんだ。

「警部、好奇心とはなんですか！」

いつになく真に迫った怒りに触れて、右京はちょっと戦《おのの》いた。

「お気に障りましたか？」

「高校のとき全日本選手権をテレビで見て以来、憧れの剣士だった……興味本位で首を突っ込まれると不愉快です！」

そう言い捨てた伊丹は桂木ふみに声をかけ、彼女を従えて部屋を出て行った。

「叱られました」

三浦と芹沢も伊丹について出て行くのを確かめて、右京は首をすくめた。

「ですね」

薫も伊丹の意外な一面を見た気がした。

事務室では桂木ふみも含めて捜査一課の質問が続いていた。

「館長と真剣勝負をして勝てるとしたら誰でしょう？」

三浦が訊ねる。

「いませんよ。私なんてまるで歯が立たない」

師範格の望月は本業はビジネスマンらしく、スーツにネクタイというういでたちである。

「もちろん、わたしも」

ふみも口をあわせた。

「あ、俊一さんは?」

三浦が隅のほうに目立たないように立っている道場主の息子を見た。

「彼は剣道をやらない」

代わりに伊丹が答えると、

「子供のころからぜんそくがあるもので……」

と俊一は小声で呟いた。

「館長と渡り合える者がいるとしたら、やはり関先生くらいのものですが……でも、ありえません」

ふみが言った。関正人七段。この道場の名誉顧問である。殺された吾妻とは三十年来切磋琢磨してきた無二の親友らしい。

「先輩! 館長の寝室にこんなものが」

そこに芹沢が巻き紙を手にして駆け込んで来た。伊丹がそれを受け取り読みあげた。

「我等真剣を以て
立ち合い候末

一方或いは双方命を
落とす事と相成り
候えども元より
覚悟の上なればその
罪問う事無きよう
書付を以て約し候者也
関正人　吾妻源一郎」
名前の脇には両人の血判まで捺《お》してある。
捜査一課は急いで関正人の自宅に向かった。

二

このたいへん特殊な事件に並々ならぬ興味を持ったのは右京だけではない。鑑識課の米沢守もそのひとりだった。

「事故でないのは確かです。被害者《ガイシャ》の刃には刃こぼれが少なくとも六か所あります」

右京と薫が警視庁に戻って鑑識課を訪ねると、証拠写真のファイルを持って米沢が現れた。

「激しく刀を合わせて戦った挙げ句、正面からバッサリってことになると、敵も相当腕の立つ剣士。おのずと絞り込まれるでしょうね」

薫が剣で袈裟懸けにするポーズをとって言った。

「無論犯人が複数であるという可能性は否定できませんが、ここはやはり一対一の決闘であってほしいですねえ」

米沢は黒縁眼鏡を持ち上げて宙を睨んだ。

「そうだと思いますよ。単純に殺害が目的ならば、もっと確実な方法がいくらでもあります。当代随一の剣の使い手に剣で挑むというのは、もっとも成功率の低い殺害方法のひとつでしょうからねえ」

右京も米沢に同調した。

「しかし犯人はあえてそれを選んだ。正々堂々と戦って倒すことにこそ意味があったわけですなあ。まさに巌流島の決闘さながら。入場料を払ってでも見てみたかった一戦ですねえ」

「そういうこと言うと、伊丹のやろうに叱られますよ」

つい講談師のような口調になる米沢を、薫がたしなめた。


一方、取調室では捜査一課の三人が連行して来た関正人を尋問していた。関はまるで警察から迎えが来るのを待っていたかのように、自宅の客間で返り血を浴びた道着をつけたまま正座していたのである。

　吾妻源一郎の寝室にあった血判状を示して伊丹が静かに訊いた。

「これはなんですか？」

「武士道というは死ぬことと見つけたり。このまま老いさらばえて病院のベッドで朽ちるのか……積年抱き続けてきた思いが抑え難く、三日ほど前に認めました」

「その思いとは？」

　三浦が訊くと、関は今まで半眼に開いていた目をカッと瞠《みは》り、

「剣聖吾妻源一郎と真剣をもって切り結び、果てることができるなら、剣に死するは武芸者の本懐！」

　一喝したのち声を落とし、

「しかし、勝負とはわからないものです。この老いぼれが生き残ってしもうた……」

　真っ白な無精髭を生やしたままの古老は、そう言って項垂れた。


『古轍』

　警視庁刑事部長室には毛筆でそう書かれた立派な額が掲げられている。けれども誰ひとりとしてこの二文字がどういう意味を持つか、定かには知らない。そしてその額の下に座っている刑事部長、内村完爾《かんじ》にその意味を問うた者もまた、誰ひとりとしていなか

った。

「覚書の筆跡、血判の血液、指紋、それから道着の返り血、どれも本人たちのものに相違ないそうです」

今回の事件の報告に訪れた捜査一課の三人のうちのひとり、芹沢はそう告げて刑事部長の頭上の額にさりげなく目を遣った。

「しかし、どうにも理解し難い話でして」

三浦がほとほと困った表情で漏らした。

「部長、どう思われます？　部長も剣道に打ち込まれたひとりとして」

刑事部参事官の中園照生《てるお》が訊ねると、内村はすっくと立ち上がり、

「まだいたんだな、この国にも侍が。剣の道を究めんとした末の悲劇。そういうことだろう」

そう言って額の二文字を見上げた。


その夜、右京と薫の行きつけの店〈花の里〉では薫の妻、美和子も加えてこの事件の話題で持ち切りだった。

「『武士道というは死ぬことと見つけたり』か。なんだかすごい話だね」

美和子が感心してみせると、薫は反論した。

「ふん、すごいの通り越して馬鹿だよ。剣道馬鹿。時代錯誤も甚だしい」

「いくら合意の上とはいっても、殺人は殺人なんですよね？」

女将の宮部たまきが訊ねると、元夫の右京が答えた。

「同意殺人ということになるでしょうねえ」

「まったくラストサムライの考えることは、俺たち凡人には理解できませんよ」

そんな話をしながら徳利を傾けているところへ、引き戸が開いて新しい客が入って来た。

「いらっしゃい……」

たまきの声に振り向いた薫と美和子は、そこに立っている客を見て声を失った。伊丹だった。

伊丹は苦虫を噛み潰したような顔を俯けてカウンターの一番奥の席に座ると、声を落として「熱燗で」と言った。

「はい」

たまきの返事に顔を上げた伊丹は、いま初めて気がついたというようなわざとらしい驚き方で、

「おっと、こりゃ参ったぜ〜。まさか特命行きつけの店だったとは。いや参った、参った」

としらを切った。

「『伊丹刑事からこの店のことを訊かれたので教えました』と、先ほど米沢さんから連絡がありました」

右京に内幕を明かされた伊丹は舌打ちをした。

「俺たちになんの用だよ」

いつものように薫が食ってかかった。

「おめえに用なんかねえよ」

「あるでしょうに」

薫の妻が代わりに答えると伊丹は不愉快さを増して、「ねえよ！」と吐き捨てた。そこへ右京が助け船を出した。

「剣道に年齢は関係ないとはいえ、関先生に吾妻館長を斬ることが本当に可能でしょうかねえ……独り言ですが」

「手合わせをしたことがある俺の実感では、無理だと思う。関先生はすでに現役剣士とは言えない」伊丹はそこまで言葉を続けると咳払いをして「……独り言だが」と付け加えた。

「でも他に吾妻館長に太刀打ちできる男がいるのかよ。ああ、もちろん独り言だが」

「ちょっとなんなんですか、この面倒くさい会話は？」

美和子が抗議する。すると伊丹は無言で封筒から書類を取り出し、カウンター越しにたまきに渡した。

「男の人とは限らないみたいですよ。独り言ですけど」

「たまきさんはいいですよ」とたしなめた薫がたまきに差し出された書類を見て驚いた。

「あれ？　桂木先生」

「前歴者カードですね」

薫の手元を見て右京が言った。そこには桂木ふみの過去の罪状が克明に記されていた。

「未成年のころは家出を繰り返し、傷害その他で何度も起訴されてる。父親がなんとか更生させようと吾妻館長に預けたらしいが、そこで才能が開花したんだな。いまや日本屈指の女流剣士だ」

「だけど女だろう？」

問い返した薫に、伊丹は忸怩《じくじ》たる思いで言った。

「俺は勝てなかった……」

「はっ、負けちゃったの？」

薫が軽い調子で受け流す。

「だったら、なんで自分で追及しないの？」

美和子が当然の疑問を口にした。

「刑事部長に止められたんですね?」

右京の指摘は図星らしく、伊丹はさらに苦虫を嚙み潰したような顔になった。

「え? なんでですか?」

無邪気を装って問う薫に右京が答えた。

「桂木ふみの父親は警察庁警備局長の桂木忠則です。状況証拠と関先生本人の自供、起訴するには十分ですからね」

「それで、おとなしく引き下がったわけだ」

軽蔑したような薫の言葉に、伊丹は顔をゆがめた。

「なんとでも言え」

「憧れの剣士だったんだろう? 尊敬する先生だったんだろう? もう少し骨のある奴だと思ってたけどな」

薫が喝を入れると、

「負ける勝負に飛び込むのは馬鹿だ。引くときは引く! 吾妻館長にもそう教わった」

おもむろに立ち上がった伊丹はポケットから財布を取り出し、一瞬躊躇したものの一万円札を抜いてカウンターに置いた。そして、

「釣りはいい」

と言い残して出て行った。

「変わった方ですねえ」

一万円札をつまみ上げたたまきが呆れると、薫と美和子は深くうなずいた。

三

「きみは期待を裏切りませんねえ」

翌朝訪れた吾妻心聖館の道場の床に、防具を身につけたまま転がっている薫を見下ろして右京が言った。

すっかりきれいになった道場を見て、稽古再開の手始めにと薫が桂木ふみに手合わせを申し出た結果だった。

「お見それしました」

薫が頭を下げる。

「亀山さんは無駄な動きが多いようです。無駄な動きはそれだけ攻め込まれる隙を作ります」

ふみに指摘された薫は右京を指し、

「同じことを言われました、こちらの達人にも」

と頭を掻いた。

「杉下さんともぜひお手合わせをしたいですね」

ふみが誘いかけると右京はわずかに慌てて、

「ぼくはもう十分、見稽古をさせていただきました」

「見稽古って……」

不満気な薫を抑えた右京は、

「桂木さん、ちょっと協力していただけますか?」

そう言って奥の事務所に入って行った。

「少し気になることがいくつかありましてね」事務所に入るなり薫がふみに訊ねた。

「関先生は死後の処理をしてないみたいなんですよ」

「死後の処理?」

怪訝な表情のふみに薫は説明を加える。

「命を懸けて館長と決闘したんなら、死後の資産処理なんかをしておきそうなもんでしょ? でも一切していない。気になりません?」

「関先生がやったのではないかもしれないということですか?」

ふみにうなずいた薫は部屋の中を改めて見回した。壁に備え付けの棚にはかなりの本数の酒瓶が並んでいる。

「お酒がお好きだったんですね、館長は」

「父の唯一の楽しみでした」

俊一が答えた。

そんな会話を他所に、先ほどから右京は部屋のあちこちを観察して回っていた。

「これはどちらも宮本武蔵が描いた『枯木鳴鵙図《こぼくめいげきず》』の模写のようですねえ。館長と関先生がお描きになったんですね？」

壁に掛かっている二幅の水墨画の軸を指して右京が俊一に訊ねた。

「酔っぱらって、よくそんなことをしてました」

「へえ、そんなお茶目な一面もあったんだ。なんだか親しみを感じますね」

薫が右京に同意を求める。

「ええ。『剣聖』、『現代の侍』、そのような形容詞を聞くと、剣の道に没頭するあまり、あのような常軌を逸した行動に走る人物たちのように思えますが、本当の剣道家とはむしろ人一倍、常識やモラル、社会性を身につけているものではありませんかねえ。いかがでしょう？」

右京はふみのほうを振り返って訊ねた。

「わたしもそう思います。ですが、例の覚書が……」

「そうなんですよねえ。あれが問題なんです」

薫の言葉を引き取って右京が続けた。

「いずれにしろ近いうちにはっきりします」

「また押しかけると思いますが、ご協力お願いいたします」

頷くふみの後ろから俊一が薫に手を差し出した。

「よろしくお願いします」

切実な表情で言う俊一の手をぎゅっと握った薫は、

「はい！　任せておいてください」

と胸を叩いた。


あくる日曜日、右京と薫は吾妻心聖館の近くにある区民体育館にふみを訪ねていた。ふみは週に一回ここで子どもたちに剣道を教えているらしかった。

「道場にお伺いしたのですが、今日はこちらの剣道教室にいらっしゃるとのことでしたので」

右京が慇懃に礼をした。

「朝から生徒さんが来るんで、道場には寄らずに直接こっちに」

ふみはちょっと怪訝な顔でふたりの刑事を見た。

「剣道で子どもたちの心身を鍛える。素晴らしいですねぇ」

右京はふみを近くのベンチに誘った。

「実はですね、これについてご意見を聞かせてもらえないかなぁと思いまして」

　薫が胸ポケットから取り出したのは例の血判状を複写した写真だった。

「関先生は事件の三日前にこれを作ったって言ってました。なんで作ったその日に決行しなかったんですかね」

　単刀直入に訊ねる薫にふみが答えた。

「気持ちが揺れてたのかしら」

「あるいは、決行するつもりはなかったか」

　脇から右京が口を挟んだ。

「この紙、よく見ると結構汚れてるんですよね」薫は写真の隅のほうを指差した。「ほら、なんか油のシミみたいなのがベタベタ付いてるんですけども、なんだと思います？」

「さあ、わかりません」

「うちの鑑識の意見では、スルメイカの油ではないかと。おふたりともお酒がお好きでしたよね？」

「それが？」

　右京の言わんとしていることが一向に見えないふみは、訝しげに訊いた。

「事務所にあった火鉢の網、確かにスルメイカの匂いがしたんですよ」

　右京のことばを受けて、薫が言った。

「スルメイカを肴に酒を飲みながら、これを書いたんだとすると、関先生の証言とはちょっとニュアンスが違ってきちゃうんですよね」

「酔っぱらって模写したあの水墨画、あれと同じだったのではないでしょうか、この覚書も。無礼な言い方をすれば、『飲んべえふたりの悪ふざけ』」

「本当に無礼な言い方ですよ」

　ふみは初めて右京に対してあからさまに不快な表情を見せた。

「すみません。しかし、そう考えるほうが、ぼくとしては合点が行くんですよ。関先生は真犯人をかばうために、たまたま酔狂で作った覚書を利用なさったんじゃありませんかねえ」

「どう思います？」

　顔を覗き込む薫を、ふみはぐっと見返した。

「どうしてわたしに訊くんです？　もしかしてわたしのこと疑ってらっしゃいます？」

「おやおや」

　とぼけた調子で右京が答えると、ふみはキッと睨んだ。

「『おやおや』じゃありません。いいですか？　わたしの実力は館長の足元にも及びません。十本やって一本取れれば奇跡」

「しかし、それは防具を付けて竹刀で打ち合った場合の話ですよねえ。真剣の場合は話は別だと思いますよ」

反論する右京に、ふみはさらに反論した。

「同じですよ。むしろ館長のほうが真剣を使い慣れていた分、余計歯が立たないでしょう」

「ぼくが言っているのは技術論ではありません。相手を殺すということ、これは心と心の問題です。殺意があれば殺せる、なければ殺せない。問題はそこなんですよ」

このことばはふみの心に刺さったようだった。しばし無言で右京をじっと見つめ返したふみは、

「わたし、そろそろ行かないと。午後のクラスがあるんです」

そう言い残して去って行った。

四

〈株式会社ハルスポーツ〉。右京と薫が次に訪れたのは、道場の師範代である望月が経営しているスポーツ関連の企業だった。

「関先生が誰かをかばっている？」

ふたりから一連の説明を聞いて問い返した望月は髪をオールバックにした、剣士というよりもいかにもビジネスマンらしい男だった。

「あなたが吾妻心聖館の師範代になられたのは割と最近ですよねえ」

右京が何か含みをもたせた言い方で訊ねた。

「ええ」

「あの、ちょっと言いづらいんですけど……選手としてこれといった実績のないあなたがなんで師範代になれたのかな、なんて」

本当に言いづらい内容をさらりと言ってみた薫は、これも言いづらいことをさらりと答えた望月にぎょっとした。

「金ですかね」

「金？」

「うちの会社が買い取ることで話がついてたんですよ、あの道場。家も丸ごとね。都心で立地いいでしょ、あそこ。うちの会社の福利厚生施設になる予定なんです」

「福利厚生施設っていうと社員寮とかそういう類いの？」意外な話に目を丸くした薫はさらに訊ねた。「じゃあ道場は？」

「吾妻心聖館の名前は残して小さな道場を敷地内に建てる予定ですけどね。事実上、心聖館の歴史は終わりってことですよ。館長も息子の俊一くんも、わが社の社員として働いてもらう予定でした。近くに手頃なマンションを見つけて、引っ越すことになってましたし」

望月はあくまでビジネスライクに淡々と話した。この男に道場への愛着などないように見えた。

「そのことを他の先生たちは？」

「知ってたと思いますよ。納得できない人もいたみたいですが」

薫に訊かれてここは全部話そうと決めたのか、望月は、ここだけの話し、という感じで語り出した。

十日くらい前のことだった。夜、望月が稽古を終えて母屋に向かっていると、吾妻源一郎と桂木ふみの言い争う声が廊下を伝って聞こえてきた。耳を澄ますと、ふたりはこんなことを言っていたのだという。

——どういうことですか？

——決めたんだ。

——道場を売るなんて、そんな勝手な……。

——きみにはすまないと思ってる。きみに対する気持ちはいまも変わってない。

——わたしたちだけのことじゃないわ。どうなっても知りませんよ。

「それって桂木さんと館長が？」

薫の言わんとしているところは明白だった。

「吾妻心聖館館長夫人、それが桂木ふみの描いた夢だったとしたら……そんなふうに思いたくはありませんがね」

そこまで話したところで社員から呼ばれた望月は、ちょっと失礼、と言いながら、立ち去り際に下卑た笑いを浮かべてこう言った。

「出ばな小手打ち、桂木ふみの得意技です。もう天下一品。でも、それ以上に得意な技は男をたらし込むこと……だったりして。まあ館長も奥さんを亡くして長いから仕方ないか」

残された右京と薫は思わず顔を見合わせた。


警視庁に戻ったふたりは、刑事部長室に呼び出された。

「稽古をつけていただきに行ったまでです」

右京がしれっと答えると、内村は顔を真っ赤にして怒鳴った。

「見え透いたことを言うな！」

「本当ですよ。剣道の魅力にすっかりはまっちゃいまして」

薫が軽い調子で付け加える。

「部長も素晴らしい腕の持ち主でしたね」

右京のおだてに内村はちょっと表情を緩めたが、

「ですってね。もうなさらないんですか？　俺も部長に稽古つけていただきたかったたなあ」

　薫が軽薄な追従をすると、さらに不機嫌になった。

「やめろ」

「みんな言ってましたよ、部長の剣は勇猛果敢、決して下がらず前へ前へ」

　ちょっと薫は調子に乗り過ぎたようだった。

「うるさい！」

　という怒鳴り声とともに、丸めた書類で机を叩いた内村は、その拍子に自分の湯呑みを倒してお茶をこぼしてしまった。

　慌てたのは当の薫と脇に立っていた中園だった。

「ああ〜。雑巾、雑巾」

　薫が焦って倒れた湯呑みを立てると、中園が雑巾を捜してきて机の上のお茶を拭いた。

　そのようすを右京は鋭い眼差しでじっと見ていた。

「二度とあの道場には行くな。それだけだ」

　内村のことばを合図にふたりは、

「失礼します」

　と言って部屋を出た。ふたりに背を向けた内村が、ササっと小手を払う仕草をしたのを、中園は見逃さなかった。

「どうします？」

廊下に出た薫が上司の指示をあおいだ。

「攻め込みますよ」

「お、大丈夫ですか？」

「糸口は見えています」

そう告げると右京は先を急いだ。

五

「わたしと館長が恋愛関係にあった？」

道場でひとり、型の稽古をしていたふみは、訪れた刑事ふたりから望月が語った話を告げられて色めきたった。

「かつて素行のよろしくなかったあなたがこの道場に預けられて更生したのは、剣道の世界に魅せられたからというより、吾妻源一郎という男性に魅せられたからという見方は、まんざら見当違いでもないように思うのですが」

右京のことばでふみは開き直ることに決めたらしかった。

「もしそうだったとして、なにか問題ですか？　わたしも館長も独身です」

手にした木刀を壁の木刀立てに納めるふみに、薫が迫った。

「だが、あなたは裏切られた。館長夫人の夢ははかなく散った」

「なるほど。それで殺意を抱いたとおっしゃりたいのですか？」

「あなたは館長に型の稽古をつけてほしいとでも言って呼び出して、ズバッ！」

そこで薫は袈裟懸けのポーズをした。

「では、その説によると関先生はなぜわたしをかばっているんでしょうか？」

「こういうのはどうです？　無二の親友の名誉のため。痴情のもつれで女に斬られたとあっちゃ、剣聖吾妻源一郎の名も地に堕ちますからね。関先生と斬り合って果てたというほうが、よっぽど世間体がいい」

「素晴らしい。でも単なる仮説」

「はい、そのとおり。単なる仮説です」

「攻め方を変えたらどうです？」

なにやらふみが薫に稽古をつけているふうになってきた。

ふみの挑戦に、今度は右京が受けて立った。

「では、そうしましょう。あまり見たくない写真でしょうが」

そう言うと右京は内ポケットから現場写真を取り出して見せた。

「この写真、なんとなく不自然な気がしませんか？」

写真にはうつ伏せに倒れている吾妻の遺体のまわりに血しぶきが飛び散っているよう

すが写っていた。

「さあ」

ふみは首を傾げた。

「ぼくはずっと気になっていたんです。きれいすぎるんですよ、周囲の床が。至近距離で斬殺し、これだけの出血があったのならば、犯人の足にも血液が付着しそうなものですがねえ。ところが、ご覧のように足跡がどこにもありません。足跡というのは犯人を確定する重要なファクターになります」

「ましてや裸足であったなら、こりゃもう決定的」

薫が続けた。

「つまり?」

「用具室から雑巾を持ってきて、きれいに拭き取ったのではないでしょうかねえ。真犯人を示す証拠を」

そして右京と薫はふみを伴って用具室へ行った。

「まだ新しい雑巾ですねえ」

右京が壁に掛かっている真っ白い雑巾を指して言った。

「下ろしたばかりですから」

「あの日もこうだったんですよ」

右京はふみを見た。

「われわれが最初にここに来たときにも、ここには下ろしたての真新しい雑巾が掛かっていました」

「どういうことですか？」

ふみは何のことかさっぱりわからない、という表情をした。

「その人物は床の足跡を拭き取り、その雑巾を処分した後、新しい雑巾を下ろしてここに掛けたんです。雑巾が汚れたら新しいものを下ろす、それが一連の動作として習慣になっている人物の仕業に違いない、そう思いましてね。そんな人物は……」

右京のことばの途中で、ようやくふみは事態が飲み込めたようだった。

「わたしくらいでしょうね」

「さて、どう返します？」

有効な一撃を加えたものと、薫が攻めた。

「それ、確かですか？」

「はい？」

訝る右京に、ふみが一歩踏み込んだ。

「あの日、本当に新しい雑巾が掛けてありましたか？」

「記憶力だけは自信があるものですから」

「そりゃもう異常な記憶力で」

薫も加勢した。

「ずるいですよ。そんなの杉下さんが言い張ったら勝ちじゃありませんか。では、わたしはこう言います。あの日、雑巾は掛けてありませんでした。わたしも記憶力には自信があるんです。雑巾がないのが変だなと思ったんですよ。はっきり覚えてます」

「では、なぜおっしゃらなかったのですか？　ぼくはお訊きしましたよ。なくなっているものや変わった点はありませんか、どんな些細なことでも結構です、と。しかし、あなたは『特に変わったところはありません』、はっきりとそうおっしゃいました。そして確かに雑巾はここにありました」

「前の日です。館長が亡くなった前日の朝、新しい雑巾を下ろしたんです。思い出しました」

ひとつの嘘を繕うために、次の嘘がつかれる。その定石通りの展開になった。

「事件の前の日というと、日曜日ですねえ。あ、日曜日は体育館の剣道教室で道場にはお寄りにならない日のはずですが」

右京はふと思い出したように言った。

「余計なことをしましたね。無駄な動きは……」

「攻め込まれる隙を作る」

薫のことばをふみが引き取った。

「いま、関先生が逮捕時に着ていらした道着を調べ直す手続きを取っています。万が一繊維に染み込んだ汗や付着した体毛が検出できたら、ＤＮＡ鑑定が可能です。あの晩、あの道着を着ていたのは本当は誰なのか、はっきりします」

「降参。わたしの負けです」

「本当のことを話してくれますね？」

観念した様子のふみは薫に頷いてみせた。

「おふたりがおっしゃるとおりです。わたしがやりました」

そう言うなりふみは踵を返し、すたすたと道場を出て行きかけたのだが、ふたりの刑事が一向についてこないのを不思議に思って振り向いた。

「どうなさいました？」

「桂木さん。俺たちは本当のことを話してくれって言ったんです」

薫が言った。

「ですから本当のことを……」

「あなたが真犯人だっていうんですか？」

訳のわからないことを言う、とふみは薫を見た。

「あなた方が証明なさったんですよ」

「われわれが証明したのは、事後処理をしたのがあなただということです。あなたが犯人だとはまだ言っていません」

冷静に、論理的に語る右京に向かって、ふみは語気を強めた。

「わたしです！　わたしが犯人です！」

「厳格な警察官僚である父親からのプレッシャーが、あなたを一時の非行に走らせたのかもしれません。でも、あなたはそれをバネに、剣の道での厳しい修行に耐える強さをお持ちです。しかし世の中、あなたのように強い人間ばかりではありません」そこまで言って右京は言葉をきり、奥に向かって語りかけた。「違いますか？　俊一さん」

扉の陰から俊一が姿を現した。

「やっと出てきてくださいましたか」

「俊一くん、きみのこともいろいろ調べたんだ。きみはずっと登校拒否してたんだってね。高校も一度も行かず、わずか一か月で退学。それ以後ずっとこの道場で事務をしている」

俊一は薫のことばをうつむいて聞いているのみだった。

「ですが、われわれが事務所で見た帳簿や書類はすべて館長と桂木さんの筆跡です」

右京の示唆する先は、もうふみには見えていた。

「だとしたら、きみの仕事は一体なんなのか？」

「やめてください！」

薫のことばにかぶせるように、ふみが叫んだ。

「なにもしてない、ただこの家にいるだけ。違うかな？」

俊一は顔をあげて薫を見た。

「話していただけませんか？」

右京は静かに促した。

もう後がないと諦めた俊一は、最初はぽつりぽつりと、けれども時に取り乱したように激しく、自らのことを話し始めた。

「『トンビが鷹を生む』の反対。鷹がトンビを、いや、ウジ虫ですね。父から受け継いだものなんてなにもない！」

父源一郎の教育方針はかなり過激なものだった。けれども小さなころから体力もなく気も弱い俊一は、源一郎のしごきに耐えられるわけもない。道場で稽古をつけられている最中、何度泣いて逃げ回ったことか。そのたびに源一郎の叱責はますます激しくなった。俺の子が弱いはずがない。その揺るぎない自信が源一郎の心を鬼にした。

「ぼくはだんだん外に出られなくなりました」

俊一は当時を思い出して顔を歪めた。

「門弟のどなたに訊いても、きみがこの家から外出するのを見たことがないって言ってたよ」

　薫はうなだれている俊一に穏やかに語りかけた。

「館長があなたとの結婚に踏み切れなかったのも、おそらく俊一さんのことがあったからでしょう」

　右京のことばにふみは無言で応えた。

「そして、この道場も家さえも、館長は売り払うことを決めた。スポーツメーカーへの就職も」

　薫は吾妻源一郎の心中が痛いほどわかる気がした。右京が続けた。

「館長も苦しんでお決めになられたのでしょう。すべては俊一さんのためだと信じて。しかし、唯一の居場所を奪われたあなたはますます追い詰められた」

「ぼくだって強くなりたい。でも、怖いんだ。少しでも強くなれれば、父が考え直してくれるかもしれない。父が寝入った後、毎晩ここへ来て刀を振るようになりました。そして、あの晩、型の稽古をつけてほしいと頼んだんです」

　あの晩、俊一からの申し出が源一郎は嬉しかったに違いない。最初は軽く手合わせをするくらいの気持ちでいた源一郎だったが、やはり真剣を手にすると血が騒ぐのだろうか、次第に語気も荒く俊一を叱責していた。

——刃筋を通せ！　なんだ、そのへっぴり腰は！　生半可な気持ちで真剣を持つんじゃない！

床にへばりついた俊一は鬼のような形相の父親を見上げた。子供のころとなにも変わらなかった。自分はだらしのない弱虫だ……。

だが、そんな俊一を見下ろしている源一郎は、昔とは違っていた。「諦める」ということを知っていたのだった。

――おまえにはこの道は向いてないのだ。無理はするな。

優しく声をかけたつもりだった。けれどもその父親の言葉は俊一にとっては限りない侮蔑に響いてしまった。

俊一は泣き叫びながら真剣を振りかざして父親に向かっていった。

――落ち着け！　俊一。

俊一の剣をこともなげに叩き落とした源一郎は、慰めの言葉をかけようとしていたのだった。けれどもそのとき、思いもよらない言葉が俊一の口を衝《つ》いた。

――父さんがいたんじゃ、前に進めないんだよ。いつまでたってもウジ虫なんだよ！

源一郎はそのとき初めて、一瞬にして息子の苦悩を理解した。

――殺してください。お願いです。ぼくを斬ってください。

――すまなかった。

俊一は我を忘れて父親に真剣を振りかざした。その刃の下にいたのは、もう剣聖でもなんでもない、ただの父親だった。

血しぶきをあげて倒れた父親を見て、うろたえたのは俊一だった。

「なにがなんだかわからなくなりました。どうして父さんが死んでいるのか……ぼくは殺してほしかったんです。父さんに殺してほしかったんだ！」

「そしてあなたは桂木さんと関先生に相談した」

道場にかけつけたふみと関は、まず返り血に染まった俊一の道着を脱がせた。それから床に俊一の足跡が一切残らないように、雑巾できれいにした。

「馬鹿げてる。あんたも関先生も馬鹿げてる！　彼の境遇に同情する気持ちはわかる。けど、だからって無実のあんたたちが彼の罪をかぶるのか？　それがあんたたちの言う武士道ですかっ」

居たたまれずに薫が叫んだ。

「哀れな若君をお守りする侍を気取っていらっしゃるのならば、甚だ心得違いだと思いますよ」

「罪をかぶったわけではありません」

「はい？」

右京には意外なふみのことばだった。

「わたしたちも、こうなった責任からは断じて逃れることはできません。昔、俊一くんが一度だけ外へ出かけて行ったことがあるんです。勇気を出してアルバイトの面接へ。でも結局、交差点の真ん中でうずくまっているところを警察に補導されて帰ってきたんです」

源一郎を気遣ってやってきた関は、そのとき俊一にこう言ったのだった。

——余計なことをしなくてもいい。この道場の名前に泥を塗らなければ、それでいいんだ。

そしてふみも、こう言ったのだった。

——あなたはこの道場の事務。そういうことでいいのよ。ね？　外になんか出なくて大丈夫。

その一言一言が、どれだけ俊一を傷つけていたことか……。

「俊一くんをここまで追い込んだ責任は、わたしたちにもあるはずです」

うなだれる桂木を見て、俊一はきっぱりと言った。

「ぼくです。悪いのは誰でもない。卑怯にも逃げ隠れしました。申し訳ありませんでした」

そして深々と頭を下げた。

「いつから、彼だとお思いになったのですか？」

伊丹をはじめ捜査一課の三人が俊一をパトカーに乗せて連れ去るのを静かに見送ったふみが、右京に訊ねた。

「最初に目をつけたのは亀山くんなんです」

薫がちょっと照れくさそうにふみを見る。

「彼、剣道をやらないはずなのに、よろしくお願いします、といって俺の手を握ったとき、小指と薬指の付け根にいいマメができてたんですよ。俺も最近できたんで」

自分の掌を見せた。

「あるいは、あのとき俊一さんは罪を告白しているつもりだったのかもしれませんねえ」

黙って頷くふみが、右京の視線に応えた。

「わかってます。わたしも罪を償います。でも、その前に杉下さん」

「はい？」

「お手合わせ願えます？」

意外な申し出に右京はもちろん驚いたが、それ以上に虚を衝かれたのは薫だった。右京がふたつ返事で受けたからだ。

ふみと右京は道場の庭に出て木刀を合わせた。右京はスーツの上着を脱ぎ、サスペンダー姿である。

　合わせたまま、ふたりとも微動だにしない。もしかしたら、本当に達人かもしれない。薫はゴクリと唾を飲んだ。その瞬間、さっとふたりの影が動いたと思ったら、ふみの木刀が宙に高く舞い、カラリと落ちた。

「なんだ、いまの？」

　薫は我が目を疑った。素手のふみの喉元に右京の木刀の切っ先がピタリと添えられている。

「巻き技……」

　ふみが呟いた。

「これだけを一生懸命練習したんです」

「賢明ですね。参りました。どうぞお連れください」

　ふみは深く頭を下げた。

「汗を流してお着替えになってはいかがでしょう？　あなたが逃げ隠れするとは思っていませんから」

　特命係の小部屋では、角田が薫を相手に紙を丸めた剣で実演していた。

「相手の竹刀を巻き込むようにして手元から竹刀をもぎ取る……これが巻き技だよ。手首の返し、これが肝なんだな」

「でも結局はそれだけでしょう？　達人とは言えませんよ」

　薫はこだわっている。

「ぼくは打ち合っても強いんですよ」

　椅子に深々と座り紅茶を飲んでいた右京も後に退かない。

　そこに大きなふろしき包みを抱えた伊丹が無言でツカツカとやってきて、その包みをドスンとデスクに置き、また黙って出て行った。

「なんだ、あいつ？」角田が呆れる。

　ふろしきの中身は桐の箱で、薫が蓋を開けるといかにも高そうなマスクメロンが収まっていた。

「フッ、未熟者め」

　頬を緩めた薫が呟いた。

第八話

「赤いリボンと刑事」

一

「きみは文句が多いですねえ」

亀山薫はずいぶん久しぶりに杉下右京からこのせりふを引き出した。思い返せば、特命係に配属された当初はこの風変わりな上司からなにかにつけこう言われていたのだった。

それは徹夜明けの朝、首都高速に乗って帰る途中のこと。組織犯罪対策五課の角田《かくた》六郎の指示で夜通し麻薬の売人の自宅に張り込んでいたのだが、当の売人は愛人の家で逮捕されたのである。

「だから俺は言ったんですよ。自宅になんかノコノコ帰るわけはないって。いつもこんな仕事ばかりさせられて。上層部《うえ》ももう少し俺らの実績を認めてくれてもいいじゃないですかねえ」

ここで先ほどの右京のせりふとなるのだった。

「まあ、イライラを鎮めるには美しい曲に限りますよ」

右京は助手席からカーステレオに手を伸ばし、チャンネルを探した。クラシック好きの右京がかねて愛聴している朝のラジオ番組『モーニング・クラシック』がちょうど始まる時刻だった。チューニングが合うと、スピーカーから「アメイジング・グレイス」の美しい旋律が流れてきた。

——おはようございます。十一月六日、時刻は午前八時を回りました。本日もここ、日比谷のスタジオからすてきな曲を皆様にお届けして参ります。

女性DJの声が耳に心地よい。曲が終わるとリクエストのコーナーに入った。東京都の山田という男性が、バッハの「アヴェ・マリア」を挙げてきていた。電話でリクエスト者がその曲についての思い出を披露するというのがお定まりなのだが、今朝に限ってなにやら不穏な空気がスピーカーから伝わってきた。

——実は……昔、人を殺したんです。

女性DJが思い出を訊ねると思いがけない答えが戻って来た。

——はい？　なんとおっしゃいました？

——見知らぬ若い女性を、この手で殺しました。

——山田さん、ご冗談は。

——本当です。十五年前のことです。女性を尾行して、マンションの廊下で襲ったんです。逃げる彼女を屋上まで追いつめて、転んだところで後ろから首を絞めました。首を絞めている間、ずっと頭の中で「アヴェ・マリア」が鳴り響いていました。あの旋律が……。ぼくはいま、彼女を殺した場所に来ています。この思い出の場所でぜひ、「アヴェ・マリア」が聴きたい。そしてあの瞬間の興奮を思い出したいんです。

――山田さん、冗談はそのくらいで。

女性ＤＪは明らかに狼狽していた。しばらくの沈黙のあと、山田と名乗る男はちょっと笑って、

――ええ、冗談ですよ。付き合ってくれてありがとう。

言うなりいきなり電話を切ってしまった。

「ったく、タチの悪い冗談っすねえ」

薫が吹き払うように言うと、一瞬凍りついた車内の空気が解けた気がしたが、右京の表情はまだ強ばったままだった。前方を睨んだまま武者震いをすると、薫に鋭い声で命じた。

「亀山くん！　橘町へ向かってください」

同じラジオを同じ時刻に聴いて、やはり凍りついた別の人間がいた。しかも彼は病院のベッドの上だった。山田と名乗る男が電話を切ると同時に、慌てるあまり震えた指でナースコールのボタンを押した。看護師が駆けつけると「警察だ、警察に連絡してくれ！」と叫び、腕に付いている点滴の針を引き抜いてベッドを降りようとするのを看護師が必死で引き止めた。

その病人の名前は高岡義一《よしかず》。警視庁捜査一課の刑事である。

薫の運転する車は右京のナビゲートによって橘町のとあるマンションに着いた。着くなりエレベーターに飛び乗り屋上へ向かう右京を薫は必死で追いかける。

「この場所で過去に殺人事件があったんですか?」

屋上に着いた薫は右京の背中に訊いた。

「〝橘町女子大生殺人事件〟。十五年前の未解決事件です。一九九一年十一月、このマンションに住んでいた二十歳の女性が何者かに首を絞められて殺害されました。先ほどのラジオで男が語っていたのは、その話の内容から見て、その事件のことだと思われます」

右京の解説が終わるか終わらないかのうちに屋上のドアがバタンと勢いよく開き、捜査一課の三人組が三人とも息を切らして現れた。

「はあ、はあ、はあ……」

中でも一番最初に登ってきた伊丹憲一は、なにかを必死に訴えようと口をぱくぱくさせているが、声にならない。

「え? はいはいはい、『朝から亀山くんに会えて嬉しいです』ってか?」

薫が耳に手を当て、こんなに楽しいことはないという表情で伊丹をからかった。

「ふ、ふ、ふざけんな！　ったくどこにでも現れやがって」

やっと息が落ち着いた伊丹が毒づいた。

「まったくいつもいつも先回りしてくれますね、警部殿」

二番目に登場した三浦信輔の呆れ顔を振り向いて右京が言った。

「あなた方もあのラジオをお聴きになったのですか？」

「いえ、一課に連絡があったんです。高岡刑事から」

三番目の男、もっとも若手の芹沢慶二が言った。

「高岡刑事？　たしか病気で入院していると聞きましたが」

「病院でラジオ聴いてたみたいで……」

「てめえ、ベラベラしゃべってんじゃねえよ！」

あまりにも素直に口を割る後輩の頭を、伊丹がパシリと叩く。

「どうやら、ただのイタズラではないようですよ」

右京が指差した先に皆が目を向けると、鉄製フェンスの柱に結ばれた赤いリボンが、風にひらひらとはためいていた。

「十五年前の事件も、凶器は赤いリボンでした」

そのひと言に、捜査一課の三人は慌ててその場を後にした。

二

警視庁に戻った特命係のふたりは早速十五年前の事件の資料を当たってみた。当時で三百人体制の捜査というから、かなりの大掛かりな陣容である。被害者の長沢智世には目立ったトラブルもなく、犯人の目撃証言も皆無であり、凶器から採取された指紋にも前科はないということで、いわゆる〈迷宮《オミヤ》入り〉となってしまった。

転倒した被害者を背後から絞殺したこと、凶器に使われたのが赤いリボンだということも当時マスコミには発表されなかった。ということは、それを知っていた今朝のラジオの「山田」と名乗る男が真犯人である可能性は高い。

事件当時、マンションの防犯カメラに映っていた画像が、スチールとなってファイルに入っていた。ツバ広の黒い帽子と布で覆われた顔は判別不能である。首に赤いマフラーを巻いているのがもうひとつの特徴であった。

「時効まで、一か月弱」

右京が呟いた。

「タイミングがいいですね。つい先ほど防犯カメラの映像が届いたところです」

鑑識課の米沢守が嬉しそうにパソコンから顔をあげて振り返った。

「そう思ってお邪魔しました」

「さすがです」

右京と米沢が気心の知れた者同士の目配せをした。

「では早速」

身を屈めてパソコンをのぞき込む右京にすかさず、

「準備してあります」

と米沢が応える。

「さすがです」

今度は薫と米沢が共犯者に似た目線を交わした。

「七時五十五分、怪しい男がマンション内に入りました。顔はよくわかりませんが、手にもっているのは携帯ラジオだと思われます」

米沢がパソコンを操作し、今朝橘町のマンションの防犯カメラにおさめられた映像を再生した。映っている怪しい男は黒い帽子に赤いマフラー、十五年前の犯人とまったく同じ服装である。早回しをしてみると、その後何人かの住人がエレベーターを使用しているが、先ほどの男の目撃情報はないとのことである。さらに先に回すと再び怪しい男が出て来た。時刻表示を見ると八時二十一分。すなわち男は二十六分間だけマンションに滞在していたことになる。

「そのうち二十分間が『モーニング・クラシック』のオンエア時間と重なります。屋上に登って電話をかけ、『アヴェ・マリア』を聴き終わってフェンスに赤いリボンを結びつける。時間的に不自然じゃありませんね」

米沢が黒いセル縁の眼鏡をずり上げた。


「それにしても不思議だと思いませんか？　犯人はなぜ時効を間近に控えた今頃になって、ラジオ番組に電話などしてきたのでしょう？」

特命係の小部屋に戻った右京はアッサムのカップをテーブルに置いて薫に訊ねた。

「ああ、そりゃあれでしょ。自己顕示欲。よくいるでしょう。警察に声明文を送りつけたりして世間を騒がせたがる馬鹿やろうが」

コーヒーメーカーからマイカップに注いだコーヒーを口に含んで薫が答えた。

「十五年も経ったいまになってですか？」

「ですよね。う〜ん」

首を捻りながら答えを探す薫を、スーツの上着に腕を通した右京が「参りましょうか」と促した。カップに残ったコーヒーを急いで飲み干し右京について部屋を出ようとしたところで、隣の組織犯罪対策五課の課長、角田《かくた》六郎とぶつかった。

「暇じゃありませんよ」

薫が角田の十八番《おはこ》を先取りして言った。

「あっ、あ、そう。え？　どっか出かけるの？」

出端をくじかれた角田が置いてけぼりを食った子供のような目つきになった。

「高岡刑事のところへと思いまして。橘町事件について少々お訊きしたいことがあるものですから」

右京が挨拶代わりに説明した。

「高岡刑事？　ああ、捜査一課の。あの人もこの事件のせいで人生おかしくなっちまったもんなあ」

意外な角田のことばに、右京は足を止めた。

「いや、刑事にはよくある話だよ。捜査に没頭して女房子供を顧みなくなる。気がつけば家庭での信用はゼロ。お前も気をつけろよ」

胸をトンと突かれて薫は心外だと言わんばかりに口を尖らせた。

「俺は大丈夫っすよ、信用されてますから」

「いやいや、油断は禁物だよ。いくら犯人捕まえても女房に逃げられちまったらおしまいだよぉ」

調子に乗る角田の肩を薫がつついて顔をしかめた。目で右京を指している。

「あ、悪い悪い」

角田が気づいて首をすくめた。右京は飲み残しの紅茶のカップに口を付けて、

「ぼくは別に、逃げられたわけではありませんよ」

と澄まし顔である。

「だよねえ」

角田は繕ったつもりだが、薫からわき腹に肘打ちを食らい頭を掻いた。

「では行きましょうか」

改めて小部屋を出ていく右京の後を薫が追った。

「おう、行ってらっしゃい。あ、留守は、任せて」

角田は愛想よく手を振った。


「くそっ！　私がこんなざまじゃなければな」

城西総合病院に高岡を見舞った右京と薫がラジオの男の足取りは未だつかめていないことを報告すると、高岡はベッドを叩いて悔しがった。顔は憔悴《しょうすい》していたし、短く刈った髪に混じる白髪はもみあげから顎鬚にまでつながっていたが、鋭い眼差しと意志の強そうな口元が、まだまだ現役の刑事のにおいを醸し出していた。

「橘町事件に関する資料を拝見いたしました。捜査は当初から極めて難航されたそうですね」

特命係の噂は聞いていたのだろう、最初は胡散臭そうな目を向けていたが、右京の的を射た質問に、高岡は次第に胸襟を開いていった。

「最初のボタンをかけ間違えたんだ」

高岡は素直に自分の過ちを認めた。事件発生当時、捜査本部は犯行の動機を怨恨と判断し、被害者の周辺を徹底的に洗ったのだが、その判断を下したのは高岡だった。被害者に性的暴行を受けた形跡はないこと、所持品も盗まれていなかったことから、恨みによる犯行だと推測したのである。けれども調べれば調べるほど、通り魔的犯行の疑いが強くなった。にもかかわらず、捜査本部はなかなか方針を変えようとはしなかった。その理由を訊ねた右京に高岡が答えた。

「初動捜査のミスを認めるのは、プライドが許さなかったんだ」

「プライド……ですか?」

脇で薫が少々怒りを含んだ小声をたてた。

「そうだよ、腐ったプライドだ」

自棄的に吐き捨てた高岡のせりふは、そのことについてはもう充分悔やみ尽くしたという感じのものだった。

「失礼ですが、こちらの病院に入院されたのはいつでしょう?」

「五日前だ」

思わぬ角度からの右京の質問に、ちょっと呆気に取られたふうに高岡は答えた。

「ご存じの方は?」

「あ?」

「あなたが入院されたことをご存じの方です。身内の方は皆さん当然ご存じでしょうねえ。捜査一課も皆知っている。その他には親しいご友人に報告はなさったのでしょうか?」

その質問に及んだとき、高岡は意外なほど激しい感情のブレを見せた。

「私のことはどうでもいい。それよりこんな所にくる暇があったら、聞き込みにでも行ったらどうなんだ、こうしている間にも、時効は迫っているんだぞ!」

「どうか、興奮なさらずに」

掛け布団の上から右京が押さえにかかるほど、高岡の昂りは激しかった。変化に気がついた看護師がドアの外から様子を見に来た。

「早く行ってくれ!　早く!」

そう言って高岡は窓の方を向いてしまった。

「俺にもわかんないっす。なんであんな質問したんですか?」

病室を出て廊下を歩きながら薫が訊いた。

「高岡刑事が入院して間もなく、犯人を名乗る男からラジオ番組に電話がかかってきた。

タイミングが合いすぎると思いませんか？」

「あっ！　犯人は高岡さんの入院を知る者の中にいる？」

「もちろん、まだ確信はありませんが」

　薫はようやく気がついて膝を叩いた。


　右京と薫は高岡の唯一の家族であるひとり娘のちひろを訪ねることにした。高岡ちひろは都内のブティックに勤めていた。ふたりが身分を明かすとちひろはうんざりとした顔で店長に休憩を申し出て、ふたりを外に誘った。

「お父様、早く回復されるといいですねえ」

　慮《おもんぱか》った右京の言葉に、ちひろは意外なほどぶっきらぼうに応えた。

「わたしには関係ありません。十年も顔を合わせてないと、もう他人と一緒ですから。それにこの先もあの人に会うつもりはありません」

　この親子の間には相当な溝が横たわっている、と薫は思った。

「唐突な質問で恐縮ですが、お父様の入院について、どなたかにご連絡されましたか？」

「まさか。報告したのは母の仏壇にだけです」

　右京の視線を外して、ちひろはちょっとあざ笑うような表情をした。

「失礼ですが、お母様はいつ？」

「十四年前です。父を失ったのも同じ日でした」

父を失った？　どういうことだろう？　ふたりの疑問はちひろの口から語られた過去の出来事で解けた。

十四年前、それは高岡刑事が橘町殺人事件の捜査に取り組んでいる真っ最中のころだった。その晩、重病に侵されていたちひろの母親は、入院先の病院で危篤に陥っていた。ちひろはナースセンターから呼び出された電話の受話器を握っていた。ポケットベルを鳴らしてようやく捕まった父親が、公衆電話からかけてきた電話だった。高岡が難しい事件に取り組んでいることはちひろも知らないわけではなかった。けれどもこんなときくらい、母親の枕元にいてくれてもいいではないか……ちひろは泣き叫んで父親に懇願したが、張り込んでいる現場に犯人が戻ってきた、というひと言を残して高岡は電話を切ってしまった。

「それから二時間後、母は息を引き取りました。あの人が張り込みから帰って来たのはその翌朝。結局犯人だと思っていた男は、事件とはなんの関係もなかったそうです。母はあの人を待ちながら死んで行った。あの人も同じ思いをすればいいんです。こない娘をずーっと待ち続ければいいんです」

憎々しげに言い捨てるちひろに、過剰なものを感じた薫は、

「いやあ、そこまで言わなくても」

と思わず声を漏らしたが、それを無視したちひろは、

「すいません。仕事がありますので」

きっぱりと言って背を向けた。

「あっ、あとひとつだけ」

引き止めた右京が、高岡の入院を誰から聞いたかを訊ねたところ、刑事から、という答えを得た。


警視庁に戻った右京と薫が向かったのは、捜査一課のフロアだった。ちひろに会いに来た刑事の人相を訊ねたところ「なんか怖い顔した人」だと聞いて、ふたりともピンときたのだった。

「もしや、あなたのことではないかと思いまして」

慇懃に訊ねる右京に、伊丹はふたつみっつ咳払いをした。隣では薫が愉快この上ないという顔で笑っていた。

「会いに行ったらなんだってんです？」

「高岡刑事の入院を、疎遠になっているお嬢さんにわざわざ報告に行った……ずいぶん気が回ると思いましてね。なにか理由でもおありだったんですか？」

「頼まれたんですよ、高岡さんに」

伊丹に代わって答えたのは三浦だった。会いに来て欲しいとは言わない、ただ知らせるだけでいい。高岡はそう言った。もうひとつ、被害者の長沢智世の遺族に会って、時効を目前にして捜査に戻れない自分が詫びていたと伝えて欲しいと頼んだとのことだった。あの人たちは自分がいつか真犯人を捕まえると信じてくれていた、と涙まで流していた。

「捜査中にばったり倒れて。あの人、もう長くないらしい」

三浦が悲痛な表情で言った。

「手術もなにもかも、もう手遅れだとよ。いままで動いていたのが不思議なくらいだ」

こういう話に弱い伊丹は、泣きそうな自分を悟られまいとつとめてぶっきらぼうな態度になった。

「それ、お嬢さんには話したのか？」

薫がそう訊ねると、

「言える訳ないだろ、そんなことを！」

伊丹は一喝した。

三

右京と薫は高岡が気にしているらしい被害者の遺族を訪ねてみることにした。被害者の母親、長沢苑子は応接間に通したふたりの前に、山のような手紙を重ねて置いた。どれも皆、高岡刑事からの手紙だった。この十五年間、毎月のように届いていたという。

「消印はどれも二十七日。智世さんの月命日ですね」

封筒を確かめながら右京は、そういえば高岡の病室にかかっていたカレンダーにも、二十七日のところに赤い丸がついていたことを思い出した。

「智世のお墓にもよくお参りしてくださいました。本当にいい方で。ご病気と聞いたときにはもうみんな驚いてしまって」

悲痛な思いを胸に秘め、しかも温厚さを保っている苑子の言葉に、右京は少々引っかかりを抱いた。

「失礼。『みんな』というのはあなたとご主人と？」

「すぐに西さんにも連絡したんです。そしたら……」

「あ、すいません。西さんというのは？」

薫の疑問には右京が答えた。

「婚約者でしたね。智世さんの」

「ええ、十五年前の」

警視庁に戻ったふたりはもう一度捜査資料を詳しく当たってみることにした。西京介は被害者の婚約者にもかかわらず、十五年前に容疑者として取り調べを受けていた。捜査が怨恨の線で進められたために、身近な人物から疑われたのだった。しかしすぐにアリバイが証明されて疑いは晴れている。

「お待たせしました。今朝の『モーニング・クラシック』の同録です」

そのとき、米沢が特命係の小部屋にＩＣレコーダーを持ってやって来た。そこに入った音声データを聞いたふたりは、西京介を訪ねてみることにした。

「警察の方が？　一体どういったご用件ですか？」

オフィス街の大手企業に勤める西京介は、受付を通して面会に来たふたりを休憩室に招き、多少の警戒を込めて言った。

答える代わりに、薫は先ほど米沢から受け取ったＩＣレコーダーを西の眼前に差し出して、再生スウィッチを押した。今朝の『モーニング・クラシック』の「山田」の声が流れた。それはまさに西の声そのものだった。

「あなたは今朝、事件現場からラジオ番組に電話をした。そして十五年前の犯人と同じ服装で防犯カメラに映り、十五年前の凶器と同じ赤いリボンをフェンスに結びつけた」

薫はスウィッチを切って西に詰め寄った。

「事件当時、マスコミにも発表されなかった犯行の状況を、あなたは詳しくご存じだった。なぜならば、容疑者として取り調べを受けたからです。その際の情報を利用して、巧みに犯人のフリをなさったんですね」

右京がさらに問い詰めると、西は顔面を蒼白にした。

「意外と、早くばれるもんですね」

けれどもそのすぐ後には諦めたような、肩の荷が降りてさっぱりしたような表情で呟いた。

「西さん。お詫びしなければなりません」

「は？」

右京の言葉に西は首を傾げた。目の前の、自分を糾弾してしかるべき刑事が、逆に頭を下げている。

「十五年前、恋人でありながら容疑者扱いされたあなたのご心痛がいかばかりだったか、察するに余りあります。警察官のひとりとして深くお詫びいたします」

西は深いため息をついた。

「十五年前、高岡という刑事も、そうやって頭を下げてくれました。そして約束してくれたんです。いつか必ず自分が犯人を挙げると。この十五年間、僕は彼の言葉を信じ、ずっと待ち続けていました。しかし数日前、長沢さんから高岡刑事が入院したことを知らされて、頼みの綱が切れてしまった。こうなったら自分で警察を動かすしかないでしょう？　犯人を装って挑発的な行動を取れば、警察はもう一度あの事件を大々的に捜査せざるを得ない」

「警察を動かすために、あんな狂言をしたんですか？　お気持ちはわかりますけどねえ」

ため息をつくのは、今度は薫のほうだった。ところが西はいきなり、そんな薫の胸ぐらを摑まんばかりに興奮して叫んだ。

「あんた、恋人を殺されたことがあるのか！　どうして智世が殺されなきゃならなかったのか……僕はこの十五年間、ずっと答えを待ち続けた。諦めろって言うのか？　このままなにもせずに諦めろって言うのか？」

そう言って泣き崩れる男を、薫も右京も黙って見守るしかなかった。

四

その夜、薫はなかなか寝付けなかった。高岡刑事のことが頭を離れなかったからである。自分も刑事として常に最善の努力をしているつもりである。捜査に熱中するあまり、たとえば美和子にも寂しい思いをさせてしまうことだってあるかもしれない。それもみな仕事を全うするためなのだ。その結末が高岡のようなことであるならば、刑事という仕事はなんて悲しくて因果な商売なのだろう。

　翌朝登庁するまえに、ほとんど徹夜に近い眠い目をこすって薫はちひろを訪ねた。ちひろにぜひ高岡を見舞って欲しかったのである。

「何度も言わせないでください！　あの人に会うつもりはありません」

　薫の申し出はけんもほろろに断られた。

「顔を見せるだけでも。このとおりです」

　薫は深々と頭を下げた。

「やめてください。なんであなたがそこまでするの？」

「いや、とにかく、あの……」

　そのとき携帯が鳴った。着信を見ると右京からである。

――高岡刑事が病室から姿を消しました。彼はまだラジオ番組に電話をしてきたのが橘町事件の犯人だと信じています。

「まさか。捜査に？」

――例のマンションに向かったと思われます。

　無謀すぎる。薫は舌打ちをして携帯を切った。

「放っとけばいいんです。あんな人、放っておけばいいんです！　心配なんかしてあげる必要ありません」

電話の内容を察して叫ぶちひろに、

「もう長くないそうです、お父さん。たったひとりの家族に最後まで嫌われ続けるなんて、あんまりっすよ」

そう言い残して薫は駆け出した。


橘町のマンションにひと足早く着いた薫はマンションの屋上に登ってみたが、高岡の姿はなかった。エレベーターで一階まで降りたところで右京と落ち合った。報告を受けた右京がマンションのエントランスを出て周囲を見回すと、五十メートルほど離れた路上にトレンチコートを着た高岡が倒れそうになりながら歩いているのが見えた。

薫と右京が急いで駆け寄ると、息も絶え絶えの高岡は救急車を呼ぼうとする薫を制して言った。

「タクシーを、タクシーを捜してくれ。近所の住人が、奴がタクシーに乗るところを見ていたんだ」

そこへ現れた捜査一課の三人に高岡を委ね、右京と薫はその場を離れた。

警視庁に戻ったふたりは鑑識課の部屋に行き、米沢に頼んで橘町のマンションの防犯カメラに映った映像を再び見せてもらっていた。画像には、西が扮した黒いツバ広帽に赤いマフラーの男がエレベーターを降りて来て、エントランスを出てタクシーを拾うところがしっかり捉えられていた。そして、この間は気に留めなかったが、西と入れ替わりにタクシーを降りて来た男がいた。コートを着たその男はマンションに入りエレベーターを使っていた。

「この男性はなぜこんな早朝にタクシーを飛ばしてこのマンションに駆けつけたのでしょう」

右京が謎かけをした。

「住人の誰かに用事があった。あるいは住人の朝帰り？」

薫が答えた。

「どちらもあり得ますねえ。しかし、もうひとつの可能性は考えられませんか？」

薫は首を捻った。

「あのラジオを聴いてマンションに駆けつけた可能性ですよ」

右京の眼鏡のメタルフレームがわずかに光った。

ふたりは〈飛鳥タクシー〉という会社の事務所を訪ねた。西が拾ったタクシーの会社を覚えていたのだ。そして彼と入れ替わりに降りて行った男がマンションに入っていったことも確認がとれた。その西を乗せたという運転手が幸運にも車庫に戻っていて、すぐに話を聞くことができた。

「ええ。マンションの前でお客を降ろしましたよ」

「そのお客さんというのは六十歳くらいの男性ではありませんか？」

「そうです。上品な感じの」

後ろ姿しかわからない防犯カメラの映像から得た右京の印象は、当たっていた。

「その方を乗せた場所、覚えていらっしゃいますか？」


「石黒」という立派な表札のかかった家が、タクシーの運転手が〝上品な客〟を乗せたところだった。表札にふさわしく家そのものも大した豪邸である。インターフォンを押すと家政婦が出て、主人はあと三時間くらいしたら戻るという。また出直すことにして、とりあえず家の前を通りかかった犬を連れた主婦にさらりとこの家のことを聞いてみることにした。

「こちらのお宅、ずいぶん立派なお屋敷ですねぇ」

犬を上手に誉めたあと右京が訊ねたので、気を許した主婦は口が軽くなっていた。

「金持ちですもの。石黒ギフトの社長さんのお宅。知らない？　ほら、コマーシャルやってるじゃないですか。『赤いリボンで心を繋ぐ』っていうやつ」

「ああ、あのコマーシャルね」

主婦受けのする薫がご愛嬌でコマーシャルソングを真似てみせた。

「あーかいリボンで……ん？」

思わず薫は右京と目を見合わせた。

「こちらの家族構成、おわかりになりますか？」

「は？　なんなの、あなた方？」

さすがに警戒心をもった主婦だが、ふたりが警察手帳を示すと逆に安心したのかスムーズに話を聞き出せた。妻は亡くなって、世帯主の一人暮らし。息子がひとりいるが、城南大学からアメリカの大学に留学したまま いまもあちらにいるらしいとのことだった。

ふたりはその主婦に丁寧に礼を述べて踵を返した。


捜査一課の三人は高岡を見舞った帰りに歩道を歩いていた。ラジオ番組に電話をかけてきた「山田」の正体は西京介だったことを高岡に告げに来たのだった。案の定高岡は歯ぎしりをして悔しがった。時効まであと二十日。カレンダーには過ぎてゆく一日一日にマジックで×印が付けられていた。

「やりきれんな」

三浦がため息を吐いたとき、伊丹の携帯が鳴った。

——杉下です。

「へっ、特命係の杉下警部がなんの用ですか？」

伊丹が出ると、右京はいきなり用件に入った。

——至急、調べてほしいことがあります。ある人物の消息について。

「あいにく俺らは特命のパシリじゃないんでね」

伊丹は皮肉たっぷりに答えたが、通話口の向こうはどうもいつもと雰囲気が違う。

——橘町事件のことです！

ピシリと厳しく言い放つ右京の声に、伊丹も猶予ならぬなにかを感じたのだろう。

「はい」と素直に応じると、芹沢をこづき、「お、おい、ちょっとメモ、メモ！」

「今から名前と現在わかっている情報を申し上げます。名前は石黒信也。父親は石黒ギフトの社長、石黒久雄。日本での最終学歴は城南大学経済学部中退。以上です。よろしくお願いします」

「右京さーん、当時のゼミの教授、まだいました。話、聞けそうです」

薫が走ってきた。ふたりは城南大学のキャンパスに来ていたのである。

五

再び石黒家を訪れた特命係のふたりは、眩しいくらいに陽光が差し込んだ応接室に通された。いかにも高価そうな家具調度はすべて白で統一されていて、光の眩しさをいや増していた。

お茶を運んで来た家政婦が下がると、熟年と言っていい年頃の男が現れた。この家の主、石黒喜久雄である。なるほど、品がよい出で立ちがいかにも社長という風情だった。

「警察の方が、何の用です？」

足を痛めたのだろうか、片側に突いた杖を外してゆっくりとソファに座った石黒は、ちょっと威圧的な口調で質した。

「唐突なお話で恐縮ですが、昨日の朝、タクシーで〈ラフィネ橘町〉というマンションへ行かれましたね？」

開口一番、右京が切り出した。

「防犯カメラにあなたの姿が映ってました」

こういう高飛車な男は薫のもっとも嫌うところで、すでにどことなく態度が挑戦的になっている。

「友人を訪ねたんです。それが何か？」

なんだ、そんなことか、と言わんばかりに石黒は体を反らせた。

「その方のお名前と部屋番号を教えていただけますか？」

こういう高飛車な男を落とすのをもっとも得意としている上司が問うた。

「お教えする義務はありません」

紋切り型の答えに、薫は内ポケットから一葉の写真を取り出し、石黒の前に置いた。

それはどこか学生食堂のようなところで撮られた集合写真だった。

「十五年前の写真です。左に写ってらっしゃるのは、あなたの息子さん、石黒信也さんですね？」

これは意外だったのか石黒はおもむろに老眼鏡を取り出して写真をじっと見て、薫に訊ねた。

「この写真をどこで？」

「城南大学の教授にお借りしました。一九九一年、ゼミのメンバーで写した写真だそうです」

右京は城南大学で教授に聞いた話を口にした。この写真が撮られた半年後に石黒喜久雄の息子、信也は書きかけの論文もそのままに理由も告げずに休学届を出し、アメリカに留学してしまったのだ。

「一体、なにをお調べなんですか？」

石黒は訝しげに眉を曇らせて訊ねた。

「橘町事件です」

右京が答えると、間髪をいれずにひと際大きな声を出した。

「なんです？　それは」

「一九九一年十一月、調布市橘町で女子大生が殺される事件がありました。あのマンシヨンの屋上が殺害現場でした」

正確に述べる右京に薫が続けた。

「事件の半月後、息子さんは日本を離れている。まるでなにかから逃れるように」

石黒はさも愉快そうにふたりの刑事を睥睨《へいげい》し、大きな笑い声を上げた。

「ハハハ……呆れましたね。息子がこの事件と関係があるとでもおっしゃるのですか？」

「そう仮定すれば昨日のあなたの行動にも説明がつきます。昨日、あなたはたまたまラジオのクラシック番組をお聴きになっていた」

右京の語勢は徐々に強まり、説明に迫真力をもたらした。

「会話の中で男は明らかに橘町事件のことを語っていた。それを聞いたあなたは混乱した……この人物は一体何者なんだ、息子と繋がりのある人物なのだろうか？」

そこで言葉を切り、左手の人差し指を一本立てる。

「真相を確かめるべく、あなたはタクシーを呼び、事件現場のマンションに駆けつけた。しかし、ラジオに電話をしてきた人物はすでに屋上を去った後だった」

それを聞いていた石黒はしばらくの間呆気にとられて黙っていたが、我を取り戻して軽蔑したような声で、鼻で笑いながら言った。

「フン！　ばかばかしい。もう結構。お引き取り願いましょう」

「もう一度、写真を見ていただけますか」薫が制した。「ここにひとりの女性が写り込んでいます。事件の被害者、長沢智世さんですよ」

石黒は再び老眼鏡をかけ、写真を見た。集合写真の隅に、一見して被写体たちとは無関係にスプーンを口に運んでいる女の子の顔が写っていた。それをじっと見つめる石黒の表情を観察していた右京が口を開いた。

「当時、彼女は文学部二年、息子さんは経済学部四年、ふたりの間にはまったく接触がなかったために、息子さんは当時、捜査線上には浮かび上がりませんでした。けれども息子さんが彼女を知っていた可能性は充分あります」

「それはただの推測だろう！」

石黒の恫喝をものともしない右京が次々に畳み掛けた。

「ではお訊ねします。息子さんはなぜ事件の直後にアメリカに渡ったのでしょう？」

「勉強のためだ。他に理由なんかない！」

「ちなみになんの勉強でしょう？」

「経営学だ。もう帰ってくれ！」

もうすでに我慢の限界にきた石黒をはぐらかすように、右京は芝居がかった挙動で言った。

「ああ、思い出しました！　そういえば、論文を拝見したんでした。留学の直前に息子さんがお書きになった論文ですよ。ゼミの教授が保管していました」

石黒は一瞬きょとんとしたように見えた。

「その論文から指紋が採取されました。十五年前の息子さんの指紋がね」

駄目押しのひと言は薫から発せられた。

「指紋？」

きょとんとした石黒の顔は次第に青白くなっていった。

「一致しましたよ。橘町事件の犯人と」

そのことがなにを意味するか瞬時に理解した石黒は今までの高圧的な態度を一変させ、倒れそうな体を杖でかろうじて支えながら部屋を横切って窓際に足を運んだ。

「そうですか。息子の指紋が……申し訳ありませんでした」

「任意で提出された指紋ではありません。しかし、息子さんからお話を伺う必要がありそうですねえ」

司法の公正を述べる右京に対して、しかし石黒はもはやこれまでとすべてを語る覚悟が出来たようだった。

ひとり息子の信也との関係性がまったく変わってしまったのは、石黒の不倫が原因で母親が自殺したときからだった。それ以来、信也は父親をまるで汚いものでも見るような目つきで眺めるようになった。会話もなく、親子の間のわずかなコミュニケーションさえない石黒家の冷たい日常に亀裂が走ったのは、忘れもしない、あの朝だった。

その日の重要な会議のことを考えながら身支度を整えている石黒の耳に、朝のテレビニュースの音声が届いてきた。それは昨夜橘町というところで起きた殺人事件のニュースだった。被害者は都内の大学に通う女子大生で、自宅マンションの屋上で何者かに殺害されたということだった。

物騒な世の中だ、と他人事のようにニュースを聴いていた石黒の表情が変わったのは、防犯カメラに映っていたという犯人らしき人物の風体をアナウンサーが述べたときだった。

——不審な人物は、黒い帽子とコート、赤いマフラーを着用し、身長は一七五センチ前後、年齢は二十代から三十代と思われます。

黒い帽子とコート、赤いマフラー……それはリビングの椅子の背凭れにかかった、昨日からなんでこんなものがあるのだろうと石黒が訝しく思っていたものだった。まさか、と焦った石黒がリビングに向かおうとすると、信也が唐突に現れた。ウェーブをかけた長髪が額に怪しく掛かり、顔面は蒼白だった。

——「赤いリボンで心を繋ぐ、贈り物なら石黒ギフト」、だけど社長の息子は人殺し……。

——悪い冗談はよせ！

虚ろな目で歌うように呟く信也を見て、石黒の背筋に冷たいものが走った。

──あの女、親父の愛人に似てたんだよ。学食ですれ違ったとき、すぐに気づいた。災難だよね、似てただけで殺されちゃうなんて。

そう言って信也は、何年も会話を交わしたことのない父親の顔に、自分の顔がつくほど接近して続けた。

──なんでそんな顔するの？　俺は親父のまねしただけだよ。親父だって、女殺したことあるだろ？

言葉を失った父親を見て、信也は狂気をにじませた口元に笑いを浮かべた。

──母さんはあんたが殺したようなもんだろう？　どうするの？　警察に突き出す？　あんたにできるの？

「息子があんな人間になってしまったのは、すべて私の責任だ。だからこそ、守らなければならないと思った。父親である以上、息子を守らなければ、と」

うなだれた石黒のその言葉を聞いて、薫の堪忍袋の緒が切れた。

「守る？　ふざけんなよ！」

「亀山くん！」

熱い血を持て余す部下を、右京が制した。

「石黒信也がこの世のどこにいようと、間もなく警察が居所を突き止めるでしょう。彼には法による厳しい罰がくだされます」

右京の怒りを堪えた低い声に返って来た石黒の言葉は、しかし意外なものだった。

「息子はすでにもう罰を受けています」

「はい？」

「あなた方より先に、天が罰を与えたんです」

石黒の言葉の意味は、そのとき右京の携帯にかかってきた伊丹の電話で氷解した。

「石黒信也の消息がわかりました。一九九二年、シアトルで死亡しています。バイクによる自損事故だそうですね」

石黒は深く頷いた。

「ラジオを聴いたとき、本当に驚きました。息子は犯行現場を誰かに見られているかもしれない。息子の犯罪が明らかになれば、私の名誉にも傷がつく。なんとかしなければと」

その言葉は薫の怒りをさらに熱くさせた。

「ふざけんな。それじゃ高岡刑事は十五年間も、この世にいない犯人を捜していたのか。十五年間もずっと」

最後は涙声になった薫のせりふに、下を向いて堪える石黒の絞り出すような泣き声が重なった。

「すみませんでした！」

「言ったはずだ。こんなところに来る暇があったら、事件の聞き込みにでもいってくれ！」

右京と薫が捜査の結果を報告しようと病院を訪ねると、高岡刑事は相変わらずの因業さでつっぱねたが、次の右京のひと言でベッドから飛び上がらんばかりに驚いた。

「橘町事件は、解決しました」

「ええっ！」

「真相が明らかになりました」

「本当か？」

あんなに厳しかった目を子供のように丸くした高岡は、声を震わせた。

「ええ。あの事件の犯人は……」

すでに死んでいました、と言いかけた右京の言葉を、いきなり薫が遮った。

「犯人は身柄確保されました！　ついさっき……」

右京は驚いて部下の顔を見た。

そのとき病院の入り口では、やはり事件の報告に来た捜査一課の三人が玄関をくぐろうかどうしようかと躊躇《ためら》っているちひろに出くわしていた。

「一四〇八号室、一緒に行きますか?」

伊丹が誘った。

「犯人、とっくに死んでたそうですね。十五年間、父はずっと……」

嘲るようなちひろの言葉を、三浦が突っぱねるように言った。

「プロの仕事を続けてきた。それだけのことですよ」

当惑するちひろにさらに芹沢が畳みかけた。

「刑事の女房にはしない」

「は?」

「高岡刑事の口癖です。あなたを絶対刑事とは結婚させないってね」

「会ってやんなさいよ」

伊丹がしみじみとした声で言った。


「犯人の名前は石黒信也。当時は大学生でした」

高岡の病室では薫が大きな声で捜査報告を続けていた。

「確かに、そいつが犯人なのか?」

喜びを隠せない高岡は、しかし最後まで疑い深く聞いてきた。

「はい」

「しかし、どうやってその男に辿り着いたんだ」

高岡の指摘につまずいた薫を、咄嗟に助けたのは右京だった。

「タクシーです。昨日の朝、石黒信也は偶然、あのラジオ放送を聴いていたそうです。犯人を騙る男の存在に激怒した彼は、犯行現場に駆けつけました」

驚いて右京の顔を見たのは、今度は薫の番だった。

「じゃあ、西京介がつかまえたタクシーは？」

石黒信也の乗っていたものであり、彼の指紋と凶器に残っていた指紋が一致したと右京が説き明かすと高岡は感無量だという声を上げた。

「指紋が？　そうか、一致したか！　そうか、そうか！」

「一台のタクシーがすべてを解く鍵でした。そしてそれをわれわれに教えてくれたのは、高岡さん、あなたです。犯人を逮捕したのは、あなたです」

スーツの袖を固く摑まれた右京の言葉に、高岡は涙した。

そのとき、入り口に立てられた衝立てがガタンと音をたてた。三人が振り返ると、そこにはちひろが俯いて立っていた。

「おめでとう、お父さん」

硬く冷たい氷が解け、熱い涙が溢れてちひろの頬を伝った。

「ちひろ、すまん」

父親はもう、堪えることも忘れて号泣していた。

「ほら、飲みたまえよ」

「うん」

その夜木枯らしが吹き付ける中、ほの暖かい〈花の里〉のカウンターでは、すっかり元気をなくした夫を妻が慰めていた。

「俺、間違ってたよな」

「ああ。でもまあ、嘘も方便って言うからね。優しいのが薫ちゃんのいいところさ」

たまきが黙って頷いているところへ、右京が入ってきた。

「いらっしゃい。右京さん、遅かったわね」

「ええ、捜査一課に寄っていたものですから」

「え、一課に?」

訊ねる薫にコートを脱ぎながら右京が答えた。

「高岡刑事が亡くなりました」

「えっ?」

「お嬢さんから連絡があったそうです」

「そ、そんな！　だって昼間あんなに元気そうだったのに……」

「夕方、容態が急変したようです。つい先ほど、静かに息を引き取ったとのことでした」

薫はぐったりと肩を落とした。

「たまきさん、お酒」

猪口に注がれた熱燗を一口含んでから、右京は言葉を継いだ。

「『人生でいちばんいい日だった』。亡くなる間際に、そう言い遺したそうですよ」

「右京さん、俺……」

泣きそうな部下の眼差しを捉えた上司は、それを包むような微笑を浮かべて言った。

「ぼくも、同罪です」

ふたりは盃を合わせ、大往生を果たした先輩に献杯を捧げた。

第九話

「殺人ワインセラー」

一

警視庁捜査一課の伊丹憲一は刑事になって以来さまざまな現場《げんじょう》を見て来たが、これほどまでに見え透いた偽装がなされた現場は初めてだった。都内のとあるビルの屋上から飛び降り自殺をした男の死体……にしてはあまりにもきれい過ぎる。死体はアスファルトの上に行儀よく横たわっていて、この高さから落ちたら脳漿くらい飛び散っていてもよさそうなものだが、出血も後頭部からわずかに滲んでいるのみである。屋上には礼儀正しく脱ぎ揃えた革靴が置いてあったが、それもわざとらしさを増すのみだ。

「この上から落ちたってことにしてえのかー」

伊丹は屋上を見上げて毒づいた。

どこかで殺されて運ばれたことが明白なこの被害者《ホトケ》の身元は内ポケットに入っていた免許証ですぐに割れた。名前は石場大善。現場のすぐ近くにある金融会社〈ユースファイナンス〉の社長で、死亡推定時刻は昨夜午前零時から二時の間とのことである。死因は後頭部を強く殴打されたことで、致命傷には砂か土のようなものが付着していたが、科捜研で調べた結果それは赤レンガの破片らしい。その他変わったことといえば、左手の親指の付け根のあたりに鋭利な刃物で切ったようなかなり深い傷があることだった。

生活反応があることから、殺される直前、あるいは同時に出来た傷とみてよかった。

伊丹をはじめ三浦信輔、芹沢慶二の捜査一課三人組は、さっそく被害者の経営している金融会社〈ユースファイナンス〉を訪れた。消費者金融、いわゆる街金としてはかなり羽振りがよさそうで、オフィスも広くよく整備されていた。従業員はしとやかな制服を着た女性が主で、三人の応対に出た高根沢ともみという社長秘書もピンクとグレーの制服をまとったわりあいに美形の女性だった。けれども一旦口を開くと、傲慢、というよりも単に口の利き方を知らないだけなのか、しとやかな印象は一気に吹っ飛んだ。

「秘書として何か、社長が殺されるような心当たりはありませんか?」

伊丹が繰り出したお定まりの質問に、「ありません」と答えたまではいいが、続けて「大体ぃ、本当に殺されたんですかぁ?」と食ってかかる。その剣幕におされて三人がすごすごと目線をはずした一瞬を狙って、ともみはしれっとした顔で引き出しから取り出した書類をシュレッダーにかけだした。

「おいおいおいおい……とかなんとか言って、何気《なにげ》にシュレッダーにかけない!」

気がついた芹沢が焦って止めに掛かった。三浦がともみの手から頭四分の一ほどギザギザに切り刻まれた書類を引ったくったが、二十枚ほどの書類には数字が四列、整然と並んでいるのみである。

「なんだ、これ？」

覗き込んで首を傾げた伊丹が、その首筋にすーっと寒気を感じて振り向くと、「ちわっす」と軽いノリで片手を挙げた特命係の亀山薫が近づいてきた。隣にはもちろん、薫の上司である杉下右京もいる。

「ちわっす、じゃねえよ、お前ら何しに来てんだよ、もう」

伊丹はさも迷惑そうに顔を顰《しか》めたが、三浦の方はちょっといつもと違う。手にした書類を右京の視野にちらつかせながら、堪《こら》えきれないという風に、「なんですかね、これ？」とついに特命係に協力を仰いでしまった。

「ちょっと失礼」右京は三浦から受け取った書類を一瞥するなり、さらりと「古典的な裏帳簿ですねえ」と言ってのけた。

「なぜ裏帳簿だと分かるんです？」

三浦の疑問に、なぜ分からないんです？　とばかりに右京は解説を始めた。四列に並んでいる数字の列は、左からそれぞれ、顧客ナンバー、貸した元金、前月の残金、そして現在の残金であることを指摘して、右京は指を立てて暗算を始めた。

「ざっと計算しただけでも、軽く年利三十パーセントを超えています。つまり違法な金利、正規の貸し付け業務ではない」

「ああ、だから裏帳簿。さすが昔捜査二課にいただけのことはありますね」

捜査二課とは経済犯や不正取引などの金銭犯罪、知能犯を扱う部署で、右京はそこに在籍していたことがあった。感心した三浦に、しかし右京は身も蓋もない返事をした。

「これは刑事なら誰でもわかるようなことですよ」

ばつの悪い顔をしている三浦を、芹沢が「軽くバカにされてますね」と茶化すと、頭をぱしっと伊丹に叩かれた。

「その裏帳簿ですが、データをプリントアウトしたのでしょうねえ。きっと基になっているデータがどこかにあると思いますよ。ここにあるのならば、わざわざプリントアウトして置いておく必要はないでしょうからねえ」

右京にそう言われて、三人は「おい、被害者の自宅だ!」と血相を変えて出て行った。そんな三人をさも愉快そうに見送っていた薫がふと振り返ると、上司はもうすでに次の標的を見つけたらしい。腰をかがめて卓上のカレンダーにじっと見入っている。

「なんすか?」

薫も脇からカレンダーを覗き込む。右京がカレンダーをめくりながら、そこに繰り返し書き込まれているある名前を指した。

〈ラング〉という文字が、少なくとも月に一度は記されている。

「〈ラング〉って?」

「フランス語では『舌』という意味ですねえ」

さすが右京である。薫がうなずきながらも思案顔をしているところへ、ともみのぶっきらぼうな声が届いた。

「そこは社長行きつけのレストランです」

「レストランですか」振り返った右京は謎が解けて晴れ晴れとした表情で、「行かれたことは？」とともみに訊ねた。

「何度か社長と」

「どのようなお店なのでしょう」

訊かれたともみはぶすっとした顔で社長の机の上から『ワインの楽園』という雑誌を取り上げ、ページをめくって、「有名なワイン評論家のお店です」とテーブルの上に置いた。

薫が受け取ってページをめくると「連載企画　ブラインド・テイスティング」という見出しが大きく躍っているページに〈ラング〉という店の看板と内部の写真が載っている。そのなかの一枚、ワインセラーの写真を右京は指差した。その壁は赤いレンガで出来ていたのだ。

二

住宅街のなかにひっそりと佇むワイン通の穴場。〈ラング〉はそんな感じの店だった。

訪れた右京と薫は小ぶりで瀟洒《しょうしゃ》な看板に迎えられ、緑に囲まれたエントランスをくぐった。まだ営業時間前であるせいか扉は閉ざされていた。ふたりは店の裏手にあるよく手入れの行き届いた芝の庭にまわってみた。庭に面したガラス張りの店内では雑誌の取材が行われているらしく、カメラマンや記者に囲まれた店主と思しき人物が、なにやら手にした黒いグラスを鼻先で回している。

「あれが『ブラインド・テイスティング』ですかね？」

雑誌で見た記事を思い浮かべて薫が訊ねると、博識の上司は感心しながら答えた。

「ええ、その中でもかなり高度なテクニックですよ。ワインの銘柄とボトルの形を隠したうえ、あの黒いグラスはワインの色をわからなくするためですね。味覚と嗅覚だけでワインの銘柄やそれが生産された年までをも当てる『利き酒』です。それを雑誌の連載で行うとは、ずいぶん思い切ったことをなさる方のようですねえ」

長く伸ばした髪を後ろで縛り、渋い柄のアスコット・タイを締めてメタルフレームの丸眼鏡をかけた店主、藤巻譲《じょう》はいかにも神経質そうな面持ちでグラスを傾けた。おそらくワインの銘柄を当てたのだろう、次の瞬間フラッシュが光り、周囲を取り囲む記者や店のギャルソンたちが大喜びで拍手をしている。得意気に胸を反らせた藤巻はしばらく満面の笑みで拍手に応えていたが、泳がせた視線が右京と薫を捉えたらしい。

右京と薫が低く頭を下げながら店に入って行くと、

「どちらさまでしょう？」

藤巻は眉間に皺を寄せ、神経質そうな眼差しを向けた。

右京と薫が警察手帳を示して自己紹介すると、不愉快そうな、そして刑事という職業を見下していることが一目でわかるような表情で「ああ、何か？」と訊ねた。

「昨夜遅く、金融会社の社長、石場大善さんが転落死されました」

低い姿勢を保ちながら右京が切り出す。

「ええ、ニュースで見ましたが」

「その石場さんですが、昨夜、こちらのお店にお見えになってますね？　そのことで、少しお話を伺いたいと思いまして」

言いながら右京はテーブルの上のワインのボトルをちらりと見た。二〇〇〇年の〈シャトー・トロロンモンド〉。さすがに、高級な銘柄である。

「社長が何時頃いらして、何時頃帰ったとか、そういうことで結構なんですが」

薫は愛想笑いを浮かべて藤巻の警戒を少しでも和らげようとした。

「はあ……」

昨日の記憶をたどるように顎に手を当てた藤巻の横に立っていたソムリエール（女性のソムリエ）が、

「そろそろ開店の準備を」

と藤巻に耳打ちをして去ろうとしたところに右京がストップをかけた。

「すみません、その前にひとつだけ……昨夜零時から二時の間、何をされていたでしょう?」

「はい?」

関紀子というソムリエールは日本人離れして鼻梁が高く、華やいだ顔立ちをしていた。

「すいませんね。被害者が最近接触した方皆さんにお訊きしているもんですから」

ここでも薫は緩衝材の役割を買って出た。

「私は……ここが十一時に終わりますから、それから片付けをして店を出たのは零時ころです。で、夜一時には家にいました」

「そうですか。先生は?」

くるりと振り返った右京に不意を衝かれたように藤巻は一瞬戸惑ったが、ひと呼吸置いて淀みなく答えた。

「ええ、私も彼女のすぐ後に店を出ましたよ。それで帰宅したのがやはり夜の一時ころでしたか」

「そうですか。亀山くん、あちらのギャルソンの方々にも聞いていてみていただけますか」

命じられた薫がその場を離れたのを機に、開店準備にかかろうとした藤巻を、右京が引き留めた。

「先生！　ひとつお願いが」

「なんでしょう」

「雑誌を拝見しました。先生ご自慢のワインを拝見させていただけませんか？」

煩わしい刑事を一刻も早く追い返したいのは山々のようだったが、自慢のワインセラーを披露したくもあったのだろう、藤巻は軽く頷いて紀子に目配せで案内を指示した。

薄暗いワインセラーに足を踏み入れると、ひんやりとした空気が頬に心地よく感じられた。

「重厚なレンガ造りですねえ」

四方を見渡して感嘆の声をあげる右京に、藤巻は噛んで含めるように言った。

「ワインは呼吸するからね。湿度を保つレンガが最も適しているんです」

深く頷いた右京は、どこを見渡しても掘り出し物のボトルが横たわっている棚に魅せられて、ついふらっと棚に手をかざした。それを目敏く見つけた藤巻が、「あ、悪いけど……」と制した。

「もちろん、触りません。下手に揺らして一方向に溜めた澱が混ざってしまってはたいごとですからねえ」

この一風変わった博識な刑事に、藤巻は安堵したようだ。

「わかってくださる刑事さんで助かりますよ」

そこにギャルソンたちへの聞き込みを終えた薫が「失礼しまーす」と元気よく入ってきた。

「しかし、素晴らしいワインばかりですねえ」

右京が改めて感心すると、紀子はその中の一列の棚を指して、

「ここのワインは全て最近買ったものなんですよ。これだけでおそらく五千万円は下らないと思います。もちろん、セレクトはすべて先生ですが」

紀子に振り返られた藤巻は、ちょっと自慢気に胸を反らしたが、

「儲かってんですね、この店」

薫が月並みな感想を述べると、困ったような表情を浮かべた。

「いや、その逆ですよ。この店は大赤字なんです。つまり、そこまで高いワインを飲む客などほとんどいないということでしょうね」

「つまり、ここにあるワインは先生の個人的なコレクションなのですか?」

そう訊ねながら、右京はテーブル代わりになっている大きな樽の上に一本だけ立てて置かれたワインボトルをじっと見ていた。

「いや、少し違うかな。ただ並べて楽しむだけじゃない。私が飲むんです。だから経営的には大赤字になる」

「豪勢な赤字理由ですねえ」

ボトルの脇に置かれたワインオープナーを手にとって右京が言った。

「舌を磨くにはそれ相応のお金がかかるということですよ」

そのとき、紀子の小さな叫びが聞こえた。藤巻と右京が振り返ると、薫が棚から一本を取り出して、無造作に手にしていた。

「お、おい、きみ！」

藤巻の狼狽した悲鳴と同時に、右京も素早く薫に駆け寄った。薫だけが事態を飲み込めないようで、きょとんとした顔で立ち尽くしている。

「おやおや」

「え、なんですか？」

万事休すという感じの上司の嘆きは、薫にはまだ伝わっていない。手にしたボトルをグルグルと回す薫の挙動は、周囲から「ああ、ああ〜」と悲鳴にもならない悲鳴を誘った。

「それで、これが五万円のワイン？」

その夜、右京と薫の行きつけの小料理屋〈花の里〉のカウンターでワインボトルを手に、三分の一は驚きの、また三分の一は怒りの、そしてあとの三分の一は諦めのため息をついたのは、亀山美和子だった。夫の薫は隣で頭を抱えてカウンターに突っ伏し、ただひたすら謝るばかりである。藤巻のワインセラーで薫が不注意にも手にしたワインは、右京の申し出で薫に買い取らせることになったのだった。

「うちにはこんなグラスしかないんですけど」

女将の宮部たまきが奥からワイングラス数脚を手に出てきた。同時にそれまでじっとワイン雑誌に見入っていた元夫の右京が突然立ち上がったので、たまきは意表を突かれてグラスを落としそうになった。

「たとえば」

右京は左手にワインボトルを、右手にワインオープナーを持ち、殺人現場をひとりで再現し始めた。ワインのキャップシールにオープナーのナイフを当てた右京は、

「被害者がこうしてワインを開けているときに、突然後ろから頭を殴られたとしたら?」

実際に身をもってシミュレーションした右京の右手のワインオープナーは、左手の親指の付け根に当たっていた。

「それで指を切っちゃった?」

薫は石場の左手の傷を思い浮かべた。

「かもしれません。あのワインセラーには一本だけ、このキャップシールが切り取られたボトルがありました」

それは藤巻の店のワインセラーで右京が注視していたボトルだった。

「じゃ、そのワインセラーが殺害現場？　すぐに鑑識入れましょう。米沢さんに連絡だ！」

立ち上がる薫を制して、右京はゆっくりとワインオープナーでコルクを抜きにかかった。

「しかしそれでワインセラーから殺害の痕跡が出て、ソムリエナイフから被害者の血液が検出されたとしても、殺害場所を証明したに過ぎません。あのワインセラーに入れる人、たとえば店のシェフ、ギャルソン、藤巻先生、ソムリエールの彼女、だれでも犯人の可能性があります」

「もしかして右京さん、そのことを薫ちゃんに教えるためにこのワインを？」

美和子が疑惑の眼差しを右京に浴びせた。

「ならもっと安いワインでよかったんですけどね」

薫が頰を膨らませる。

「いえ、これはただぼくが個人的に飲みたかったんです」

「だったら自分で買ってくださいよ！」

不貞腐れた薫を尻目に、右京はカウンターに並べた四脚のワイングラスにワインを注ぎ始めた。

間である。

たまきは店の看板の明かりを消し、のれんを仕舞った。ここからはプライベートな時

「おいしい！」

先ほどまでは不満顔だった美和子も、ワインを口にするとガラリと態度が変わった。

美味しいワインを前に、五万円のことなど吹っ飛んでしまったようだ。

「亀山さんのおかげでいい思いしちゃった～」

ほんのり頬を赤らめたたまきの笑顔を見て、薫は「はは、ははは」と力なく笑った。

可哀想なことに、薫だけはグラスに口も付けていない。ところが、支払いは、もう済ませましたよという右京のひと言に目を丸くした薫は、「ごちそうさまです～。ははは。いただきますー、はいかんぱーい」。急に明るくなり、ワインを口に含んで「うん、うん！　ああうまい！」と頷いた。もとより舌だけは確かな男である。そんな薫を微笑をたたえて見ていた右京がポツリと言った。

「あれだけのワインの費用はどこから出たのでしょう？」

「そりゃあ先生が買ったんだから、お金も先生でしょ」

「五千万円も？　お店は大赤字ですよ」

そこまで言われて薫も気づいたようだった。

「あ、そうか。殺されたのは街金の社長……」

三

翌日、右京と薫は五千万円の出所を確かめに再び〈ユースファイナンス〉を訪れた。表の扉には「しばらく休業させて頂きます」の張り紙があったが、社長不在のオフィスでは数人が働いていた。秘書のともみは相変わらずの無愛想な態度で、請われた帳簿をドンと机の上に投げ出した。

「確かに藤巻先生から融資の申し込みはあったようですけどぉ、融資不可になってます」

それは担保不足のためとのことだった。レストランや自宅にはすべて複数の銀行から抵当権が設定されていた。あれだけあるワインも飲食物ということで担保設定ができないらしい。ただ石場個人で藤巻に貸している可能性はある。それならば裏帳簿の存在も納得がゆくというものだ。

「しかし、そこまでして藤巻先生にお金を貸すというのは、社長と先生はどういうご関係だったのでしょうか？」

右京が訊ねると、ともみはくわえた煙草に火をつけて、

「どのようなって、別にレストランのオーナーとその常連客じゃないんですかぁ？　ま、仲はよかったみたいですけど。以前はよく会食してましたから」

そう言ってぷーっと煙を吹き出した。

「以前は？　最近は違っていたかのようなおっしゃり方ですね」

ともみは右京に訊かれてなにか思い当たるふしがあるようで、そういえばあのとき……と自分も同席した高級レストランでの会食の一場面の話をした。

その日、厚岸《あっけし》産という素晴らしい生ガキを前にして気をよくした石場はソムリエを呼んで自らのありったけの蘊蓄《うんちく》を傾けた。

「じゃあせっかくだからここはシャブリで。〈ヴェルジェ〉の〈一級畑〉を頼む」

しかしそのとき、ソムリエが藤巻と目を合わせてちょっと困った顔をしたことに、石場は気づかなかった。

「〈ヴェルジェ〉の〈一級畑〉……でございますか。かしこまりました」

顔を強ばらせたソムリエを見て、藤巻は口を挟まずにはいられなくなった。

「石場くん、生ガキならシャブリって、そんな『バカのひとつ覚え』みたいに。それも樽発酵させた〈ヴェルジェ〉の〈一級畑〉なんて、最悪の組み合わせじゃないか、ねえ？」

軽く笑って隣に立っているソムリエに同意を求めた藤巻だが、そのとき石場の顔色がみるみる赤黒く変わったのを見てはいなかった。

その日を境に石場と藤巻の会食はぱたりと終わってしまったという。

「いささか屈辱だったのかもしれませんねえ」

〈ユースファイナンス〉を出て藤巻の自宅に向かう途上、右京は藤巻の人を見下したような口の利き方を思い返していた。あれは人を傷つける。

「でもさっきの話だけじゃあ藤巻先生が石場社長を殺す動機はわかんないですよね。逆ならまだしも。なにせ恨みに思っていたのは石場の方なんですからね」

薫の言うことはまっとうだったが、右京はもうひとつ違う考えをもっているようだった。

「そうでしょうか。ここには重要な点がふたつあります。ひとつはその夜の件があって以来、石場社長は藤巻先生を快く思っていなかったかもしれない。にもかかわらずお金を貸していた可能性があるということです」

「うーん、そうですね。なにか変ですね。もうひとつは？」

「そして、月に一度は先生のお店に通っていたという事実です」

「先生のことはともかく、店は気に入っていたんですかね」

「もしくは月に一度、店に行く用事があったということですよ」

右京の眼鏡の奥の瞳がきらりと光った。

藤巻の自宅は店から歩いて数分の閑静な住宅街のなかにあった。さすが〈ラング〉のオーナーの家だけあって、大きくはないが瀟洒な造り、インテリアもフランス風に統一されていた。

「確かに私は石場君に融資を頼みました。ちょうどいいワインの出物がいくつかあったんでね。それを買い足すためです」

藤巻はソファに深く腰を埋めてなにかのファイルに目を落としながら、ふたりの刑事を一瞥もせず答えた。

「しかし、融資は断られたと聞きました」

右京は低姿勢ながらポイントはしっかり突く構えである。

「なんか担保不足とかでね」

「では、新たに購入なさったワインの費用五千万円はどちらから調達されたのでしょう?」

「そのことをお話ししなければならない義務があるんですか?」

藤巻は不愉快そうに冷たく言い放った。

「義務ではありません、任意です」

こういう相手は右京が得意とするところでもある。

「それでは今日のところはお引き取りください。ちょっと整理しなければならないことがあるんで。失礼」

あっさりと逃げようとする藤巻を、右京は意外な角度から引きとどめた。

「エチケットですね。ちょっとよろしいですか？」

右京が手を伸ばしたのは、さきほどから藤巻が見ていたファイルである。藤巻は少々躊躇ったが、「どうぞ」と立ち止まった。

「エチケットって？」

薫が恥ずかしそうに低い声で右京に訊ねると、「ワインボトルに貼られたラベルのことです」薫に耳打ちした右京は藤巻に向き直り、「さすが先生。分析もしていらっしゃる」と話題をワインの方向に引っ張った。

「エチケット収集も私にとって大切な勉強のひとつだからね」

右京の作戦が功を奏したようで、藤巻は再びソファに腰を下ろした。

「きれいにはがせるものなんですねえ」

感心してみせる右京に、藤巻はさきほどよりは少し態度が柔らかくなっていた。

「まあ、今はそれをはがすシートがどこでも手に入りますから」

「石場さんが殺された夜、奥様と飲まれたワインはどれでしょう？」

相手をリングに引き戻した右京は次のジャブを繰り出した。

「奥様に伺いました。あの夜先生は一時頃帰宅されて、就寝前の奥様を呼び止め、一緒にワインを飲まれた。そのワインのエチケットはどれでしょう？」

「それは、そこにはないよ」

藤巻は動揺を隠そうとしているのが明らかだった。

「コレクションされなかった？」

「それほどのワインじゃなかったんでね」

「そうですか」

そこへ「お昼の用意ができました」という藤巻の妻、多津子の声がかかった。「ああ」とキッチンに返事をした藤巻にジロリと睨まれ、さすがの右京も退散するしかなかった。

「これはこれは、失礼しました。また伺います」

「どーも、お邪魔しました～」

一旦奥に入った藤巻を見送ると、薫はダイニングを覗いて多津子にも挨拶した。

「御構いもしませんで」

ツンとした美人タイプの奥さんである。

「ご主人はお昼からワインですか？」

テーブルにパンとチーズとともにセットされたワインボトルとグラスを見た右京が羨ましげに訊ねた。

「ええ、これも勉強だとか言って」

「あの夜ご主人と飲まれたワインですが、銘柄は？」

多津子はちょっとうんざりした顔を右京に向けた。

「銘柄？　さあ……わたし、ワインには興味がないもので」

そこへ藤巻が戻ってきた。

「なんだ、まだいたのか」

「お昼からワインとは羨ましいですねえ」と右京。

「おいしそうなワインですね」と薫。

そんなふたりを見た藤巻は、

「飲みたいのかね？」

と水を向けた。

「いやあ、飲みたいですけど、勤務中ですから」建前をみせた薫に、「構いませんよ」

と意外にも隣の上司は寛大だった。

「ほんとに、いいんですね？」

藤巻が慣れた手つきで、けれども細心をもってボトルから注いだワインをグラスを手に、薫は嬉しそうに右京の顔色を見て、「じゃ、いただきます」とグラスのなかのワインを口に含んだ。

「おおー、うまいっすね」

「ワインの味がわかるのかね？」

ちょっとバカにしたような藤巻に、薫は素直に答えた。

「いや、まあ……そりゃ、わかんないっすけど、なんかコーヒーの香りがしちゃったりするし……」

コーヒー、という薫のことばを聞いた瞬間、藤巻の態度が一変した。

「きみ！　ちょ、ちょっと待っていなさい」

血相を変えて奥に引っ込んだ藤巻は、黒い布袋に覆われたボトルをもって戻ってきた。

「なにが始まるんですか？」

そのボトルからデキャンタージュする藤巻を見て、薫はちょっと不安そうだった。

「ブラインド・テイスティングをさせるつもりだと思いますよ」

「俺、そんなことできませんよ」

薫は右京の耳元で小さな悲鳴をあげた。

「飲んでみなさい」

デキャンタから静かにグラスに注がれたワインを高圧的にすすめられて、薫は仕方なくそれを口に運んだ。

「ああ。同じコーヒーの香りですけど、さっきより断然うまいっすね」

舌で転がして味わった薫がこぼしたせりふに、藤巻は心底驚いたようだ。

「やっぱり！　まぐれじゃなかったんだな」

先ほどからの尊大な態度をがらりと変えた藤巻は、子供のような笑顔をきらきらと輝かせた。そうしてもどかしげに種明かしをするようにボトルを覆っている黒い布袋を外した。

「あちゃー、おんなじワインだ」

最初に飲んだワインのボトルと見比べて、薫が失意の声を漏らすと、隣から右京が蘊蓄を傾けた。

「確かに同じ〈ペトリュス〉というワインですが、先ほど君が飲んだのは八七年。一方いま飲んだのは当たり年と言われている八六年。はずれ年のワインは風味や香りを失わせないようにデキャンタージュをしない。しかし当たり年のワインはデキャンタージュしたほうがおいしく飲めるとおっしゃる方が多いようですよ」

「大した知識ですね」

藤巻から褒められた右京は、「あ、いえいえ」と謙遜した。

「しかし彼の舌がすごい！」

一方、藤巻から改めて驚きの目を向けられた薫も、「あ、いえいえ」と同じく謙遜してみせた。

「おふたりが一緒になれば、これはいいワイン評論家になれるかもしれませんよ」

藤巻がお世辞を言うような人間ではないことは、これまでのやりとりから分かっていた。

「じつはうちの店でワインの試飲会をやっているんですがね。今度なかなか飲めないボルドーを何本か開けようと思っているんですが、いらっしゃいませんか」

ふたりは初めて、藤巻とまともなコミュニケーションがとれた実感を得た。

四

薫の特異な舌のお蔭ですっかりふたりの刑事に胸襟を開いた藤巻は、自宅でのランチを一緒に楽しんだうえ、試飲会の招待状を渡すからと言って店まで同行するように誘った。

「いやあ、羨ましいよ。君のような舌を持てるなんて」

藤巻に褒め続けられた薫は謙遜するのみだったが、一方の右京は、この機会にと、どういうきっかけでこの道に入ることになったのか訊ねた。

一瞬躊躇った藤巻はこのふたりにならば話してもいいだろうと思ったのか、道すがら語り出した。

「私がまだソムリエをしていたころに大切な試飲会があってね。有名なワイン評論家や日本を代表するマスターソムリエたちが客としてきていて、その席で開けられたのが、かの有名な〈ロマネ・コンティ〉だった」

試飲会が行われたレストランでは藤巻はまだ新米のソムリエとして壁際から華やかなテーブルを憧憬《しょうけい》の眼差しで見ていた。テーブルにはワイン評論家として名高い安藤久や嶋定好もいた。

——一九八六年〈ロマネ・コンティ〉……いいねえ、ははは。

黒眼鏡に豊かな髭を蓄え学者然とした小柄な安藤は、メンバーを見渡して豪快に笑った。文化人っぽいマオカラーのスーツをまとった嶋は、愛想笑いを浮かべて安藤に追従していた。

「もちろん私も飲んでみたかったが、まだその席に呼ばれるような身分じゃなかった。そんな私の気持ちに気づいたのか、その席にいた安藤先生が離れて立っていた私を手招き、なんとその〈ロマネ・コンティ〉を一杯ご馳走してくれると言い出してね。当時でもたった一杯で数万円というワインだ。ありがたくいただいたよ」

藤巻は目を細めて遠くを見た。脳裏に会場の模様を思い浮かべているようだった。

「懸命に味わって、自分の知りうる全ての表現を使って、そのワインを褒めた……ところが、その瞬間、試飲会は嘲笑の渦になったよ」

そこで藤巻は目をカッと見開き、ぶるぶると震えながらうなるように声を絞り出した。

「私が飲まされたのは〈ロマネ・コンティ〉などではなく、同じロマネ村で造られてはいるが百分の一程度の値段の〈ヴォーヌ・ロマネ〉というワインだったんだ！」

すべては安藤のたちのわるい悪戯だった。そばにいたソムリエにこっそり〈ヴォーヌ・ロマネ〉をもってこさせ、藤巻に見えないところで本物の〈ロマネ・コンティ〉とすり替えるようにしてグラスを渡したのである。

「それから私はその店ではもう働けなくなった」

「どうして？」

薫の無邪気な質問に、藤巻は自嘲の色を滲ませた。

「だって、そんなソムリエが客にいくらワインのアドバイスをしたってなんの説得力もないだろ」

「それで、評論家の道を選ばれたのですか」

右京は同情の意を込めて訊ねた。

「ワインときちんと向き合うためには人のためにワインを開けるソムリエじゃ難しいと思ってね。今でも夢に見て夜中に急に飛び起きる。すると体中が熱いんだ。恥ずかしさで……いやいや、悔しさで」中空を見つめる藤巻の瞳はギラギラ燃えているように見えた。「それ以来あの連中には会ってもいないがね、次に会うときまでに私はもっともっと自分の舌を研ぎすませておかなければならない、そう思ってるんだよ」

藤巻の話に引きつけられているうちに、三人は〈ラング〉に着いた。

「必ずいらしてください」と招待状を右京と薫に渡して奥に去ろうとする藤巻を右京が

呼び止めた。

「ああ先生。ひとつだけ」

「まだ何か？」

「あの夜、奥様と飲まれたワインですが」

「またその話ですか。なんでしょう」

せっかく気分よく付き合えたのに、それを壊されたように感じたのか、藤巻は再び険しい表情を浮かべた。

「そのワインの銘柄を教えていただけませんか？」

そのときソムリエールの紀子が血相を変えてワインセラーから飛び出してきた。

「先生、大変です！　なくなっているんです！」

「なくなっている？　何が？」

「〈パルトネール〉です。〈パルトネール〉の一九八六年がセラーにないんです。いま在庫確認してたら……ああ、どうしよう私、全然気づかなくて」

「落ち着きなさい」

狼狽した紀子を藤巻は諭した。

「でも、〈パルトネール〉ですよ！　八六年の」

「すまない。君にはちゃんと話しておくべきだったが、実は私なんだよ。私が店から持ち出したんだ」

「は？　飲まれたんですか、あの〈パルトネール〉を？」

「妻とね。まあ、普段の労をねぎらってというやつだ」

それは紀子というよりも、脇にいる右京に聞かせようとしているようだった。

「ではあの夜、奥様と飲まれたワインというのは……」

「そういうことです」

「ああ、よかった」

安心して在庫チェックに戻る紀子を見送った藤巻は「じゃあ、失礼」と言って立ち去ろうとした。そのとき再び、

「先生！」

右京が左手の人差し指を立てた。

「はあ？　今度はなんでしょう」

「先生は先ほどこうおっしゃいましたよねえ。『それほどのワインじゃなかったんでね』と。ボルドーで最も高価な、しかも当たり年の一九八六年の〈パルトネール〉はコレクションするほどではありませんか？」

もううんざりだという顔をしていた藤巻が、右京のこの指摘にはちゃんと答えようと決めたのか、真摯な表情になった。

「仕方がない、正直にお話ししましょう。実は私はあの夜かなり酔っていてね。誤って捨ててしまったんだ。みっともない話だけどね、時々やってしまう」

「そうだったんですか」

やっと納得がいったという顔の右京に、藤巻はため息混じりに呟いた。

「もったいないことしたよ」

「ええ、本当に」

　右京の眼鏡の奥の瞳が鈍く光った。


その足でまた藤巻の自宅に戻った右京と薫は、玄関先で多津子と向き合っていた。

「一昨日の夜、ご主人と飲まれたワインですが」

右京が切り出すと、多津子は夫に似た高慢な態度をちらと覗かせた。

「またその話ですか?」

「デキャンタージュされましたか?」

「はい?」

　脇から薫がデキャンタージュとはなにかを説明しようとすると、「知ってます!」多津子はプライドを傷つけられたかのように険しい顔になった。「あの人がボトルからそのまま注いでくれました。それが何か?」

「いえ、ありがとうございました」

その答えを聞いて、右京はなにかに深く納得がいったようだった。


ふたりは慌ただしくまた〈ラング〉に踵を返した。そして直接ワインセラーに赴き、在庫確認の作業を続けていた紀子を捕まえた。

「先生が先日こちらから持ち出し奥様と飲まれた〈パルトネール〉ですが、こちらのお店に〈パルトネール〉はそれ一本だけでしょうか？」

「ああ、いえ。うちにある〈パルトネール〉はあとこれだけです」

そう言って指したボトルのラベルには「１９８７」と記されていた。

「先生がお飲みになった〈パルトネール〉一本で、この八七年のなら数十本は買えます」

「そんなに違うもんなんですか！」

「それがワインです」

目を丸くする薫を見て、ちょっと誇らしげな顔になった紀子に丁重にお礼を述べて、ふたりはワインセラーを後にした。

「これですべてがわかりました」

店のエントランスをくぐるところで、右京はメタルフレームの眼鏡を持ち上げた。

五

次々と訪れる招待客に混じって右京と薫が〈ラング〉のエントランスをくぐると、入り口でギャルソンやソムリエとともに並んで客に挨拶をしていた藤巻が、明らかに煙たそうな顔でふたりを呼び止めた。

「まだなにか御用ですか？　今夜は月に一度の大切な試飲会なんです。またの機会にして……」

藤巻はふたりを招待していたことなどすっかり忘れていたようだった。

「招待していただきましたよね？」

珍しくダークスーツにネクタイというぃで立ちの薫が上着の内ポケットから招待状を取り出して藤巻を遮った。

「お招きいただきまして、ありがとうございます」

隣で右京が慇懃に挨拶をすると、ようやく思い出したようだった。

「さようでございました。それではこちらへどうぞ」

ふたりを中に誘う手振りをした藤巻は、後ろから来たひと組の客を見て驚きの声をあげた。

「安藤先生！」

「いや、これは光栄だね。覚えていてくれたんだ」

眼鏡のフレームこそかつての黒縁から鼈甲《べっこう》に変わっていたが、小柄ながら上体を反らせた姿勢が与える尊大な印象はまったく昔のままの安藤だった。

「雑誌で連載見てるよ。ご活躍だねえ」

隣には歳はとったが変わらぬマオカラーのスーツを着た嶋がいた。

「すごいもんだね、君のブラインド・テイスティング」安藤が褒めると、

「ま、私は昔から君の味覚には一目置いていたけどね」と追従するところも嶋はまったく昔と変わらなかった。

「そうそう。実は君がソムリエをしていた時からその才能は買っておったんだよ」

「え？」

安藤のことばに藤巻はわが耳を疑った。

「覚えていらっしゃらないんですか？　私がソムリエをしていた時、その……〈ロマネ・コンティ〉を……」

「おお！　そういえば一緒に飲んだね」と嶋。

「あれは素晴らしい〈ロマネ・コンティ〉だった。ねえ？　ははは」安藤が楽しそうに続ける。

「いえ、私は〈ロマネ・コンティ〉は飲んでおりませんが」

低い声で藤巻が呟くと、

「え？　なんで飲んでないの？」

と無邪気に聞き返した。

こいつら、ほんとうに覚えてない！　藤巻は古傷がズキズキと痛むのを感じた。

「すみません。勝手にお客様をお連れして」

振り返って右京が謝った。安藤と嶋はここへ来る前に連絡をして連れて来たのだった。

「いいっすよね？」

明るく許しを請う薫に返すことばもない藤巻は「どうぞ」と客を招じ入れた。

それぞれがテーブルに着くと早速ワイン談義に花が咲き、場は華やかになった。

その陰で右京がソムリエールの紀子を呼び止め、以前ワインセラーで見た八七年の〈パルトネール〉を後でテーブルに出してくれるように、藤巻も了解済みであることを添えて頼んだ。

やがて正装をした藤巻がテーブルに現れ、ボルドーのボトルから丁寧にデキャンタージュしたワインをギャルソンに命じてめいめいのグラスに注がせた。

「飲み頃はあと数年先ですが、デキャンタージュすることでうまく開かせることができたと思います」

皆がそれぞれ味わってからグラスを置き、盛大な拍手をした。そこへ紀子が新しいボトルを持って来た。例の右京から頼まれたボトルである。

「なんだ、これは?」そのボトルを見て驚いた藤巻は紀子を睨んだ。「予定になかったじゃないか。セラーから持って来たのか?」

語気鋭く問いつめる藤巻に紀子は戸惑った。

「戻しておきなさい!」

客に気づかれないように低く告げたつもりだが、藤巻の近くに座っていた嶋に知れてしまったようだった。

「おお、〈パルトネール〉か!」

「ほお、何年もの?」

安藤もおもむろに興味を示した。

「あ、八七年のものですが」

紀子が素直に答えると、

「八七年か。いや、そりゃ残念だなあ」

安藤の失望の声に乗じて藤巻は再びボトルを下げようとしたが、

「これはそちらの刑事さんから……」

困り果てている紀子にすかさず右京が助け船を出した。

「このワインの費用は我々が持たせていただきます」

「ほお、刑事さんのおごりとは、面白いねえ」

嶋が乗ってくると安藤も愉快そうに体を揺らし、

「じゃあ我々が払っている税金分は、振る舞ってくれるのかな？」

と座の笑いを誘った。

「これはこれは、手厳しいですねえ」

右京がおどけて調子を合わせると、

「ああ！　藤巻先生はこれの八六年を飲んだことがあるんですよね」

薫が披露し、一同は羨望のため息に包まれた。盛り上がってしまったテーブルに、藤巻は口を挟む余地もなくただただ泡を食っていた。

「ぜひ君のテイスティングを聞きたいねえ」

「八六年も羨ましいけど、八七年でもいいじゃないですか。いただきましょうよ」

安藤と嶋の続けざまの発言とほぼ同時に、右京の目配せによって紀子がワインオープナーでキャップシールを切った。

「ああっ！」

その瞬間の藤巻の慌てふためいた表情を、ふたりの刑事を除いては客人の誰も気にも留めなかった。

「失礼します」

開けたボトルから紀子が直に安藤のグラスにワインを注ごうとしたとき、藤巻の叱責が矢のように飛んだ。

「おい、なにしてんだ、君は!」叱られた紀子がきょとんと見返すと、「それは、ちゃんと、デ、デキャンタージュして……」しどろもどろになった藤巻に安藤が大きな声をかけた。

「えっ! デキャンタ! ハハハハ! 八七年のボルドーをですか?」

続けて嶋が嘲るように笑う。

「藤巻君、八七年は当たり年じゃないんだから……なに言ってんだか」

「こ、この〈パルトネール〉をデ、デキャンタージュしないなんて……冒瀆だよ!」

顔を背けて独り言のように吐き捨てたことばを、右京は聞き逃さなかった。

「先生、なにか?」

「……いえ」

藤巻の顔色がだんだんと青ざめていくのが傍目にもわかった。

「香りはきれいだが、弱いね。まだ閉じている。涙はしっかりしている」静かにグラスを回しながらの安藤のテイスティングが始まっていた。「うん〈パルトネール〉らしい干しスモモの香りはするが、やっぱり弱いね」

香りを確かめたところで右京が口を挟んだ。

「やはりこれは藤巻先生のおっしゃるようにデキャンタージュした方がよさそうですね」

「うーん、そう。まだ本来のポテンシャルじゃないような気がするなあ」

安藤の発言を受けて右京はアルコールランプに火を点し、デキャンタージュの準備をした。

「いや、こ、この〈パルトネール〉は、結局、そのレベルの、ワインなんでしょう。それこそ、デキャンタージュなんかしたら、台無しに、なってしまうと、思いますが」

藤巻はまるで体をふたつに引き裂かれたかのようなか細い葛藤の声を漏らしたが、それを無視した右京は意外にも慣れた手つきでデキャンタージュを始めた。

「うちの杉下のデキャンタージュもなかなかのもんでしょ、ね、ね」

薫がはしゃいでいるうちに、デキャンタを受け取った紀子が各人のグラスにワインを注ぎ回った。

「おお！　一気に味と香りが花開いたぞ」

安藤の叫びに続いて、ワインを口に含んだ薫が、

「すげーうめえ！」

と心底感嘆の声をあげた。

「森の枯れ葉のにおいもするわ」薫の隣の女性がため息を吐くと、嶋が「ああ、この絹

のような舌触り。さすが〈パルトネール〉だねえ」と賞賛する。

「先生はお飲みにならないのですか?」

先ほどから皆が味わう光景を呆然と見ていた藤巻に、右京がグラスをすすめた。

「あ、いただきます」

我に返った藤巻が、慎重にテイスティングを始める。

香りを楽しみ、口に含んで舌の上を転がし、目を閉じて深く味わってから一気に飲み干した藤巻は、ことばにならないことばを発した。

「素晴らしい!」

「ええ、本当に」

右京がしみじみと賛同する。

舌に残った余韻をもう一度確かめようと、藤巻がふた口目を含もうとしたとき、安藤の興ざめな声が聞こえてきた。

「しかしやっぱりあれだねえ、八六年の〈パルトネール〉には遠く及ばないねえ。どう?」

同意を求められた嶋も口を揃えた。

「うーん。この間飲んだ九二年の〈パルトネール〉のほうが、上出来かもしれん」

「じゃあこの後は、そうだなあ、同じ年の〈マルゴー〉を飲みたいねえ、口直しに。ははは」

テーブルを見渡して陽気に笑う安藤を、藤巻はいままで見たことのない激しい目つきで睨んで「口直しに!?」と低く吐き捨てた。

そんな藤巻にみじんも気づかない嶋が相変わらずのお追従を述べる。

「同感だねえ。〈マルゴー〉なら同じ八七年でも、もっと感動するかもしれないからねえ」

そのひと言で、藤巻のなかで張りつめていたなにかが壊れた。

「は！　はあ？　はははははは！　はっ！」

いきなり会場に響き渡った藤巻の、異常な笑いとも怒声ともつかない声に一同は息を呑んで振り返った。

「はあ？　……はあ?!　この〈パルトネール〉が、八六年の〈パルトネール〉に遠く及ばないって？　それで九二年の〈パルトネール〉のほうがもっといい？　なに？　その後に、口直しに八七年の〈マルゴー〉が飲みたい？　なに、それ！　ははは！　ははは！」怒りの笑いは次第に涙まじりになってきた。「私は……私は今までこんな人たちのことを、こんな人たちに言われたことをずっと気にして、私は今まで、今まで、何をやってきたんだ、私は……」

いきなり変貌した藤巻に呆気にとられていた一同の口火を切って、安藤が言った。

「ど、どうしたんだね？」

藤巻は落としていた肩をやにわにいからせて叫んだ。

「この素晴らしいワインを、あなたたちのような人に、侮辱させることは、絶対に、絶対に許さない！」

最初は訳も分からずに唖然としていた客人も、次第に藤巻の態度に我慢がならなくなってきたようだった。

「なんだ君！」「無礼じゃないか！」安藤や嶋のみならず、皆一様に不快の意を示した。

その様子をじっと見つめていた右京が口を開いた。

「つまり、これは八七年の〈パルトネール〉ではない。確かにエチケットこそ八七年となっていますが、中身はボルドーの大当たりの年、八六年の〈パルトネール〉。そうですね？　先生」

「そ、そんな！」

右京のことばに呆気にとられた紀子の傍らで、藤巻の狂気はまだ続いていた。

「それなのにこの人たちは、はずれ年の〈パルトネール〉と区別もつかなかった。なんだそりゃ、ははは、はははっ！」

「失礼だ、君は！　おい、侮辱するのか！」

安藤の怒りの雄叫びを合図に右京は手を叩いて静粛を促した。

「皆様にはお口直しに、バーコーナーで〈マルゴー〉をお楽しみいただきましょう」

そう言いつつギャルソンたちに誘導を依頼する。

「なんでこんなことを」「ああ、行こう行こう」「まったく、失敬な！」「失礼もいい加減にしたまえ！」口々に吐き捨てながら一同が退席すると、その場には力なく項垂れた藤巻とふたりの刑事だけが残された。


「話していただけますね？　なぜ八六年のエチケットを八七年のエチケットに張り替えたのか、いや、張り替えなければならなかったのか」

魂の抜け殻のようになった藤巻に、右京が静かに促した。

「私は、自分の舌を、この味覚を磨くためだけに、すべてを犠牲にしてきた。だから嬉しかった。石場君が私の舌に出資すると言ってくれたときは……」

ところがある時点から石場は豹変してしまった。あの日、ワインセラーに案内を請うた石場は、そこで改めて藤巻に借金の返済を迫った。しかし藤巻は納得が行かなかった。藤巻の手にしていた請求書の金額は、今月から従来とは比べものにならないくらい高額に跳ね上がっていたのだ。そのことを質すと石場は嘲りの笑いを浮かべてこう言った。

――先生、契約書をよく読まなかったの？　契約後半年を過ぎた段階で、元金に対して月一割五分の利息、つまり五百万の金利になるんですよ。先生は本当にワインのことしか知らない「ワインばか」なんですねえ。へへへ。

——ばかな！　こんな額、返せるはずがない。

藤巻が憤りを込めた吐息をつくと、石場は歪んだ笑いを口元に浮かべてボトルが横たわっている棚を見回した。

——返せますよ、ここのワインで。

そのひと言でようやく藤巻は石場の魂胆に気づいた。

——すごいですねえ。先生のルートを通すと、これだけのワインが手に入るんですねえ。この〈ル・パン〉の八六年なんて、一度手放したら二度と手に入らないだろうなあ。

石場は高価なボトルを無造作に手に取り、左右に揺すぶった。

——や、やめてくれ！　なんでそんなまねをするんだ！

藤巻の悲鳴にも近い声を聞いて、石場はますます愉快そうに口元を歪ませた。

——いい顔だ。俺は先生のそういう顔を、ずーっと見たかった……あの夜、俺がどんな気持ちだったか、わかりますか？

きょとんとする藤巻に、石場は次第に熱を帯びた口調で説いた。

——先生が俺のことを、たかがシャブリで、それも人前で、「バカのひとつ覚え」と言った夜のことだよ！

——なんの話だ？

——ふん！　やっぱり覚えていない。

石場は荒々しくボトルの首を摑んで、脇にあったワインオープナーを右手に持ちナイフでキャップシールを開けにかかった。

——おい、なにをする！

止めようとした藤巻の腕を強く払った石場は、

——なにって……祝杯ですよ。このワインはねえ、もう全て俺のものなんですよ！

そう言い放って再びボトルにナイフを当てた。そんな石場を見て正気をなくした藤巻は、われ知らず傍らにあったレンガを手にしていた。そして気づいたときには……。

後頭部を殴られた拍子に、石場の左手の親指の付け根は滑ったナイフで深く抉《えぐ》られた。

そうして飛び散った返り血が、あろうことか棚に収まっていた〈パルトネール〉の八六年もののエチケットに付着してしまったのだった。慌てた藤巻は死体の処理を頭に描きながらも、この血が付いてしまった貴重なボトルの扱いに考えを巡らせていた。

「それで血痕が付着した八六年のエチケットを、八七年に張り替えた。そしてその夜、奥さんと飲んだワインは八七年の〈パルトネール〉だったんですね。だからこそ、デキャンタージュをしなかった」

右京が謎のひとつひとつを解きほぐしていく。

「私の持っている全てのワインを持って行かれる。そう思うととても耐えられなかったんだ」

藤巻が心情を吐露すると、薫が穿った発言をした。

「先生がかつて安藤さんと嶋さんにされたことを、実は先生もしてたんですね。石場さんに」

「した方は忘れても、された方はいつまでも傷となる……ところでこの〈パルトネール〉、まだ先生のご感想を伺っていませんでした」

右京のことばに再び我を取り戻した藤巻は、デキャンタからグラスにワインを注ぎ、改めてテイスティングをした。

「おお、それはもう、ボルドー右岸のメルローらしい、そう、ベルベットな口当たりで。うん、上質なトリュフの香り……」そこまで一気にことばを紡いでふた口目を含んだ。「おいしい！　これは、本当に、おいしい」そうして三口目は深いため息を吐くのみだった。「おいしい……本当は、本当は、それだけでよかったんだ、私は」

そのとき藤巻の手からグラスが滑り落ちて、澄んだ音をたてて床に砕け散った。

それはワインに翻弄された人生の終焉を告げる鐘の響きにも似ていた。

第十話

「名探偵登場」

一

悲しいかな、東京という大都会においては殺人事件などもの珍しくもない。この日の早朝にも、都内のあるアパートの駐車場に男子大学生の遺体がひとつ、転がっていた。

被害者の名前は三橋弘也《ひろや》、二十一歳で東都美大三年だった。成人してまもなくこの世を去った運のない男は、左胸を鋭利な刃物で前からひと突きされていた。おそらく即死であろう。死亡推定時刻はその日の未明、三時から四時の間。遺体は財布や部屋の鍵を身につけたままだったので、物盗りのセンは薄いと考えられた。

現場のアパートは学生向けの物件だったため宵っ張りの住人も多かったが、残念ながら不審な物音を聞いた者はいなかった。そのかわり、ある住人から犯人に心当たりがあるという有力な証言が得られた。

警視庁捜査一課の若手刑事芹沢慶二が、その住人を先輩の三浦信輔と伊丹憲一の前に連れてきたときに、タイミングよくふたりの人物が登場した。特命係の杉下右京と亀山薫である。

薫とは犬猿の仲の伊丹が鬼のような形相で周囲をねめまわすと、鑑識課の米沢守が首をすくめた。おそらく特命係の変人警部と仲のよい米沢が勝手に援軍を頼んだのであろう。あとで灸をすえてやろう。伊丹は鼻を鳴らし、特命係の目の敵と相対した。

「また来やがったか、この亀ジャマ！」

「亀ジャマではなく、亀山だ！」

いつものように子どもの喧嘩を始めるふたりを無視して、三浦が証人に質問する。

「おたくは？」

いかにも大学生という外見の住人が、意外としっかりした受け答えをした。

「山本です。三橋くんの上の部屋で、大学も一緒です」

「犯人の心当たりがあるって？」

三浦が水を向けると、山本という大学生はそつなく答えた。

「実は三橋くん、最近付き合い始めた彼女がいるんです。油絵科の一年後輩で井沢美亜っていうんですけどね。この間、美亜ちゃんの元カレが大学まで来て、三橋くんに言いがかりをつけてきたんです。美亜ちゃんを盗られたと思い込んでるみたいで」

薫とのじゃれ合いを済ませた伊丹が割り込んできた。

「被害者を一方的に逆恨みってわけか」

「おまけにそいつ、このアパートまで乗り込んできて、今月だけでも二、三度あったかな。三橋くんが警察を呼ぶって言ったら、『その前におまえを殺してやる』って脅すんです」

「殺してやるって、モロ怪しいじゃないっすか」芹沢の目が輝く。「その男の名前は？」

「そこまでは知りません。でも、美亜ちゃんに訊けばわかると思います」

「その美亜ちゃんって人は、いまどこにいるかわかりますか？」と三浦。

「この時間なら、たぶん大学で一限に出てるはずですよ」

「よし。まず彼女から事情を聞こう」伊丹は仲間ふたりに言った後、敵対するふたりに向かって、「おい、今度は邪魔すんなよ」と牽制した。

もとより邪魔するつもりなどなかった右京は、先に三橋の部屋を見ることにした。学生アパートらしく、室内は狭く散らかっていたが、壁際に何枚もの油絵が立てかけてあるのが印象的だった。三橋は独自の画風を模索しているらしく、部屋にあるのは、都会の夜景を背景にして画面からはみ出すくらいアップにされた肌が浅黒い人物の顔が描かれているという、個性的な構図の絵ばかりだった。

「俺らも元カレを捜さなくていいんですか？」

絵に関心のない薫が焦ったようすで訊くと、右京は三橋の作品に目を凝らしたまま答えた。

「その元カレは被害者に恋人を盗られたと逆恨みをして、何度も訪ねてきては激しく言い争っていました」

「ええ。だからこそ怪しいんでしょ？」

「なのに昨夜に限って、住民は誰も言い争う声を聞いていません」

初動捜査の状況はすでに米沢から報告を受けていた。

「最初から殺すつもりで待ち伏せして、いきなり襲ったんじゃありません？」

妥当性があると思って薫が述べた推理は、上司によっていとも簡単に却下される。

「そうでしょうかねえ。被害者は胸を前からひと突きにされています。自分を『殺してやる』とまで言った人間が待ち伏せしていたならば、声のひとつも出すとは思いませんか？　つまり、最初から怨恨と決めつけるのは早計だということです」

「そんなもんですかねえ」半信半疑のまま、手持ち無沙汰な薫が押入れを開けると、中に大量の缶スプレーが並んでいた。「スプレーですね。絵を描くときに使うんですかね？」

右京がコメントをする前に、「あの……」と遠慮がちな声をかけて、初老の男性が入ってきた。アパートの大家であった。

「ひとつ思い出したことがあるんですけど」

「どういった内容でしょうか？」

右京が礼儀正しく訊ねると、大家が声を潜めて告げた。

「四日ほど前、三橋さんを訪ねてきた男の人がいました」

「それは元カレではなくて？」

大家も〝元カレ〟のことは知っていたのだろう。薫の問いかけをすぐに否定した。

「いやいや、もっと歳のいった、四十すぎぐらいでヨレヨレのコートを着た人でした。大学の就職課だとか言って、三橋さんがここに住んでるかどうか確認したいって」

「大学の就職課がわざわざ来て、なんでまた住所の確認なんか」

薫が疑問を呈すると、右京も同意した。

「ええ。いささか気になりますねえ」


右京と薫が東都美大に行くと、食堂で捜査一課の三人組が井沢美亜《みあ》から話を聞いているところだった。ひととおり話は終わったようだ。芹沢が元カレの確認をしている。

「被害者と言い争っていたのは正野《しょうの》勇樹、二十三歳、無職。住所は新宿区北窪三丁目十五の二で間違いありませんね？」

「本当に彼が弘也を殺したんですか？」

顔を曇らせた井沢美亜は、ショートカットを明るい色に染めた色白の女性だった。

「それは、これから調べます。どうも、ご協力ありがとうございました」

三浦が礼を述べ、捜査一課の三人の刑事がそろって立ち上がったところに、特命係のふたりの刑事が近づいた。

伊丹は美亜に、「この人たち悪い刑事だから、話があったらわれわれに」と言い残すと、薫を無視して去っていく。戸惑う女子大生に右京が警察手帳を見せた。

「おつらいとは思いますが、もう少しよろしいですか?」

「でも、前の彼、正野くんのことならいまの刑事さんたちに話しました」

美亜の不安を取り除こうと、右京は笑顔を作った。

「いえ、それとは別です。最近あなたや三橋さんの周りに不審な人物が現れていませんでしたか? 四十すぎでコートを着た男が」

美亜には思い当たる人物がいたようだった。

「その人なら、たぶん学生ローン会社の人だと思います。先週の土曜日、キャンパスで声をかけられました。弘也の名前でお金を借りている人がいて、確認を取りたいから連絡先を教えてって言われたんですけど」

「その口ぶりでは、教えなかったんですね?」

右京が微笑みかけると、美亜はうなずいた。

「はい。電話番号とか教えてトラブルになっても嫌だったし。でも、どうしても会いたいって言うからバイト先のことは教えちゃいましたけど」

告白する美亜の目には後悔の色があった。

三橋弘也のバイト先はコンビニだった。ふたりはさっそくそのコンビニへ向かった。

「三橋くんが殺されたなんて信じられませんよ。だって昨夜も二時までバイトに入ってもらってたのに」

店長が肩を落とし声を震わせる。

「そうですねえ。あの、彼のこと調べてた男がここに来ませんでした?」

薫が質問すると、店長がしばし考え込んだあとで語った。

「調べてたっていうか、三橋くんの高校の同級生のお父さんって人なら見えましたけど?」

「三橋さんの住所を訊きに来たんじゃありませんか?」

右京がかまをかける。店長はそれを肯定し、「なんでも息子さんが事故で入院しちゃって、三橋くんにどうしても会いたがってるって言うもんで」

「どのような方でした?」

「四十半ばかなあ。トレンチコート着て、なんか幸薄い感じで」ここでなにか思い出したように手を打った。「そうそう、私と話してる途中で携帯に出たとき『マーロウ』って名乗ってました。どう見ても日本人だし、変なオヤジだなって思いました」

右京の脳内コンピュータが働き、たちまちなにかの答えを導き出したようだった。

「電話帳があればお借りしたいのですが」

「ちょっとお待ちください」

店長が奥に引っ込んだ隙に、薫が上司に問いかける。

「電話帳でなに調べるんですか？」

「あるときは大学の就職課職員、あるときは学生ローンの社員、またあるときは高校の同級生の父親。出会う相手によって身分を変える。さらにトレンチコートにマーロウという名前。これから連想できる職業はひとつ」

右京が左手の人差し指を立てた。こう整理されると、薫にもピンと来た。「探偵！」

右京は人差し指をそのまま相棒のほうへ倒し、「ピンポン」

そこへ店長が電話帳を持って戻ってきた。右京は手際よく電話帳をめくると、ひとつの広告を指差した。

「ありました。おそらくこれでしょう」

〈チャンドラー探偵社〉の広告だった。

二

住所を頼りにたどり着いたのは、とある小さな雑居ビルだった。一階が雀荘、二階が消費者金融、そして三階の一室に〈チャンドラー探偵社〉が入っている。薫がスチールドアをノックすると、中から「どうぞ」という声が聞こえてきた。

ドアを開けて中に入る。室内には煙草の煙が充満していた。その煙の先に、トレンチコートの襟を立て、つば広の帽子をかぶった男がこちらに背を向けて座っていた。男が問わず語りにしゃべり出す。

「事件の解決に必要なものは、ただひとつ。優秀な探偵を選ぶこと。おふたりはいま、もっとも正しいドアを叩かれた。ようこそ、〈チャンドラー探偵社〉へ。私、所長の矢木です」

そう口上を述べると、回転椅子を回し、こちらを向く。差し出された名刺には「矢木明」と書かれていた。

きざなせりふとは裏腹に、野暮ったい顔つき。服装だけは決まっているが、まるで似合っていない。なるほど、幸薄そうな男だった。

呆れる薫に臆するでもなく矢木が言う。

「で、ご依頼は？　浮気調査かなにかでしょうか？」

「いいえ」と右京。

「だったらペット捜し？　ひょっとして引っ越しの手伝い？」

「いいえ」

「まさかドブ掃除とか」

「本当に探偵かよ」と薫。「なんでも屋の間違いじゃないのか」

　ここで右京が警察手帳を呈示した。

「警視庁特命係の杉下と申します」

「同じく亀山」

　薫も上司にならうと、矢木が手帳に付いた記章に反応する。

「わあっ！　このバッジ、初めて見ましたよ。やっぱり手帳よりいいですよね！　なんかロス市警のにおいがして」

　事実、二〇〇二年から導入された手帳機能のないこの新式警察手帳は、アメリカの警察のバッジケースを模したものである。

　右京が手帳をしまいながら、「警察手帳を見て驚かれないところを見ると、われわれが訪ねてくることを予想していたのではありませんか？」

「あんた、三橋弘也の身辺を嗅ぎ回ってただろ」

　薫が迫ると、矢木の顔色が変わった。

「さあ、なんのことだかさっぱり」

「彼が殺されたのもご存じなんでしょ？」

　右京の指摘に、矢木は明らかにうろたえながらもしらをきる。

「だから、なにも知りませんよ」

「昨夜午前二時から三時の間、どこにいた！」

薫が強く出た。すると矢木はわざとらしくあくびをしながら、「下の雀荘です。ゆうべは徹夜で朝まで。店のマダムに訊いてもらえればすぐにわかりますって」

薫が舌打ちをして裏を取りに行く。右京は本棚にずらっと並んだハードボイルド小説の文庫本の背を眺めながら、「こちらの社名から察するに、かなり探偵小説がお好きなようですねえ」

矢木は得意げに煙草に火をつけ、「こう見えても私、西日暮里界隈ではマーロウ・矢木で通ってますから。あ、戸越銀座ではサム・スペード・矢木、錦糸町ではリュウ・アーチャー・矢木なんですけどね」

「最近いい仕事にありつけましたね？」

本棚からコルクボードに目を移した右京が軽口を叩く探偵にずばり指摘する。矢木は突然むせて、煙草を床に落としてしまった。「酒屋の請求書や消費者金融からの督促状がずいぶんたまっていますね。ですが、こちらの領収書でそれらがすべて清算されたことがわかります。支払われた日付はどれもここ三日以内。たまった借金を一掃できるだけの報酬があったと推測するのは難しくありません」

右京がお得意の推理力を発揮すると、矢木は降参とでも言わんばかりに両手を挙げた。

「参ったな。秘書に片付けるように言うべきでした。ま、肝心のその秘書がいなくて。ハハハ……」

「三橋弘也さんのことを調べるように依頼されたんですね？　どこの、どなたから？」

右京が攻め込むが、探偵はすっとぼけた。

「どこのどなたからと言われても……依頼人に関しては守秘義務ってのがあるでしょ」

そこへ薫が戻ってきた。

「店のおばちゃんと他の客から裏取れました。確かに今朝まで一緒に囲んでたそうです。こっちはなにか？」

「こちらの探偵さんが被害者を調べていたのは間違いなさそうです。ですが、それ以上は守秘義務とか」

「なるほど。いい度胸じゃねえか」

薫が矢木を睨みつけると、右京が言った。

「そろそろお暇しましょうか」

不安そうな探偵を残し、刑事たちは立ち去った。


刑事たちが立ち去ってしばらく時間を置いたあと、矢木明が動き出した。コンチネンタル・ミュージック・エンタテインメントという会社に入り、受付へ行く。

「私、ブルーバード保険の山下と申します。広告宣伝部の君原さまに満期の件でお話があるんですけれど」

「少々お待ちください」受付嬢は怪しむようすもなく内線電話の受話器を取ったが、ちょうどフロアに本人を見つけて、直接名前を呼んだ。「君原さん！　お客さまです」

呼ばれて現れたのは恰幅のよい中年男性だった。「お客？」

とたんに矢木の頬が硬くなる。

「君原……敦美《あつみ》さんですか？」

「ええ。おたくは？」

不審顔の君原が問うと、矢木は帽子を脱いで頭を下げた。

「あ……人違いです。どうも失礼しました」

矢木が振り返ったところに特命係のふたりがいた。背後から一部始終を見ていたようだ。

「参ったなあ。尾《つ》けてたんですか」

探偵をビルの外へ連れ出し、右京が言う。

「どうやら、あなたが身分を偽っていたように、依頼人のほうもこちらの君原敦美さんの名前と肩書を利用なさっていたようですねえ。嘘をついている依頼人をこれ以上庇う必要はないと思いますよ」

「素直に教えてくれたら、バレない尾行のやり方を教えてやってもいいんだけど」

薫がもちかけると、矢木は肩をすくめて苦笑した。

「その女が依頼にやってきたのは一週間前でした」

「女？」

それで君原敦美が男だとわかった瞬間にはめられたと気づいたのか、と薫は理解した。

「三十代半ばの口元がちょっとエッチな、いい女。コンチネンタル・ミュージックの宣伝部の人間だと名乗って、一枚の写真を差し出したんです。『この絵を描いた男を捜してほしいんです』って。なんかいい感じでしょ？　ボギーの映画の最初のシーンみたいで」

夢想する矢木を薫がどつく。

「なり切ってんじゃねえよ」

「その絵とは、どんな絵でしょう？」

右京が現実に引き戻すと、探偵は一枚の写真を取り出した。

「あ、これです」

それはどこかの建物の壁面に描かれた絵だった。画風に見覚えがある。都会の夜景を背景に人の顔が画面いっぱいに描かれた——三橋弘也の絵に違いなかった。矢木が説明する。

「住所と名前、できれば電話番号も、それが依頼内容でした。その女の話では、来年の夏にデビューする予定のバンドのＣＤジャケットやロゴやウェブも含めてデザインを丸まる、この絵のアーティストに任せようと思ってるってことでした。写真の絵がそのバンドのコンセプトにぴったりだから、ぜひ使いたい。ただ、この写真は資料用のスナップからたまたま見つけた一枚で、どこで誰が描いたのか全然わかんない。他のレコード会社や出版社に唾をつけられる前に、できるだけ早く見つけ出してほしい。そう言われました」

「要するに、ストリート・アーティストの青田刈りってわけ？」

状況を理解した薫がまとめると、矢木は首を縦に振って、「おまけに社内でも極秘のプロジェクトだから、連絡は会社じゃなくて直接彼女の携帯にするようにって」

「そして、あなたはこの絵を描いたのが三橋弘也であると見事突き止めたわけですね」

右京が感心したように褒めると、矢木はまんざらでもなさそうに続けた。

「ええ。通ってる大学、住所、電話番号、それにバイトに入ってる時間帯とかを報告書に書いて、その代償として報酬をもらった。それがおとといのことです」

「ところがレコード会社の宣伝部ってのは真っ赤な嘘だったわけだな」

薫が皮肉っても、矢木はめげていない。

「ま、美人の依頼人が最初に出てきた場合、たいてい身分を偽ってるのがパターンですからね」そう言いながらトレンチコートのポケットを探ったが、煙草が見つからなかった。「煙草一本いいっすか？　切らしちゃって」

なぜか憎めない男だった。薫がマールボロの箱を差し出すと、矢木は箱ごとポケットにしまった。

「おい、しまってんじゃないよ」

「ま、固いこと言わずに……」

両手を合わせて薫に懇願する矢木に、右京が自分の見解をぶつけた。

「被害者が深夜アルバイト先から帰宅したところを待ち伏せされて殺されたとすれば、あなたが美人の依頼人に渡したその情報が使われたのでしょうね」

「ねえ、刑事さん」矢木が今度は右京に向き直る。「正直に話したんだから、今度はこっちのお願い聞いてもらえませんか？」

「お願いとは？」

「刑事さんたちの捜査に私もまぜてほしいんです。お願いします！　このとおり！」と、帽子を取ってぺこぺこお辞儀をする。「美人で正体不明の依頼人に殺人……こんなハードボイルドな事件、探偵になって初めてなんです。それにほら、アメリカじゃ探偵と刑事って絶妙な協力関係にあるじゃないですか。あんな感じで一緒に捜査させてくださいよ！」

「あのな」薫が天井を仰いだ。「そういうのは小説の中の話。このなり切り探偵が。右京さんからもなんか言ってやってくださいよ」

「ぼくは構いませんよ」

上司が寛容なところを見せたので、薫がのけぞる。喜んで支度を始める矢木に聞こえないように、薫が右京に小声で訊いた。

「なんだってあんな奴を一緒に？」

「一枚の写真から彼がどのように被害者にたどり着いたのか、いささか興味があります」

なるほどそれは一理ある、と薫が認めたとき、矢木の張り切った声が響いた。

「さあ行きますか！」

三

三人が繁華街を歩いていると、いきなり派手なメイクのギャルたちが矢木を取り囲んだ。

「ヤッキー、なにしてるの？」

リーダー格の女子高校生が気軽に矢木に話しかける。矢木は目を細め、「チカちゃ～ん、今度オジサンとデートしよ。いい足湯見つけたの、ね？」

目尻を下げる探偵に、チカと呼ばれたギャルが言い返す。

「なに言ってんの。この間のバイト代が先」

薫がそのひと言を聞きとがめた。

「ちょっとあんた！　バイトってまさか援助交際とか」

矢木は大げさに手を振って否定しながら、「違いますって！　そうだ、チカちゃん、この間ヤッキーが頼んだこと、このチョイワル系のオジサンたちに説明してくれる？」

チカはやたらと飾り立てた携帯電話を取り出すとなにやら操作して、画面を特命係の刑事たちの目の前に差し出した。

「これだっちゃ」

画面には三橋のものらしい画風の絵が映っていた。顔を見合わせる刑事たちに矢木が説明する。

「たまたまチカちゃんに見せたら、サークル中に回してくれて」

チカがその説明を引き継いだ。

「こんな感じの落書き捜すとさ、マジ何気にあちこちにあってね。それぜーんぶ、みんなで写メ撮って一枚二百五十円でヤッキーに送ったわけ」

「なるほど」右京が納得したようにうなずき、探偵に訊いた。「写メのプリントをお持ちですか？」

「これです」

矢木が内ポケットから写真を取り出す。ひと通り見てみると、三橋の手になると思われる落書きだけで十枚以上もあった。

　右京が実物を見たいというので、矢木はある商店街に刑事たちを案内した。閉店した荒物屋のシャッターに見慣れた画風のスプレー画が描かれていた。右下のほうに崩した書体で署名まで描き込んである。

「はあっ！　殺された三橋くんがこれを描いたわけですか」

　巧みなスプレーさばきを至近距離から検分した薫がしきりに感心する。

「落書きとはいえ、器物損壊もしくは建造物等損壊、れっきとした犯罪です。このような才能を他で使えませんかねえ」右京は若者の才能の無駄使いを嘆くと、矢木に向かって、「それはそうと、次にどこへ行ったか当ててみましょうか？」

「えっ？」

「この辺りでもっとも近い塗装業者では？」

　図星を指され、矢木が目を丸くした。

　その塗装業者へ行って事情を話すと、社長が棚からファイルを取り出してきた。ファイルの中には、さまざまな場所に描かれた三橋の作品の写真が収められていた。

「これが三丁目の駐車場のやつ。こっちは富塚橋の下」

社長の説明を聞き、薫は先ほどの右京の推理の道筋を理解した。

「なるほど、ここなら落書きの情報が集まってくるわけですね」

「それどころか塗り直して消されてしまった絵の記録まで残っています。いい着眼点ですね」

特命係の警部が褒めると、探偵は謙遜した。

「たまたま、まぐれ当たりなんですけどね」

「この手の落書きがいつごろから、どんな時間に描かれたか、わかる範囲で結構ですが」

右京が質問すると、社長は集中するように目をつぶり、「消してくれという注文が来だしたのは今年の夏からかな。たいていは夜中のうちに描かれてたみたいで」

「何曜日に集中しているとか、月末に多くなるとか、そういう傾向は見られませんか？」

「いやぁ、バラバラじゃないかなぁ」

「ほとんど意味はないってわけですか」

一蹴しようとする薫に、右京が異を唱えた。

「あながちそうとも言えません。曜日や日にちがまちまちなのは、時間に縛られない生活をしている人間だからこその特徴と考えられます。学生やフリーターでしょうかね」

「なるほどねえ」

上司のいつもながらの洞察力に半ば呆れている薫の足元に急に猫が現れ、体をすり寄せた。社長がいきなり破顔し、猫を抱き上げる。

「あ、ミーちゃん、どこ行ってたの。この間も家出しちゃって。矢木ちゃんが見つけてくれなきゃ、どこでどうなってたか。命の恩人だよ、矢木ちゃんは」

「猫捜しもお得意なんですね」

右京が微笑みかける。探偵はこめかみの辺りをかきながら照れた。

「っていうか、そっちのほうが本業みたいなもんですから」

「矢木ちゃん、ペンキの塗り直しとかあったら、いつでも言ってくれよな。タダでやってやるからさ」

社長が声をかけると、矢木は嬉しそうに応じた。

「マジっすか、社長！　ありがたいなぁ〜」

塗装業者のもとを辞した矢木は、橋の下のホームレスたちの溜まり場へ、刑事たちを連れてきた。矢木の顔を認めるなり、中年のホームレスが焼酎のお湯割りを差し出す。

「矢木ちゃん、ほら、いいブレンドできたぜ。一杯いこう」

矢木はひと口すすると「うまいねぇ！」と叫び、薫にも「よかったらどうぞ」と勧めた。

「勤務中だから」と断る薫の横から、右京がそのホームレスに質問する。

「橋げたに落書きしている男を目撃されたそうですね」

「人んちの真ん前に描いてるからさ、嫌でも目に入ってくるわけよ。結構時間かけて描いてたなあ。あれは基礎を勉強した奴の作だな。間違いない」

断言するホームレスの肩を叩いて、矢木が補足した。

「こう見えてもこのおっちゃん、芸大出てますから」

「なるほど。それであの絵の作者が美大生という可能性が出てきたわけですね」

右京は大いに納得したようすだった。

ホームレスの溜まり場を後にするころには夕刻になっていた。矢木が突然申し出る。

「あの、私、寄るとこがありますんで、ここで失礼します」

「どちらへ?」

右京が興味を示すと、矢木は恥ずかしそうに、「いや、ほら、たまってたツケ全部返せたもんですから、久々にオネェちゃんのいる店に繰り出そうかな、なんて。それじゃ」

そう言い置いて、足早に去っていく。後ろ姿を恨めしげに見送りながら、薫が吐き捨てる。

「なんだ、あいつ。自分で連れてけって言っといて、いい気なもんだ。右京さん、こんなこといつまで続けるんですか?」

非難がましく訴える相棒を右京が諭す。

「なにかを捜査するための手法は、われわれ警察官が持っている以外にもいろいろあるんですよ。彼はいい見本です」

「そういうもんですかねえ」

薫が承服できずに顔をしかめていると、矢木の去った方角から男のうめき声が聞こえてきた。

「いまのは矢木さんの声ですね?」

ふたりは声のしたほうに近づき、辺りを見回したが、矢木の姿はなかった。代わりに薫の目が地面に落ちたマールボロを見つけた。

「あっ! これ俺があいつにやった煙草ですよ。あ、あれも」

薫の視線は十メートルほど先の路上をとらえていた。そこまで行くと、さらに十メートルほど先に煙草が落ちていた。

「またあった!」

「亀山くん」

右京が次の一本を見つけた。どうやら矢木は何者かに拉致され、連れ去られる道すがら、目印に煙草を落としていったらしい。

「『チルチルミチル』かよ、もう」

跡をたどりながら薫が愚痴ると、右京がすかさず訂正した。

「『ヘンゼルとグレーテル』です」

ついにふたりは矢木に追いついた。公園脇の林の中で、矢木は黒服にサングラスをかけた怪しいふたり組の男から暴行を受けているところだった。

「なにやってんだっ！」

薫が大声で怒鳴る。黒服の男たちは矢木への攻撃をやめて、一目散に逃げていった。

右京と薫が矢木のもとに駆け寄った。

「おい、大丈夫かっ？」

「やられました」

それだけつぶやいて、矢木は気絶した。


その夜、〈花の里〉には常連の警部と傷ついた探偵の姿があった。女将の宮部たまきがかいがいしく矢木の傷を消毒している。

「病院に行かなくてもよろしいんですか？」

「『男はタフでなければ生きていけない。優しくなければ生きていく資格がない』。それがモットーですから」

強がる探偵の横から、右京が知識を披露した。

「チャンドラーの『プレイバック』ですねえ。訳が微妙に違うという説もありますが」

「こんばんは」そこへ薫が引き戸を勢いよく開けて、入ってきた。「伊丹たちに協力を要請したけど無駄でした。向こうは元カレの正野を本ボシと睨んでいるみたいで」

右京はたまきに絆創膏を貼ってもらってやに下がる矢木を見ながら、「これこそ怪我の功名。われわれが間違った方向に進んでいないことが証明されました」

「じゃあ、あのふたり組は？」

「三橋弘也殺害犯の一味と見て間違いないでしょう」

ふたりの会話を聞き取った矢木がなぜか低い声で言った。

「これ以上事件に首を突っ込むなっていう警告だったのか……ふっふっふっふ」

忍び笑いをする矢木をカウンターの中に戻ったたまきがのせる。

「探偵さんだったら、やっぱりバーボンかしら？」

矢木の笑い声がぴたっと止まった。突然情けない顔になり、「でも私、今日はふたり組に財布を盗られてスッカラカンで……」

「お代は結構です」

探偵は現金だった。

「えっ？　だったらダブル！　いや、トリプルでお願いします」

「そもそも犯人はどうして被害者の調査を矢木さんにお願いしたのでしょうねえ」と右京。


探偵は自信過剰だった。

「私が優秀だから……じゃないでしょうか」

「それはともかく、〈チャンドラー探偵社〉はあなたひとりの小さな所帯です。万が一のことが起きた場合はあなたを始末すればいい。それぐらいは計算ずくだったのでしょうね」

元夫がさりげなく恐ろしいことを口にするのを聞き、たまきが手を口に当てた。

「始末って、殺されてたかもしれないって意味ですか？」

探偵は楽天的だった。

「なんか、すごいっすね！　正体不明で美人の依頼人に殺人、捜査の途中に警告しに現れるふたり組の男。まさにハードボイルドな展開だなあ！」

薫が呆れ果てて、首を横に振る。

「やっぱりあんた、病院行ったほうがいいよ」

探偵は懲りなかった。

「正直、嬉しいんですよ。フィリップ・マーロウに憧れて探偵になったのはいいけど、浮気調査ならまだマシなほうで、来る仕事といやぁ猫捜しやゴミの片付けばかり。一度でいいから名探偵みたいにかっこよく事件を解決したい。それがね、なによりの夢なんです」

「あんたさ、のんきなこと言ってる場合じゃないだろ?」薫が本気で忠告する。「殺されるかもしれないんだぞ。名探偵なんて小説の中だけ。悪いこと言わないから、捜査は俺たちに任せろ。な?」

そして探偵はあきらめが悪かった。

「そんなこと言わないでお願いします。もう少し一緒に捜査させてください。このとおり!」

矢木が帽子を脱いで、深々と礼をした。

四

翌日、〈チャンドラー探偵社〉に集合した三人は、都内の住宅地図を広げていた。前日に引き続き、矢木がいかにして三橋弘也の通う美大を割り出したのか、を説明したところだった。

薫が首肯しながら、「なるほど。確認できた落書きの場所と、都内の美術系大学や専門学校を地図で重ねたってわけだ」

「それが一番手っ取り早いかなと思いまして」

矢木の着眼点を右京が認める。

「普段の行動範囲内で適当な壁やシャッターを見つけたとすれば、描かれた場所と学校はそれほど離れていないはず。正しい推理ですね」

「どうも」

矢木がぺこりとお辞儀する。薫は一冊のファイルを取り上げて、「で、一番近い東都美大に目星をつけて借りてきたのが、これ。去年の学生の作品集ってわけね」

矢木がファイルをめくる。

「同じようなタッチの絵がないか捜してたら、たまたまこれが」

都会の夜景と人の顔のアップ――三人にはもはやおなじみとなった画風の作品が現れた。制作者は「油絵科二年　三橋弘也」と記されていた。

「ついに名前までたどり着けましたね」右京がその絵を見ながら言った。「この後のあなたの行動はおおむね想像がつきます。同じ油絵科の学生に接触したあなたは、当人より先に恋人である井沢美亜に会い、彼の住所を訊きだそうとしたがそれは叶わず、代わりにアルバイト先の情報を手に入れた。そこで、ようやく彼のアパートの住所やアルバイトが終わる時間を突き止めることに成功し、念のためにアパートの大家さんに確認を取った。そして調査の結果を君原敦美と名乗る依頼人に渡した」

探偵は目尻を下げて、「ここだけの話、規定料金の三倍もらえました」

薫が主導権を握ろうと咳払いした。きっと右京であれば、すでに事件の概要を見通しているはずだ。

「で、その謎の女が一体どこの誰なのか、なんだって落書きをした三橋弘也は殺されなくちゃならなかったのか。われわれ警察としては、なにかヒントをつかんだんですよね？」

「いいえ、なにも」

右京がさも当然のように否定したので、薫はずっこけそうになった。「右京さん！」

「ですが、ここから先はこちらが推理をする番です。女の子たちが集めてくれたこれらの写真の中に、謎の依頼人が持ってきた絵と同じものが一枚だけありました」

写メのプリント十数枚を右京がテーブルの上に広げた。

「えっと、どれでしたっけ？」

右京がそのうちの一枚を取り上げた。

「これです」依頼人の持ってきた写真と並べる。「遠くから撮られていますが、特徴的なのですぐにわかりました」

「特徴的？」

薫にはどの絵も似たような構図に見えた。右京が依頼人の持ってきた写真の右下付近を指差した。

「ここを見てください。この絵だけ彼のサインがないんです」

「あ、本当だ」

薫は荒物屋のシャッターに描かれた絵にも同様のサインがあったのを思い出した。

「つまり、この絵だけが描きかけだったんです」

「そっか。この写真を謎の女が持ってきたってことは、この場所になにか手がかりがあるってことですか？」

右京が写メのプリントを裏返した。撮影日時と撮影者、それに撮影場所が矢木の筆跡で記入されている。

「ここには『神ケ谷のマンション』と書かれていますが」

右京が指摘すると、矢木が渋い顔になった。

「そこだけは近づかなかったんですよね」

探偵がその絵に近づかなかったのには理由があった。その絵は神ケ谷界隈で最も高い高層マンションの屋上に設置された広告ボードの土台部分に描かれたものだったのだ。

現地に案内してもらった薫も納得した。

「なるほど。マンションの屋上ともなれば探偵じゃあねえ、むやみに立ち入ることは難しいわな」

　同行したマンションの管理人が説明した。

「ここ、先週鍵を取りつけたばかりなんですよ」

「それまでは誰でも自由に出入りできたわけですね？」

「ええ」管理人は苦虫を嚙み潰したような顔で、「でも、よそから悪さする連中が出入りするようになり、しまいにはこんな落書きまで。いい加減こっちも腹に据えかねまして」

「落書きがされた日と鍵を取りつけた日の正確な日付は覚えていらっしゃいますか？」

　右京が訊くと、管理人は頭の中で記憶を探り、「落書きを見つけたのは六日ですけど、前の日はなかったから、描かれたのは五日の夜かな。鍵を取りつけたのは七日です」

　右京が矢木に確認する。

「謎の女が矢木さんの探偵社に来たのは六日でしたね？」

「そうです」

「なるほど、そうでしたか」右京はマンションの屋上から周囲に立ち並ぶビルを見回し、

「やはり謎の女は、被害者の三橋さんがこれを描いているのを目撃していたんですよ」

「目撃、ですか？」と薫。まだ上司の言葉の意味がわかっていなかった。

「謎の女の依頼は確かこうでした。『この絵を描いた男を捜してほしい』。おかしいと思

いませんか？　どこの誰が描いたのかもわからない落書きなのに、どうしてそれが男だと言い切れるのでしょう？　すなわち依頼人がその人物を目撃したからですよ」

　やりとりを聞いていた矢木が反論する。

「でも、だったらどうしてあの女は写真の絵がここにあるってことを最初から言わなかったんです？」

「そうですよ。これを描いた人間の捜索を依頼するなら少しでも情報は多いほうがいいはずでしょ？」

　薫も矢木と同意見だったが、右京にはすでに仮説があるようだった。

「それなのに、あえてわからないふりをした。つまり依頼人にはこの場所を誰にも知られたくない事情があったんです」

　警視庁に戻った特命係のふたりは、鑑識課へ行き、米沢と面会した。米沢が嬉しそうに右京たちに耳打ちする。

「一課は被害者の恋人の元カレ、正野勇樹を任意で聴取していたようですが、自白も物証もなく勾留期限切れで釈放だそうです」

「伊丹のやろう、ざまあ見ろ！」

「それにしても私立探偵とご一緒に捜査とは変わった趣向ですね」米沢は黒縁眼鏡を右

手で押さえ、「あの、もしよければその探偵とやら、私に紹介願えないでしょうか？」

思わぬ申し出に薫がたじろぐ。

「紹介してどうするんですか？」

「私の逃げた女房を捜してもらおうかと」

意外と真剣な表情で米沢が言った。右京が話を戻す。

「その一件はともかく、頼んでおいたものですが」

「あ、こちらへどうぞ」米沢がパソコンの前へ移動し、プリントアウトした書類を渡した。「これが被害者の携帯の発信履歴です」

「拝見します」右京は電話番号を目で追いかけ、「やはりありました。一一〇番通報」

薫がのぞき込み、発信時間を確認した。

「六日午前一時。あの絵を描いた夜ですね」

「通話内容は？」

右京が言うと、米沢がパソコンを操作した。オペレーターと若い男の声が録音されていた。

――はい、一一〇番です。どうしました？

――あの……えーと……あ、ごめんなさい。間違えました。すいません。

「これだけ？　どういうことですかね？」

薫は不審顔だったが、右京は納得顔だった。

「彼は見てしまったんですよ。絵を描いているところを目撃されると同時に、彼自身もまた目撃者となってしまったわけです」

再び神ケ谷の高層マンションの屋上に戻った右京は、矢木を呼んで、五日の夜なにが起こったかについて自分の推理を披露した。

「このマンションに狙いをつけていた三橋さんは屋上に上り、絵を描き始めた。そして九割方描き終えたころ、ここから見える範囲内で、おそらくマンションやビルの一室で、なんらかの犯罪が行われるのを目撃してしまった。慌てて一一〇番したものの、自分がいましていることを思い出した。住居侵入に建造物等損壊。目撃した状況を話せば自分が違法行為で捕まるかもしれない。急に怖くなった彼は通報をあきらめ、急いでその場を立ち去るしかなかった」

「そうか。だから描きかけだったんですね」

探偵が手を打つ。右京が先を続けた。

「ええ。ところが彼が目撃した犯罪の当事者のほうも同時に彼の存在に気づいてしまった。広告を照らすライトのおかげで夜中でも明るいですからねえ。例の謎の依頼人も当事者のひとりだったのでしょう。彼女は翌日この絵を写真に収め、矢木さんの探偵社を訪ねて身分を偽り、この絵を描いた『男』を捜し出すように依頼した。理由はわかりますよね？」

弟子を試すようなこの問題に薫が即答した。

「目撃者の三橋弘也の口を封じるため」

師匠は弟子の成長ぶりを目で認めた。

「矢木さんの調査で目撃者の名前や住所、アルバイト先を知った犯人たちは、帰宅する彼を待ち伏せして殺害。女性ひとりでは失敗する恐れがあるので、黒服のふたり組と考えるほうが妥当でしょう」

「えっ？」矢木がなぜか嬉しそうに叫んだ。「じゃあ、あいつら殺し屋だったんだ！」

「右京さん、被害者が目撃した犯罪ってなんなんですかね？」

弟子が質問すると、師匠がヒントを与える。

「おそらく、深夜のマンションやビルの室内で起きて、目撃者がすぐに一一〇番に通報しようと思うような事件となれば、おのずと限られます」

弟子にもおおかた想像がついた。

「傷害か、さもなきゃ殺人！」

「そんなところでしょう。事件はまだ公にはなっていない。目撃者をなんとかしなければ。犯人たちがそう思うのは当然です」

「だけどあの夜、ここから見えるどこかで事件が起きたのは確かなんですよね。その部屋、その犯人を割り出す方法はないんですか?」

薫がぐるりと一周見渡した。東京の街並みはビルまたビル。無数の窓がこちらを向いていた。

「難しい注文ですね。なにしろ向こうからこの場所を見ることはできても、こちら側からそれがどこかを特定するのは不可能に近い」

「クッソー、どこを見たんだよ!」

悔しがる薫を尻目に、矢木が右京に申し出た。

「あの……誰が見ていたのか突き止める方法がひとつあるかもしれません」

「おや、どのような方法でしょう?」

「たぶん警察の方はやらない……いや、できない方法です」

そう言って矢木は、上を仰ぎ見た。

五

矢木の作戦は即効性があった。翌日、〈チャンドラー探偵社〉に依頼人の女が姿を現したのである。女の目には険があった。

「これはこれは、この間はどうも。お役に立ちましたか?」

おもねるような口ぶりで矢木がソファを勧める。応接テーブルには美大生殺害事件の新聞記事の切り抜きが無造作に置かれていた。

女はそれを一瞥し、「いくらほしいの？」

「いや、先日もお話ししたとおり、基本料金は一日二万、必要経費は別途で。『ベッド』じゃないですよ！『別途』で」

矢木がふざけると、女の声が高くなった。

「とぼけないで！　あんな真似までして」

「あんな真似？」

「看板よ、看板」

「ああ、ご覧になりましたか」矢木が笑う。

矢木は昨日、猫捜しで恩を売った塗装業者に連絡し、神ケ谷の高層マンションの屋上広告ボードに看板を作らせたのだ。そのコピーはこうだった。

――あなたは見られている！　チャンドラー探偵社
「でも、なにか勘違いしてませんか？　あれはただの広告なんですけど」

「そんなわけないでしょ」

女がバッグを手元に引き寄せたとき、部屋の奥から右京が現れた。

「やはり恐喝のメッセージだと思われましたか」呆然とする女にそう言うと、矢木に向かって、「狙いはぴったりはまりましたね」

「よかったぁ。出てきてくれなかったら、どうなるかと思いましたよ」

「誰なの、あんた？」

鋭い声で誰何《すいか》する女に、右京はゆったりとしたしぐさで警察手帳を掲げて見せた。

「警視庁の杉下と申します」

次の瞬間、女が勢いよく立ち上がり、ドアのほうへ向かった。ドアからは警察手帳を持った薫が入ってきた。

「俺は亀山。おっと、お帰りはまだ早いんじゃございません？」

「どいてよ。あたしはなにも知らないんだから」

「ならば、お仲間に訊くしかありませんね」

右京が部屋を横切り、路地側の窓を開けた。路地では黒服のふたり組が手持ち無沙汰にうろうろしていた。右京は携帯電話を取り出し、短く通話した。

「では、お願いします」

ビルの両側から組織犯罪対策五課の刑事、大木と小松が出てきて、ふたり組の前をふさぐ。ふたり組は抵抗したが、まもなく刑事につかまった。

「あなたのお仲間、公務執行妨害で逮捕されたようですよ」

女がバッグの中に手を差し込んだ。その手を薫が押さえ込む。ゆっくり引き出すと、女の手は拳銃を握っていた。

「あら〜、面白いもん持ってますねえ。警視庁にご招待いたしましょ」

警視庁に連行された女は大木と小松により取り調べられていた。そのようすを隣の部屋から彼らの上司、角田《かくた》六郎がマジックミラー越しに眺めていた。組織犯罪対策部は暴力団関連の事件を扱う部署だが、中でも五課は銃器や薬物がらみの犯罪のスペシャリストだった。

そこへ特命係のふたりが入ってきた。経緯を説明する角田は、いつになく気合が入っていた。

「女の名前は篠崎俊江。住所は神ケ谷町四丁目の高層マンションの十階。職業は元イベントコンパニオン。現在は妾《めかけ》」

「はい？」

「広域指定暴力団玄狼《げんろう》会の組長、瀬川修三の愛人だよ。探偵を襲ったふたり組も、その組の構成員だ。どうやら組長の瀬川は覚せい剤の取引場所に愛人の俊江の部屋を使ったんだな。セキュリティーの厳しい高級マンションなら他の組に襲われることもないし、愛人との密会にカムフラージュすれば俺たちの目もくらませると考えたんだろう。ところが、お決まりのトラブルが起きちまったってわけだ。で、取引相手を始末しちまったんだな」

「問題の場面を三橋弘也が目撃してしまったんですね？」

右京の指摘に、角田が嬉しそうにうなずく。捜査一課を出し抜いて殺人事件を扱えたのだから、その気持ちも薫は理解できた。

「死体はすぐに処分したらしいけど、いま鑑識が現場検証に行ってるから、殺人の証拠もすぐに出るだろう」

「そうなれば組長の逮捕も時間の問題じゃないですか、課長」

「ああ」薫に励まされた角田は決意を新たに言った。「三橋弘也殺害の件もおまえらが睨んだとおり、手下のふたり組の仕業だったとさ」


特命係のふたりは〈チャンドラー探偵社〉を訪問し、矢木に礼を述べた。

「ご協力ありがとうございました」

「いやぁ、本当に解決するとは思いませんでしたよ。こういうこともあるんですねえ。参ったなあ」

感動を露《あら》わにする矢木を、右京が制する。

「そろそろ本当のことを話してくれてもいいのではありませんかねえ」

「え、なにをです？」

「あなたがわれわれの捜査に加えてほしいと言った本当の理由ですよ」

矢木は作り笑いを浮かべ、「本当もなにも、マーロウみたくかっこ良く事件を解決したかっただけですよ」

右京は騙されなかった。

「そうでしょうか。どこで撮られたともわからない壁の落書きの写真一枚から描いた人間を見つけ出す、誰にでもできることではありません。しかも、あなたは五日間でやってのけた。最初から切れ者だと思っていました」

「できないふりしちゃって〜。すっかり騙されちゃいましたよ」薫は矢木の背中を軽く叩き、「聞かせてくれよ、矢木さん。そうまでして俺たちの捜査に加わった本当の理由を」

矢木が真面目な顔になり、溜息をつく。

「見つけ出したからなんです。私が居場所を突き止めなけりゃ、三橋弘也って若者は殺されずに済んだんです」

「でも、それは探偵なんだから……」

薫がかけようとする慰めの言葉を、矢木は押しとどめ、「もちろん仕事としてやったことです。プロの探偵として恥じない結果を出したつもりです。でも、いや、だからこそ許せなかった。こんなとき本物のフィリップ・マーロウなら絶対自分の手でけりをつけるはずだ、そう思いました」

「しかし、あなたは十分その責任を果たされたと思いますよ。なによりあなたがいなければ事件の解決はなかったのですから」

薫が右京の後押しをする。

「そうだよ。あの看板のアイディアがなかったら俺たちお手上げだったんだから」

矢木は自嘲的に笑うと、「いえ。犯人を捜し出す方法は他にいくらでもあったでしょう。依頼人の女性のモンタージュを私に作らせて、近隣のマンションやビルの住人にローラー捜査をかける。さもなきゃ、あの女が使ったコンチネンタル社の名刺が誰に配られたのかをシラミ潰しに調べるとか。時間はかかるかもしれませんけど、警察だからこそできる方法がいくらでもあったはずです」

特命係の警部が探偵の言い分を認めた。

「おっしゃるとおり。ですが、あの時点ではあなたの、あの方法こそ、もっとも早く解決できる近道だと思いました」

「やっぱり。杉下さんも当然思いついていたんですね。そのくせ、わざと私からやるように仕向けたんでしょ。人が悪いんだから」

右京の考えは探偵に見透かされていた。

「さすがに警察のほうから民間の方にお願いするわけにはいきませんからね」

「あなたにはかないません」矢木は右京に向けた目で薫を見て言葉を濁す。「あなたには……」

探偵の小馬鹿にしたような態度が薫は気に食わなかったが、右京の合図で立ち上がる。

「お暇しましょうか。ではミスター・マーロウ、ロング・グッバイ」

「えっ、もう会えないんですか？」

「いや、またお会いしましょう」

右京にそう言われ、矢木ははにかみながら、「じゃあ、シー・ユー」

「元気でな」

薫は探偵の背中をどやしつけながら、餞別《せんべつ》の煙草を探偵のトレンチコートのポケットにそっと滑り込ませた。

解説　勝手に『相棒×ロダンのココロ』

内田かずひろ

マンガ家の内田かずひろと申します。

同じ朝日文庫から『ロダンのココロ』というマンガの文庫本を上梓している縁もあり、またその担当の編集者の方に、水谷豊さんの永年の大ファンであることをお話ししていたゆかりもあり、今回、解説を書かせて頂くことになりました。

今まで解説を書かれている方々の文章を読むと皆さん、ご自分の専門分野の立場や視点で書かれていて、僕にはどんな解説が書けるだろうと考えた挙句、マンガで僕なりの解説を描いてみようと思い立ちました。

題して、『相棒×ロダンのココロ』。ご覧頂ければ幸いです。


（うちだ　かずひろ・マンガ家）

相棒
×
ロダンのココロ
内田かずひろ
ワシは ロダン
さんぽ だいすき！
事の始まり…
オクさんが 相棒の ばあい
ワシは つながれ またされる
おかいもの
してくるから
ちょっと
まっててね
しかし その さんぽは
だれと いっしょに いくかで
びみょうに かわる…
ダンナ
オクさん
おじょうさん
となりのぼっちゃん
そんな ときやった
ワシが あのふたりに
であうたのは…

右京さんは解説する…

オクさん まだかなー
アラ
そわ そわ
キッ
きょうも また まってるのね! おりこうさん ね～
くん くん
ときどき あうひとや
バイバイ またね!
ハッ
おかげで きもちが おちつき ましたわ!
…とおもうたら こんどは ずいぶん せわしないひとがっ!
ダダダ
くっそ～
ハウッ
くっそ～! みうしなった!!
ハァ
ハァ
いまオマエを なでてたひと しりあい なのか?
…って イヌに きいても わかんねえか!
イヤ そうとも かぎりま せんよ
ラブラドール レトリバーは とても かしこい イヌです
けいさつけんは もとより もうどうけん かいじょけん など…
イギリスの でんとうある けっとうのイヌ でも あります

右京さんは可能性に賭ける

相棒は実はいっぱいいる!?

右京さんはひっそりとあらわれる

どうした ロダン
ピクッ
右京さんがくる…
ポワ ポワ
すごい はしっとる…
シュタタタ
きゅうに とまった!
こきゅうを ととのえてと…
ハァ ハァ ハァ ハァ
しず しず
右京さん!
ポン
おもいのほか はやく ようじが すみましてねぇ
右京さんは いつも ひっそりと あらわれるんだぜ!
ひっそりと あらわれるのも ラクじゃ ありませんなぁ…
なにか?
フッ
おもいっきり はしっとったのワシ しっとりますよ

ひとつがたくさん右京さん

右京さんはプルプルふるえる

スミマセンでした右京さん!
プルプル
右京さんがふるえとる
プルプル
プルプル
!
ふるえるのをみておもいだしたっ!!
ワシのともだちのだれかににとるとおもうとったけど…
プルプル
プルプル
ふるえてる…
やっぱおこってます?
まきこんで…
いいえ!カンドーしてるんです!!
亀山さんはワシのともだちでいうたら…
キミのそのじゅんすいでまっすぐなところに!!
さしずめこんなかんじやな!
亀山さん(ボクサー)
右京さん(チワワ)
プルプルプル
ん!?
はい〜

おわり

相棒 season 5（第1話～第10話）

STAFF

チーフプロデューサー：松本基弘（テレビ朝日）
プロデューサー：島川博篤（テレビ朝日）、西平敦郎（東映）
協力プロデューサー：須藤泰司（東映）
脚本：輿水泰弘、櫻井武晴、戸田山雅司、古沢良太、
　　　岩下悠子、西村康昭
監督：和泉聖治、長谷部安春、森本浩史、近藤俊明、西山太郎
音楽：池頼広

CAST

杉下右京……………水谷豊
亀山薫……………寺脇康文
亀山美和子………鈴木砂羽
宮部たまき………高樹沙耶
伊丹憲一…………川原和久
三浦信輔…………大谷亮介
芹沢慶二…………山中崇史
角田六郎……………山西惇
米沢守……………六角精児
内村完爾…………片桐竜次
中園照生……………小野了
小野田公顕………岸部一徳

制作：テレビ朝日・東映

第1話　初回放送日：2006年10月11日

杉下右京　最初の事件

STAFF

脚本：輿水泰弘　監督：和泉聖治

GUEST CAST

御手洗聖子……………奥菜恵　御手洗律子………………平淑恵
御手洗泰彦……………神山繁　宗家房一郎………………勝野洋

第2話　初回放送日：2006年10月18日

スウィートホーム

STAFF

脚本：古沢良太　監督：森本浩史

GUEST CAST

諏訪町子…………国分佐智子　飯塚久美子…………夏生ゆうな

第3話　初回放送日：2006年10月25日

犯人はスズキ

STAFF

脚本：岩下悠子　監督：森本浩史

GUEST CAST

池之端庄一…………高橋長英　堂本達也…………………斉藤暁

第4話　初回放送日：2006年11月1日

せんみつ

STAFF

脚本：戸田山雅司　監督：和泉聖治

GUEST CAST

槇原惣司………………平田満

第５話

初回放送日：2006年11月８日

悪魔への復讐殺人

STAFF

脚本：櫻井武晴　　監督：和泉聖治

GUEST CAST

内田美咲………………奥貫薫　安斉直太郎……………高橋一生
堀切真帆……………石橋けい　末次朝雄………………竹本純平

第６話

初回放送日：2006年11月15日

ツキナシ

STAFF

脚本：西村康昭　　監督：近藤俊明

GUEST CAST

北之口秀一…………川﨑麻世　永田沙織………………渋谷琴乃

第７話

初回放送日：2006年11月22日

剣聖

STAFF

脚本：古沢良太　　監督：西山太郎

GUEST CAST

桂木ふみ………………原千晶　吾妻源一郎………………誠直也
関正人……………亀石征一郎　吾妻俊一………………藤間宇宙

第８話

初回放送日：2006年11月29日

赤いリボンと刑事

STAFF

脚本：岩下悠子　　監督：和泉聖治

GUEST CAST

高岡義一……………木場勝己　高岡ちひろ…………馬渕英俚可

第9話　初回放送日：2006年12月6日

殺人ワインセラー

STAFF

脚本：櫻井武晴　監督：和泉聖治

GUEST CAST

藤巻譲……………佐野史郎　石場大善……………柄沢次郎

関紀子……………秋山エリサ

第10話　初回放送日：2006年12月13日

名探偵登場

STAFF

脚本：戸田山雅司　監督：長谷部安春

GUEST CAST

矢木明……………高橋克実

相棒《あいぼう》 season 5 上

朝日文庫

2009年10月30日　第1刷発行

脚　本　輿水泰弘《こしみずやすひろ》　櫻井武晴《さくらいたけはる》　戸田山雅司《とだやままさし》　古沢《こさわ》
良太《りようた》　岩下悠子《いわしたゆうこ》　西村康昭《にしむらやすあき》
ノベライズ　碇《いかり》 卯人《うひと》

発行者　矢部万紀子
発行所　朝日新聞出版
〒104-8011　東京都中央区築地5-3-2
電話　03-5541-8832（編集）
03-5540-7793（販売）
印刷製本　大日本印刷株式会社

© 2009 Koshimizu Yasuhiro, Sakurai Takeharu, Todayama Masashi, Kosawa Ryota, Iwashita Yūko, Nishimura Yasuaki, Ikari Uhito
Published in Japan by Asahi Shimbun Publications Inc.
©tv asahi · TOEI

定価はカバーに表示してあります

ISBN978-4-02-264513-5

落丁·乱丁の場合は弊社業務部（電話03-5540-7800）へご連絡ください。
送料弊社負担にてお取り替えいたします。